現代文學系列六一

辛亥年

王明皓　著

博客思出版社

年輕時的國民黨

——《辛亥年》臺灣出版自序

國民黨年齡大了些，是個百年老黨了。

它在國人的印象中是文質彬彬，行止有矩，是頗有紳士風度的。這是成熟的表現，也是因為年齡大了的原因。這種表現在以往臺灣政黨輪替的大選中打不過人家，當然是要吃些虧的了。內部，相互又常常會有政治上的精算，所以丟失政權成了在野的黨，就一點也不奇怪了。

我的這部長篇歷史小說《辛亥年》，寫的是國民黨年輕時候的事。

那時國民黨還不叫國民黨，叫同盟會，也不是什麼在野黨，而是一個徹頭徹尾赤裸裸的造反的組織，百折不撓造滿清王朝的反，造成了，並且在這辛亥年創建了一個嶄新的國，在中國的歷史上開創了一個新的紀元。那時它年輕，朝氣蓬勃，它不講小道理，只講大道理，大道理就是推翻三千年的封建王朝統治，救國家民族老百姓於水深火熱之中。那時的國民黨從上到下都抱定了殺身成仁的決心，連起義造反這樣的事都是說幹就幹，幹起來再說。多了多了，徐錫麟，秋謹，黃興，朱執信，趙聲，陳其美，大大小小，上上下下，一個又一個，是他們撐起了辛亥年前後的民國史，使這段歷史顯得是那麼的可歌可泣，波瀾壯闊……武昌起義不就是因為研製炸彈失誤而引爆，而導致的嗎？孫中山不拒萬里趕回國內，人們問他從國外帶回了什麼？列強的承認？銀錢？或者是軍火？什麼也沒有，他回國一登上上海的碼頭就昂然地向國人，向世人宣佈，他帶回的是「全副的革命精神！」

現在國民黨內出現了一些「非傳統的政治人物」，他們草根出身，接地氣，身上少了些按部就班雁行有序的文雅，敢說敢為，能夠吶喊出庶民的心聲。若以早年國民黨人的形象來對照，他們其實既正宗又傳統。後來逐漸改變了的，倒是國民黨本身。

我的這部小說《辛亥年》，其實就是一張業已泛黃了的，國民黨少年時的老照片。

一個人回首少年時，感慨繫之，應該是有點意思的。

對於一個政黨，也一樣。

二〇一九年六月十日寫於南京明孝陵

六月十四日又改

目錄

為了共和國的理想

第一章　上岸

一

夜深了，本來是很黑、很寂靜的。

外面的甲板上卻有人突然亂跑了起來，邊跑邊還大喊著，「不好！不好了！」「南京的江防營上船，搜查造反的革命黨來了！」

這時船上有氣無力的電燈，瞬間變得精神煥發，統統地亮了起來。

同時喇叭裡傳來了那個洋人船長的聲音，「各位女士，先生們，請到倉外甲板上來，請到船頭集中……」

老查把這個三等倉裡，四處望了望。

蘇良斌見了說：「倉裡銅牆鐵壁，沒處跑的！」

老查沒吱聲，站起身理理衣裳，腳一抬就跨出了船倉。

唐明亮、蘇良斌就也跟了出去。

在船頭的甲板上，洋人船長在對著喇叭說：「現在鎮靜，大家都要鎮靜……在甲板上亂跑，不許可的，大聲說話也是不許可的……局勢吃緊，南京軍方……」

這時喇叭裡傳來了侉侉的北方腔，「軍方?渾蛋!從武昌開過來的都是匪方!老子，大清國江防營!」

唐明亮看見這洋船邊傍了艘小火輪，而洋人船長身邊，也已站著了一群提刀弄槍拖著大辮子的兵了。

洋人船長的聲音又響了起來，「現在，大清國江防營王有宏，王副將有話要說。」

站在洋船長身邊的王有宏身著黃馬褂，胳臂長腿短，他說：「南京這碼頭，天天有從武昌潛來的蟊賊，一群一群上岸，鼓動造反!現在有言在先，奉勸快快投降!」說著他環視了眾人一眼，「否則，江防營要人人過問，倉倉見翻，翻它個裡外透亮!」說著他把手裡的大刀片子一抖說：「張勳，張大帥將令，凡查出為革命黨者，就地正法!凡查出無髮辮者，就地正法!凡在行李中夾帶槍枝彈藥者、宣傳造反之印刷違禁品者，就地正法!凡……我凡他個娘，老子煩不了，老子不煩!總而言之，言而總之，凡發現行跡不規者，就地正法，格殺勿論!」

洋人船長立即申明，「王將軍，我們這是米國洋船!」

王有宏手中的刀一晃，「我不管!米國?粥國也不管!」

洋人船長說：「本船享受治外法權!我抗議……」

王有宏說：「還抗議?再抗議我抽你!搜!」

兵們要動，甲板上的人群「轟」地下就亂了。王有宏抓過士兵手裡的快槍，朝天「當當」就是兩槍，人群立即靜了下來，站在船頭不動了。

有江防營的兵向人群中走來，人們退讓出了一條夾道。有個小胖子頭目領兵從夾道裡走過，他的眼不時在人群中梭尋著。

在老查的面前小胖子停了下來，問：「你?……」

老查指指自己：「我？」

小胖子說：「還有他！」他又盯著了唐明亮，「你們一夥的！不說話？還有……對！還有你的辮子？！……」

老查伸手拽掉了唐明亮的假辮子說：「假的？假的又怎樣？」同時他已用手槍頂在了小胖子的臉上。

小胖子傻了。他身後的兵剛要動，老查手裡的槍響了。

小胖子的臉上飛濺起了一朵血花，隨後像喝醉了似地就朝老查懷裡倒下去，被老查一把扶住，又使勁朝他身後的士兵群裡一推，而後拉著唐明亮縱身就跳進了江裡……

江裡被驚起了兩朵水花，又消失了，接著回蕩在這漆黑江面上的，是一陣陣爆豆般清脆的槍聲……

○二

唐明亮浮出水面就本能地朝黑處游，水流並不太急，他游到了洋客輪的船尾，兩手緊緊拽住船上的纜繩。

唐明亮抬頭望望天，一彎新月懸在中天，很無辜地望著他。

唐明亮是被老查拉著跳進長江的，他們都是從武昌來，同住一倉。問題在於他唐明亮是要回浙江老家探親，而老查就不同，他是要到南京上岸辦事的。

這辦的事，不是別的什麼事，叫起事。起事，也就是造反了。

各唱各的歌，各放各的屁，本來應該是各不相干的。問題就在於他們同處一倉，閒來無事就聊天。吃了聊，聊了吃，又都是剛剛從造反了的武昌出來，渾身難免熱辣辣地呢，聊天題目當然都是造反的了。

要知道這旗昌輪船公司可是米國人開的，治外法權，因此大清國再狠，也是管不到這一畝三分地上來……

唐明亮雖不準備造反，但口頭造造反，現在至少先賺它個嘴快活。

老查先是這麼說的，老袁（袁世凱）的北洋新軍南下急攻漢口，炮火衝天不假，但我們這不就快到南京了嗎？他，也就是他老查一旦上了岸，那就會叫這東南半壁天塌地陷，整個這中國的山河也要為之地覆天翻了！

聽聽這口氣，要多大就有多大。唐明亮當然是不服氣的了，就問他，說聽你的口氣氣吞山河。只請問，南京你有人嗎？老查說，有！武昌新軍第八鎮，南京新軍第九鎮。一聽，就是一對老兄弟！

唐明亮又問，你是新軍第九鎮的統制（師長）呢？還是協統（旅長）？老查不吱聲了。唐明亮依然一點不給面子，還問，或者哪怕是他家的小舅子也行。

老查終於笑了起來，笑得鼻子裡一吸一吸地說，不是，固然都不是。若是，那還要我老查親自出馬？發封電報通個電，電報裡造反，真像唱歌一樣，南京豈不就共和了？

唐明亮說，呸！連小舅子都不是，你還起事？

老查反擊了，他問唐明亮，我不認識，你認識，你認識？認識，你就說他幾個來我聽聽？

唐明亮嘿嘿地一笑，還是忍不住了，說，也不瞞你說了，早些年我在新軍第九鎮三十四標（團），當的就是管帶（營長）呢！

老查嗤之以鼻，問：「吹吧你，誰證明？」

乙等倉的鐵門突然被推開了，從門逢裡伸進一顆頭來說：「我證明！」

老查和唐明亮都被嚇住了。

真是被嚇住了，現在唐明亮還是感到驚魂未定，渾身浸泡在水裡，他感到了冷。

當時老查眼疾手快，伸手衣領一揪就將那人拽了進來，並死死地按在床板上說：「你個包打聽！」

那人在床上掙扎了兩下，卻忽地一聲高叫，「……唐明亮！」

唐明亮湊近一看，「蘇良斌？！」

蘇良斌人不動，卻笑了說：「唐管帶，你終於把我認出來了！」

唐明亮問：「你要幹什麼？」

船上的電壓不太穩，倉壁上的電燈正時明時暗地閃爍著。

蘇良斌眨眨眼，「幹什麼？到南京，你不是要造反的麼？」

老查就問唐明亮，「他是誰？」

唐明亮說：「從前我手下的牌長（排長），馬術極好，就是膽大妄為了些。」

蘇良斌就嘿嘿地笑了說：「唐管帶，你可是我的老長官！」

老查放開了蘇良斌，伸手就把倉門關上了。

唐明亮問蘇良斌，「退役後，你不是在竺橋賣大糞的嗎？」

蘇良斌說：「湖北造反，一馬我就奔了武昌，現得令回去幹一票！怎麼樣？我們一起幹？」

唐明亮指指老查說：「正好，正好，他，正要到南京搞事呢！對，先說說你！」

蘇良斌先打開倉門左右看了看，關上門就從懷裡掏出一張牛皮紙展了開來，「老長官，我也不瞞你了……『江寧大都督』，這是武昌革命軍政府黎元洪親自頒給我的委任狀！」

唐明亮看了眼，就對老查笑了說：「聽你吹了一路，你的呢？」

老查瞄了眼那委任狀，「有，你跟我在南京上岸？」

唐明亮不吱聲了，蘇良斌卻在一邊起哄，「聽你盡瞎吹，有，就拿出來看看！」

老查從床底下抽出只皮箱一拎，從裡面拿出了一顆二寸見方的印來說：「黎元洪？他也好意思跟我瞎起哄？看看吧。」他把印遞給唐明亮，唐明亮不接，卻被蘇良斌一把拿過去仔仔細細看了看，讚歎道，「乖乖！『江寧大都督』，『黃興命羚』！還是顆木頭的！黃興可是同盟會嫡派正宗呀！」接著他就有些痛心疾首的了，「我到武昌，黃興過江打仗去了，偏偏遇到了黎元洪！」

唐明亮說：「就憑你？黎元洪派你到南京，運動新軍第九鎮起義？」

蘇良斌說：「不是還有你們嗎？合成一股，我們一起幹！」

唐明亮說：「我不相干，」他指指老查，「我不過是和他同船……」

老查說：「這就是緣份，有錢也難買同船渡了……」他拍了拍唐明亮的肩，「憑你軍中的人脈，到南京我豈不就如魚得水了？」

唐明亮笑了說：「要幹，光憑一顆大印可不行……」

老查說：「是不行。我雖隻身一人，但我有勢！現在神州處處乾柴，我到南京不過是點把火而已……」說著他將大印塞到了唐明亮的手裡，「上岸，你就是『江寧大都督』，我們都聽你的不就行了？」

唐明亮將大印扔到床上說：「哄了一路，這個玩笑可就開大了！」

蘇良斌起身輕輕拽了拽唐明亮的辮子說：「你的玩笑也不小，用帽子壓得再緊，一看就是假的！」

唐明亮一把捂著帽子時，卻聽老查說：「聽聽，船，好像慢下來了……」

這就是他在跳船前的那一段。

唐明亮他是被一個自稱要造反的人拉下水的，造反不怕，可他這次的確是並不準備造反的！這就有點冤。冤得就是跳進這長江裡，也洗不清了！

有個黑影游了過來，是老查。

老查一把拽住了纜繩，於是他兩個就一齊墜在了這條纜繩上。

老查對唐明亮咧嘴一笑，說：「我們就像一根繩上拴著的螞蚱。」

唐明亮「呸！」地一聲。

老查說：「小聲點！……」

果然頭頂船甲板上傳來了帶著金屬音響的腳步聲，來了又亂哄哄地去了。

老查又想說點什麼，唐明亮憤憤地瞪了他一眼，手一鬆就順著江流向下漂去……

唐明亮在江水中漂游著，回頭瞟了眼那船，洋船上燈火通明人影晃動，依舊一片混亂，而漆黑的江面上光斑點點，再也見不到老查的蹤影了……

唐明亮想，只要離開了這個人，這件倒楣的事，也算到此為止了……

唐明亮終於順著江流游到了岸邊，攀住江岸邊的蘆葦，匍匐著一點一點地爬上了岸。正要直起身走上江堤，身後悉悉嗦嗦一陣響，江裡又爬上了一個人。是老查。

老查也看見了他，就說：「明亮兄，我們又見面了……」

唐明亮衝過去一把揪住了老查濕漉漉的衣領，「拖我下水，你就不怕我被淹死？！」

老查「嘿嘿」一笑，「我們在船上聊了一天一夜啊。你說，八歲你就會水了。」他擋住了唐明亮揮起的拳頭，「別動手！我可是剛剛殺過人的！」

唐明亮手一鬆轉身就走，老查卻跟在後邊說：「你要感激我才對！你頭上那辮子，一看就假！」走走他又說：「……好，好，就算我把你拉下了水。但你不想想，說不定這一拉，就把你拉成個肇始共和的開國元勳呢！」

唐明亮站住不動了，他面前出現了一道兩人多高的青條石大堤。

唐明亮轉身對老查說：「你蹲下！」

老查乖乖地蹲下了。

唐明亮正要踩著老查的肩膀爬上大堤，老查卻突然站了起來說：「不對。你上去了，我怎麼辦？」

唐明亮說：「你先上去了，丟下我呢？」

老查一笑說：「你心裡明白，不會的。」

唐明亮蹲下了，於是老查就踩著唐明亮的肩膀爬上了大堤，又脫下濕淋淋的衣裳當繩子，把唐明亮拽了上來。

他們在大堤上都脫光了衣裳擰水，被瑟瑟秋風一吹，渾身便抖了起來。

老查打趣說：「正當秋風颯爽，天有明月為證，我們這是赤誠相見了。」

在把擰乾的濕衣裳往身上穿時，老查問：「你去哪裡？」見唐明亮轉身只顧往城的方向走，老查跑著跟上來說：「進城後，你連坐黃包車的錢都沒有……」

唐明亮停住了。

老查說：「我有。」

於是有錢的跟著沒錢的走，很快到了定淮門。

定淮門的城門，都半夜了還在半開半閉著偷偷放人進出。

唐明亮向出城的人打聽，知道進出城只要孝敬幾個茶錢就行。再一問守城門的軍官，竟然還是個熟人。

天無絕人之路了。

果然守城舊軍的管帶一見唐明亮，便就「故人」了。

不但不收茶錢，還要唐明亮老查二人留下來夜餐敘舊。

唐明亮只怕夜長夢多，堅辭不受。於是就依依惜別，臨走時那管帶拉住了唐明亮的袖子說：「一見到你，我就有數了。」他鬆開了手，「瞧瞧，衣服還是濕的呢！有事……」他把嘴湊近了唐明亮的耳朵輕輕地說：「你找我。」

唐明亮連說：「好好好……」便匆匆地走了。

那管帶還在身後抬高了嗓子說：「有了好處，不要把我忘了！」

聽這定淮門管帶說過，江防營今夜剛進城，正在四處盤查。於是唐明亮和老查分坐了兩輛黃包車，相跟著往城裡走。唐明亮心裡清楚，現在只有拖黃包車的路熟，哪裡設了卡，哪裡放了哨，只有拖黃包車的才能應付。

〇三

走小路，繞塘邊，黃包車拉著二人朝城裡跑，有幾次差點撞上江防營巡邏的，都給拉車的轉彎躲過去了。

不一會到了城南的內橋。

下車後老查付車錢打發走了黃包車，唐明亮卻站在街邊直抓頭。

尋尋覓覓，好不容易找到了橋南一家叫作「泰昌」的鞋帽店，唐明亮走過去。直望著店招發呆，他伸手推推門，門竟然沒有閂，身後的老查就一把將唐明亮推了進去。店堂的櫃檯上，忽閃忽閃，一燈如豆。唐明亮輕輕喊一聲，「莫德貴！」「在。」從黑影裡閃出了個禿頂的瘦高個子。

唐明亮打了個寒顫，等看清了莫德貴就問：「門！居然你連門都不閂？」

莫德貴說：「我閂門，你能進來嗎？」

唐明亮問：「好，好。你，你把店名也改了？」

莫德貴說：「人又沒跑。我這不是站你跟前嗎？」他打量著唐明亮和老查，「你？又有事了？」

唐明亮說：「錢，你先拿幾塊錢給他。」

莫德貴望一眼老查，二話不說，掏錢，唐明亮接過就遞給了老查。

老查不接，「幾塊錢就把我打發了？」

唐明亮說：「打發多難聽？」他將老查拉到了門外，招手喊來了縮在巷口等生意的黃包車，對老查說：「你去哪？」見老查只一個勁兒地看著莫德貴，就說：「你放一百二十個心好了！當年我落難，性命相關的東西，都是放在他這兒的。老莫，你說對不對？」

莫德貴一聽就雞啄米似地直點頭，「對，對，對對對！」

唐明亮見老查已不那麼堅持了，就說：「你跟拖黃包車的說去哪兒，人家一腳頭就把你拖哪兒。」

老查歎了口氣說：「到底『捆綁不成夫妻』啊。我去花牌樓。」

誰知拖黃包車的一聽就問：「花牌樓？」

老查說：「對。」

黃包車的，「三十四標？新軍第九鎮的三十四標？」他將提手裡的車把朝地上一丟，「我又不造反，我拖拖車子糊糊口，我朝那兒跑幹什麼？」

老查一把拉住了唐明亮，「走不了，這就不能怪我了。」

唐明亮又一把拉住了拖黃包車的，「我給你添錢！」

拖黃包車說：「添十倍！」

唐明亮，「不就是十倍嗎？」

拖黃包車的望望唐明亮，又望望老查，便就咬牙一跺腳，「去！日媽媽，我拼了！」萬沒想到老查這時卻說：「看出來了。明擺著，我這樣去了也沒用！」

唐明亮翻起了眼睛問：「怎麼著？」

老查也一翻眼，「送佛送上西天，還得你陪著我！」

唐明亮勃然大怒道，「你拖我下的水，我已經夠意思的了！」

老查說：「船上，是拖你下水，還是我救了你，你心裡當真不明白？現在是我為難了，落難了，你當真就不拉一把？」

唐明亮想想，「就算是欠你的，把人情都還你吧……」他又喊來了一輛黃包車，「花牌樓！」

莫德貴見人要走，正要長長地舒口氣，卻見唐明亮從車上回過頭來說：「老莫，我去去，這就回。」

○四

到了花牌樓三十四標（現太平南路「八一」醫院附近的三十四標巷），拖黃包車的拿過車錢，丟下人就跑了。

唐明亮過去對軍營門口的值班軍官說，要找楊國棟。

見那軍官派人進去喊了，唐明亮就向老查打個招呼要走。沒想從一旁的窄街裡，突然拐出了一隊舊軍的巡防營來，領隊的小軍官一露面，就昂首挺胸一聲大喝，「齊步……走！」而後就「異、異、異爾異！」地喊口令，如同閱操一般，他的士兵就一律踏起了正步，從這三十四標的軍營大門口走過。

老查和唐明亮看得呆住了。

唐明亮問新軍值班的軍官，「這算哪一齣？」

值班的軍官說：「武昌是新軍第八鎮，懂嗎？我們新軍第九鎮！」

這時見舊軍巡防營又有人點燃了掃帚，隔著牆就向三十四標的軍營內扔了進去，引得營內一片喧嘩。

老查忍不住問：「你們忍了？」

值班的軍官說：「且忍了！」

正說著要找的楊國棟趕來了，他問：「唐管帶？你找我？」

唐明亮指指老查，「楊管帶，是他。」

楊國棟打量著了老查，老查便對著楊國棟的耳朵低低地說了句什麼。

楊國棟說：「那你們跟我來。」

唐明亮說：「楊管帶，我就不去了。」

楊國棟說：「多年不見，既來了，茶還是要喝一口。」同來的四個兵便就虎視眈眈地盯著唐明亮。唐明亮知道，他身不由已了。

軍營裡臨河的一排倉庫亮著燈，唐明亮被兵們一把推進去時就大叫，「楊國棟，我可是你的老長官！」

楊國棟不理他，只問老查，「你從武昌來？」

老查說：「黃興親派……」

楊國棟問：「怎麼證明？」

老查指指唐明亮說：「我和唐管帶同船。」

楊國棟便就望著了唐明亮，「你？當年忽地下人就不見了，現在忽地下又冒出來……唐管帶，先不要證明他，你先把自己證明證明再說！」

唐明亮說：「我從武昌上船，轉道上海回浙江老家！我根本就沒想在南京上岸，這一點，老查可以證明……」

楊國棟說：「少來這套！他證明你，你證明他？」說著他一揮手，那些士兵「嘩啦」一聲拉開了槍栓，槍口就抵在了老查與唐明亮的胸上。

楊國棟也掏出了手槍，「這幾天兩江總督府、江寧將軍府、還有他媽江寧上元兩個縣衙門的，凡是個衙門，只要一高興，就派探子來，都說他們是武昌那邊派過來的！」他用槍管在唐明亮的頭上敲了下，「說，誰來證明你們？」

唐明亮一把抓住槍管，指著老查說：「他要真是武昌派過來的呢？」

楊國棟「嗨」地一聲說：「不然早斃了！怕，老子怕就怕的是這個！」

唐明亮說：「睜大眼看看，他，『江寧大都督』，黃興派過來的！」

楊國棟說：「行！但做官要有印，大印呢？」

老查立即說：「大印豈能隨身亂帶？我放內橋的鞋帽店裡了。」

楊國棟說：「走，去拿！拿出來，『江寧大都督』，我們統統聽你的！拿不出，嘿嘿！……」

○五

楊國棟帶五六個人押著唐明亮和老查，坐著三十四標的廂式四輪馬車在內橋北邊的巷子裡停下後，由兩個人押老查去拿大印，唐明亮要陪著，楊國棟不許。

唐明亮只好關照老查說：「去後莫德貴要是裝死，你就問他要二百大洋，一要，他就知道我和你的交情了……」

老查說：「他要不認帳呢？」

唐明亮冷笑了下說：「那你就再向他要炸彈一顆，手槍兩把好了。」

老查一聽就笑了說：「原來，你早就想造反了！」

兩個弟兄押著老查敲「泰昌」鞋帽店的門，門開一道縫，他們就迫不及待地擠了進去。

老闆莫德貴盯著另外兩張陌生的面孔問：「姓唐的呢？」

老查說：「他有事。」

莫德貴問：「那你？」

老查說：「他叫我來拿東西。」

莫德貴說：「東西？我，我不認識你！」

老查一笑說：「姓唐的早就算到了。他要我問你要三樣東西，一要，你不認識我，也認識我了。」

莫德貴打量著老查，「少詐！你說……」

老查說：「大洋二百……」

莫德貴說：「放屁！」

老查說：「那炸彈一顆，還有手槍兩把呢？」

莫德貴就差蹦了起來，「詐！這是訛詐！」

那兩個士兵弟兄提醒道，「老查，我們要的是大印！」

莫德貴一聽就傻了，「大？大的什麼印？」

士兵把槍一拎，「『江寧大都督』的印！」

這時門外街上遠遠地傳來了值更人的喊聲：「武昌造反，嚴防亂黨啊！……」「張勳的江防營，進城了啊！」停停又喊：「圖謀造反，殺無赦了哇！……」

屋裡的人全不作聲了，外面卻又傳來了巡邏隊「刷刷刷」的腳步聲……

莫德貴突然撲過去拉開門，衝著街上大聲地喊，「來人！來人啊！有人造反啦！」

兩個弟兄撞翻了莫德貴就往門外跑，老查要跑卻被莫德貴一把抱住了腳，摔倒在地了。老查猛揍莫德貴的臉，莫德貴手一鬆，老查翻身爬起來就衝出了門去。可惜遲了，正遇見綠營巡邏的兵圍了過來。

老查周旋了下，見對方已朝他「乒乒」地開起槍來，就發瘋似地衝著橋北邊大聲地喊：「快跑！就別等我了！」這時他腿上中了一槍撲倒在地，可他又掙扎著站起來，「相信了吧？我的事，就拜託給同船的同志了！……」綠營巡夜的兵已衝到近前，不由分說一刺刀就砸過來，老查一側身閃過，「砰」地一聲槍又響了，老查的頭上暴起了一朵血花，身子搖了搖，就一頭栽倒在了地上……

深夜的槍聲空曠而遼遠，似乎還帶著回音，把街上的狗都引得狂吠了起來。

內橋北邊，楊國棟接到了兩個跑回的士兵，趕起馬車就跑。

唐明亮叫嚷著不管用，只好伏在車後窗上朝橋南看著。沒了，老查，一個活生生的，嘻笑幽默處變不驚，且還遊刃有餘的老查，一個剛才還在心裡不住罵他是個騙子的老查，就這麼沒了……一股悲哀和著那漸漸遠去了的槍聲，在他的頭腦中猛烈地撞擊著。

馬車沒敢再走原路，向西跑了一段從明瓦廊再到土街口，又進了糖坊橋，終於將那槍聲、人的呼喊聲與狗吠聲都統統甩得遠了……

車廂裡楊國棟對唐明亮說：「英雄！老查是真的了！」

唐明亮問：「那你為什麼不停車？！」

楊國棟說：「他中槍了，衝過去我們是送死！」

唐明亮說：「那就眼睜睜的了？……他，他死了，可我們還活著！」

楊國棟說：「活著！」他拍拍唐明亮的肩，「對！他用他的死，把你證明了！」

唐明亮愣了下，「他，證明了我？」

楊國棟激動了起來，「老查臨死前說他的事，就拜託給同船的同志了！同船的還有誰？不就是你嗎？」

唐明亮辯解道：「我與老查同了一回船，是不錯。但他是他的事，我有我的事……我是要去上海的！」

楊國棟問：「上海？你要去上海同盟會中部總會？向陳其美告我們的刁狀？」

唐明亮說：「不是！」

楊國棟說：「陳其美要南京起事，已派人催過好幾回了。你肯定不能走！」

唐明亮看見幾枝槍對著自已，就說：「老查和陳其美都要你們動手！你們就動手，不就行了？」

楊國棟說：「說得輕巧。現在你代表他們，我們聽你拿主張！」

唐明亮急了說：「不講理了！媽的，那你們就去炸彈藥庫！」

楊國棟愣了下，「彈藥庫？」

唐明亮說：「武昌的彈藥庫一炸，事不就起了？」

楊國棟耐下性子解釋說：「我們正在遊說徐紹楨，差不多了……你想想，這時炸了彈藥的庫，那豈不雞飛蛋打了？」

唐明亮不信，問：「徐紹楨一鎮（師）的統制（師長），他真要起事？」

楊國棟笑了說：「他也是你的老長官，不信？我們這就去親自問問他。」

〇六

唐明亮被押到徐府，已經是第二天的大清早了。

徐府門衛悄悄把楊國棟拉到一邊說：「內宅後院，乒乓乒乓響了半夜。」

楊國棟說：「又在搞什麼鬼？」

門衛說：「不知道，但好像是木匠活……」

楊國棟領著唐明亮穿堂過院，來到了徐紹楨書房的門口，停住腳輕輕咳嗽了聲，側耳聽聽沒動靜，就又抬手輕輕敲兩下，終是沒人理，便豁朗朗就把門推得大開了。

楊國棟伸頭看見徐紹楨一杯茶一本書，正坐在窗下書桌前晨讀，便就親切地喊一聲，「徐統制，有個人給您請早安來了。」

徐紹楨連眼皮都不抬，只慢悠悠地問：「今天又是誰？你不會說是把黃興也給帶來了吧？」

楊國棟拉著唐明亮走進了書房說：「但也差不多，唐明亮。」

唐明亮上前一拱手說：「唐明亮，拜見老長官。」

徐紹楨看看唐明亮，「果真！」他突然恍然大悟地問：「你不會說，你是從武昌來的吧？」

唐明亮說：「不敢說假，在下還真是從武昌來。」

徐紹楨說：「明白了。你是要我圍魏救趙，這就在南京造起反來？」

楊國棟連忙說：「對，對對！」

徐紹楨壓低了嗓子說：「據悉，昨夜張勳的江防營已從浦口秘密地過江了……」

楊國棟說：「你說過。不是正要趁他們剛剛過江，立足未穩才好動手？」

徐紹楨問：「楊國棟，你昨夜哪去了？我派人四處找你，就是為了張勳的立足未穩啊！」

楊國棟說：「你！」

徐紹楨說：「可惜啊……一夜下來，他們已經站穩腳後跟了！」

楊國棟衝徐紹楨悶悶地吼一聲，「總把我們當成三歲小兒！說！這個反，你究竟造不造？」

徐紹楨說：「南京一聲炮響，成了大家笑眯眯。不成，你們拍拍屁股就跑。我呢？」

楊國棟說：「你怕的就是這個！」

徐紹楨說：「但我不都是為自己！懂嗎？新軍第九鎮，新式陸軍，洋槍洋炮德式操練，衝鋒前轟大炮，偵察時放氣球，通信用的是得律風（電話機），耗盡了我多年的心血！也是我為國家培養起的一點精氣神啊！」他用手拍拍桌子，「老夫豈能輕於一擲？！」

楊國棟說：「該擲你不擲，還要這精氣神鳥用！」

徐紹楨說：「擲？你當是賭場裡擲猴子啊？！」他轉向了唐明亮，「唐明亮，現在南京城裡江防營、巡防營、綠營加起來三萬多，我新軍第九鎮七千人還分駐全城各地。一旦動手，以卵擊石啊！」

楊國棟說：「不動，更加坐以待斃！……」

徐紹楨說：「楊國棟！你每天領人一撥一撥朝我府上跑，是你叫我坐立不安，坐以待斃啊！兩江總督府的探子多！我一出事，全鎮一鍋燴，就一個玩不了啊！」

唐明亮終於笑了說：「老長官的意思，既要起事，又要萬全，求的就是個穩妥……」

徐紹楨連說：「對！還是你懂老長官！」

楊國棟說：「他懂你個屁！你總是『常有理』！」說著他拉住唐明亮說：「我們走！」

唐明亮被楊國棟拉出了徐府的大門，忽然停住了問：「楊國棟，你來要徐紹楨造反，他不造，你就賭氣一跺腳，出來了？」

楊國棟聽了真的一跺腳，「再不走，我就要把他殺了！」

唐明亮說：「不是這個理！」他拉著楊國棟返身又進去了。

徐紹楨見到他們一臉的詫異，「怎麼又來了？」

唐明亮說：「反倒是我為楊管帶抱不平！只問徐統制一句……」

徐紹楨眨眨眼說：「說，你說，我聽著呢……」

唐明亮繼續說：「如果，我是說如果。如果今晚我們把哪個彈藥庫弄響了，你老人家是不是就要動若脫兔了？」

徐紹楨的嘴巴一張，合不攏了。

唐明亮說：「多一個屁不放！」他一把拉住楊國棟就走，走了兩步又回過頭來說：「今晚城裡要放大炮仗，徐統制（師長）你就等著聽個響吧！」

這回從徐府裡出來，楊國棟精神極為亢奮，他說唐明亮，「你真行！」

唐明亮說：「我不行。我只為你，打個抱不平！」

楊國棟說：「那你說，今晚我們去搶它哪座彈藥庫？」

唐明亮說：「搶是你們的事，我就不陪了。」

楊國棟說：「你看，你看，才把我們的精氣神提起來，你又不幹了！」

唐明亮說：「我什麼時候說我幹了？」

楊國棟說：「剛才，搶彈藥庫不是你親口對徐紹楨說的？」

唐明亮愣了下，「出出氣，那是代你說的！」

楊國棟說：「反正把頭開了，你不能丟下我們！」

唐明亮說：「沒空陪你玩，我還有老查的事！不是他，現在躺在內橋邊的，就是我了！」

楊國棟說：「夠意思！你不陪我，我倒是要陪你去去了！」

〇七

楊國棟和唐明亮換了便衣，直奔內橋南邊的「泰昌」鞋帽店。

雖然半夜裡死了人，現在這鞋帽店裡卻依然是生意興隆，人進人出，人頭攢動的。

唐明亮見了，心裡就是個彆扭。

內橋當年一橋跨兩縣，橋北上元縣，橋南江寧縣。

到了冬天內橋南北的「路倒」特別多，到了夜裡縣令總是顧人從橋上「推死屍過河」。一旦推過橋了，那筆拖死人埋死人要花的銀子，也就省下了。另外，這裡還是南京城出了名的刑場，金聖歎、張文祥，什麼樣的人都在附近殺過，因此這裡的人，早就見怪不怪了。但「泰昌」鞋帽店門口畢竟昨夜才殺過人，今天莫德貴莫老闆居然生意照做，少說也是個異數了！

唐明亮和楊國棟進店後沒見著莫德貴，卻見兩個夥計正狗一樣趴在地上幫人試鞋子，唐明亮就抬腳踢踢那夥計的屁股問：「莫老闆呢？」

夥計頭只斜著看了眼唐明亮的腳說：「老闆欠覺，在後面補覺呢……」

見唐明亮楊國棟又朝後面走，那夥計就跪在地上喊一聲，「莫老闆，又有要債的來了！」

唐明亮楊國棟繞過店堂的屏門，就聽後院東廂房的門「吱呀呀」地一聲，走出個穿學生裝的姑娘來。

唐明亮上下打量著她，輕聲問：「大小姐，莫老闆呢？」

大姑娘也看了他們一眼，就衝著西廂房喊：「阿叔，有人來找你了！」

西廂房傳出了莫德貴睡意朦朧的聲音，「就說我不在……」

唐明亮大喝了一聲，「莫德貴！」

莫德貴的聲音立即就不朦朧了，「……不好！雨兒！代我攔住啊！」

唐明亮衝了過去，一腳踢開了西廂房的門。楊國棟才拔出了槍，卻被雨兒揚手給打飛了，楊國棟追著槍跑，雨兒就追著楊國棟跑，還伸腿來掃楊國棟的腳，楊國棟返身打一拳，雨兒頭一偏，接住楊國棟的胳膊就是一個背飛，把楊國棟活活放倒在了地上。

唐明亮扭著赤腳的莫德貴從西廂房裡出來，邊走邊問：「昨天殺了人，你就不怕我們來？」

莫德貴說：「我怕，你們應該更怕。你們早該跑了！」他一眼看見雨兒已用槍頂在了楊國棟的頭上，就說：「雨兒，君子，我們動口不動手！」他喘了口氣，又扭頭對唐明亮說：「唐管帶，那人一來開口就跟我要槍要炸彈，白天還好，半夜裡不嚇死個人？！我又不認識他，代我想想，他要是鐵良派來的密探詐我呢？」
唐明亮說：「我和他在一起，我也是密探？」
莫德貴反問：「你不密探，那你為什麼不和他一起來？」見唐明亮狠狠瞪了楊國棟一眼，就又說：「雨兒，你先放下槍！他們不講理，我們不能裡外裡！」
雨兒移開槍口，楊國棟一軲碌就從地上爬了起來。
唐明亮便也鬆開了莫德貴，問：「老查呢？」
莫德貴說：「他叫老查？一早就被上元縣派人收去了……」
唐明亮說：「那好，手槍炸彈不談。二百大洋呢？我要用這錢托人把老查葬了。」
莫德貴說：「那當然……但，馬上要，我真的拿不出！」
唐明亮趁其不備，一把抓過雨兒手裡的槍頂在了莫德貴的腦袋上，「說！你出賣老查，是不是想把我的錢吞了？」
莫德貴說：「不費話了。兩天，兩天後我一準還錢，還有你的手槍和炸彈……」
楊國棟提醒說：「唐管帶，老查是來拿大印的！」
雨兒問：「什麼印？」
楊國棟說：「『江寧大都督』，黃興親授的印！」
莫德貴一聽就跳了起來，「怎麼又冒出顆大印來？真來訛詐我啊？」
雨兒說：「阿叔你別吵！」她問唐明亮楊國棟說：「你們從武昌來？不外了，今早，我剛從上海來……」
莫德貴用手指住了雨兒的鼻子，「原來你在上海，這些年學的是造反啊？」
雨兒說：「造不造反，阿叔，反正你已牽進來了……」接著她對唐楊二位說：「放心，有我，老查的後事、槍、炸彈、大印，反正一個都跑不了……」

楊國棟說：「唐明亮，那我們就不能太耽擱，今晚那才是根本的大事啊！」

第二章　偷襲徐紹楨

〇一

搶彈藥庫，是楊國棟今晚的頭等大事。

要搶的彈藥庫，就在水西門的甕城裡。

甕城，就是在城門裡側圈起一座城堡，城堡內再修三道城牆，城門上裝有千斤閘，不論從城裡或城外攻進這城堡，面對的都是四面高牆，落下千斤閘，那就呼天天不應，喊地地不靈，那就甕中捉鼈了。

楊國棟之所以敢來搶，因為有內應。守這彈藥庫的，是新軍第九鎮輜重營的一個哨（連）。白天他就已把裡應與外合的事聯絡好了，搶的時間定在了晚上十點。

夜了，將近十點鐘楊國棟、唐明亮正帶人潛伏在城西的小巷裡，正準備對水西門發力，卻忽忽地跑來一個人報告說，徐紹楨吃過晚飯，就去馬林醫院了。

唐明亮問楊國棟，「你怕徐紹楨告密？」

楊國棟說：「不。今晚事成，南京光復了，光復後大計誰來主持？別說我，連你的資歷都難以服眾啊。」

唐明亮無語了。

「篤、篤篤篤……」水西門城頭在值更的梆子聲中，準十點搖晃起了燈籠。

楊國棟一見這信號，就一揮手，讓二三十人朝那邊衝了過去，而水西門那黑沉沉的城門，也迎合著他們無聲無息地打開了。

衝上去的人除留下兩個把著城門，其餘都一溜煙鑽進了甕城。楊國棟見狀，發一聲喊，帶著餘下的幾十人就向水西門衝過去……

「轟」地一聲巨響，水西門城頭上的千斤閘落了下來，緊接著甕城裡就響起了密集的槍聲。畢竟新軍訓練有素，楊國棟們說趴就趴在了地上。

水西門城頭上的梅可馨重機槍響了，沉悶而狂躁的聲音傳到了外面，子彈卻是朝著甕城裡掃的，接著傳來的便是被閘在裡面的弟兄們中彈時的慘叫聲……

楊國棟們一齊向水西門的方向開起槍來，子彈打在千斤閘巨大的石板上濺起了一片火花……這時甕城裡又傳出了爆炸聲，而城頭上的梅可馨重機槍也已調轉槍口向著大街上狂掃過來……唐明亮帶著剩下的人向城頭上射擊，掩護楊國棟們連滾帶爬地跑了回來。有幾個弟兄已掛彩了。

他們撤了，水西門甕城裡的守軍因為天黑，也沒敢追出來。

落荒而逃後，楊國棟與唐明亮帶著剩下的人從一條叫龍蟠裡的巷子裡鑽出來，跑不動了，這才氣喘喘地在烏龍潭邊停下了。

唐明亮說：「肯定是徐紹楨告的密！」

楊國棟在黑暗中說：「要告密，早派人來抓我們了！」

唐明亮說：「那是誰？」

楊國棟說：「先從我們內部查！」

唐明亮說：「我，一直和你楊國棟在一起。」

楊國棟說：「對，不是你！」

唐明亮說：「好！不是我，是誰我也管不著了！」說完他就轉身鑽進烏龍潭的那一片蘆葦叢裡去了。

楊國棟們低聲瞎喊了陣，見唐明亮毫無反映，此地又不可久留，落花流水春去也，他們也只好無可奈何地走了。

唐明亮本可以一走了之，重新去上海的。但就這樣走了，太窩囊了，有點對不起老查，也有點對不起剛才死了的弟兄們，更是便宜了那個徐紹楨了！其實，一切都明晃晃地擺著，徐紹楨真的要造反，彈藥庫本來就在他手裡攥著，還用得著去搶？笑話了！搶彈藥庫的事，不是徐紹楨告的密，只有天知道！

這就去手刃了徐紹楨，報仇血恨，以牙還牙最好！

一想到這上頭，唐明亮眼前就豁然開朗了。殺了徐紹楨，新軍第九鎮必定大亂，到那時所有人都會被他造成的形勢推著走！到那時他唐明亮潛回軍營，拉出一哨（連）是一哨，拉出一營就是一營；只要拉出一個營，他就可以帶著直接去攻打兩江總督府！兩江總督府一旦有了槍聲，南京城蟄伏未動的人，便全都會動將起來。什麼叫光復？這就叫南京的光復了！對，對，對，造反又叫起事，這事往往就是變化總比計畫快的，往往，它就不是個計畫好了再幹，而是先幹起來再說的事！

武昌起義就是榜樣，隨機而動，即興發揮，神來之筆啊！

千古之名作，往往就是這麼寫出來的！

〇二

楊國棟們的情報一點都不錯。

徐紹楨今晚的確是吃過晚飯，就去鼓樓醫院了。

金髮碧眼，腦後還掛著根黃燦燦大辮子的洋人院長馬林，是徐紹楨的老朋友了。他明明知道徐紹楨今晚來一定有事，但徐紹楨不說，他也什麼都不問，只陪著有一句沒一句地說說閒話。後來來了病人，馬林出去接診，回來後見徐紹楨還坐在他的西洋轉椅裡，這才問一聲，「徐，南京城裡今晚不會有事吧？」

徐紹楨抬起頭來婉爾一笑，反過來問：「沒事，我就不能來聊聊？」話才說出口，外面就傳來了一陣爆豆般的槍聲……

馬林院長笑了說：「哪兒的槍聲？」

徐紹楨煞有其事地側耳聽了聽，「西南邊，怕是水西門的方向吧？」

馬林說：「那？你該馬上趕回部隊去！」

徐紹楨說：「恰恰不！」他責怪般地看了馬林一眼，「馬林院長，你就別放著明白裝糊塗。你證明，槍響時我正在您這兒看病呢！」

〇三

鼓樓醫院院長馬林辦公的地方，是鼓樓崗子上一座精緻的小洋樓。

樓裡亮著燈，唐明亮正扒在窗臺下朝裡偷窺著。

唐明亮看見徐紹楨正在和馬林說著話，就伸手朝自已的腰裡摸，突然臉上重重地挨了一拳，接著他就被人撲倒在地了。幾個人一齊動手，三下五除二就掰下了他手裡的槍，而後一人揪住他的衣領，另兩個人把他的胳膊一夾，就把他從地上架了起來。

唐明亮看清了，揪住他衣領的人竟是楊國棟！

楊國棟冷笑一聲說：「你的這點小九九，我早算到了！」

他們把唐明亮押進了小洋樓，「徐統制。」楊國棟指指唐明亮，「他要刺殺你！」

徐紹楨問唐明亮，「想是你們在水西門吃了虧，就懷疑我了？」

唐明亮反問：「心不虛，你躲到鼓樓醫院幹什麼？」

徐紹楨點點頭說：「馬林院長，我借你的地方說句話……」

馬林出去了，出去時還輕輕帶上了門。

徐紹楨說：「來這裡，我是要向張人駿張勳證明，你們搶彈藥庫時，我正在鼓樓醫院呢。」

唐明亮頭一扭，對楊國棟說：「不錯！楊國棟，我來就是要殺徐紹楨的！殺了他，新軍第九鎮就造反了！新軍第九鎮造反了，武昌就得救了！光復就成功了！」

徐紹楨的侍衛抬手，就搧了唐明亮一耳光，第二下還沒搧，就被徐紹楨攔住了。徐紹楨從腰裡掏出手槍就遞給楊國棟，「不就區區一個徐紹楨麼？接著，」見所有人都愣著，又說：「打死了我，我豈止成全了你們，我是成全了天下人！」

楊國棟不接，徐紹楨就從座椅上一躍而起，拉開架著唐明亮的人，將槍遞向了唐明亮。

唐明亮逼視著徐紹楨，一伸手就把槍接了過去。

那兩個侍衛要動，徐紹楨對他們喝一聲，「放下，看誰敢動唐管帶一根毫毛！」兩個侍衛只好把槍口垂了下來。

這回是徐紹楨逼視著唐明亮，「朝我開槍，手不要抖！」

唐明亮握槍的手，還是抖了下。

徐紹楨說：「明白嗎？打死我，你就是幫了我！我就解脫了！」他一指楊國棟，咬牙切齒地說：「有了他們，我每天都在刀尖上跳舞！比死了還難受！」接著他就「哼哼哼」地冷笑著了，「但打死我，新軍第九鎮真的就反了？南京就光復了？那，老子豈不就死得其所了？」

楊國棟突然劈手奪下了唐明亮手裡的槍，「徐統制，唐管帶固然過激，但你也太叫人忍無可忍了吧？你他媽連造反，都是要選黃道吉日的！明日復明日，明日何其多，你每天都吊足了我們的味口！您究竟選的是哪一天啊！」

徐紹楨說：「今天啊？今天晚上你們不是反了嗎？」

唐明亮說：「我們慷慨赴死，義無反顧，你卻躲了！」

徐紹楨說：「我不躲，你說怎麼辦？你們造反，不是明晃晃敗下陣來了嗎？死人丟在那裡，一查新軍第九鎮的！本統制（師長）躲到這裡，就是為了明天過兩江總督張人駿的堂，為你們指屁股！武昌造反後，他們防我，如同防賊了！」他見都不吱聲了，又說：「你們以為水西門彈藥庫，只要我下個令就可以自行方便了？敵中有我，我中有敵啊！張人駿張勳就是隻豬，他也沒這麼蠢啊！再說一回，新軍第九鎮六千人，人家卻是三萬，彈藥也不在我手裡。我拿什麼反？一反，就要把新軍第九鎮給反光了！」

楊國棟說：「說來說去，反？反正你就是不反！」

徐紹楨說：「要反，行！要麼現在你就把我殺了，要麼你就去把張勳殺了！」

唐明亮眨了眨眼，「我來殺你，你卻要我們去殺張勳？」

徐紹楨說：「對！殺了張勳，新軍第九鎮起事，立等可取！」

唐明亮有意問：「張勳他在哪？」

徐紹楨說：「夫子廟石壩街『春華院』，他背著老婆，正在嫖一個叫鄒樂樂的婊子……」

唐明亮這就轉而對著楊國棟說：「楊國棟，現在你是義不容辭了！」

楊國棟說：「我去，我去就我去。」

徐紹楨說：「不行！楊管帶喜歡盯人，想沒想過？他盯人，人家就不會盯他？他的這張臉，在城裡太熟……」轉而他又對著唐明亮，「唐管帶。反正殺我你已開了個頭，刺殺張勳，還得你出手……」

唐明亮冷笑了說：「我若被逮著，第一個咬的就是你！」

徐紹楨搖搖頭，「你不會。那個老查與你萍水相逢，你且冒著殺頭的風險，留下來為他收屍。我都聽說了……」

楊國棟聽了，一拍胸脯說：「唐管帶，你去刺殺張勳，到時再有老查那顆大印，你就是『江寧大都督』！」

徐紹楨說：「對。我帶頭尊你為『江寧大都督』！」

人都走了，馬林又回到了他的辦公室。

馬林對徐紹楨說：「你的目的達成了。」

徐紹楨：「還沒有。有百把口箱子，我想放在你這裡。」

馬林，「不會是軍火吧？」

徐紹楨，「馬林院長放心，我怎麼可能害你？」

馬林，「何時放過來？」

徐紹楨說：「就現在。」

○四

月色有些蒼茫，唐明亮在這蒼茫的月色中走著。

唐明亮忽地發現他這是在朝內橋的方向走，莫名其妙了……

他真的要去拿那顆大印？跳江時那顆「江寧大都督」印早已丟在船上了，說在莫德貴那裡，不過是老查情急時的說詞罷了……那麼，這是找莫德貴算帳去？也不對。讓老查去莫德貴那裡，且開口就是手槍炸彈的，放誰身上也都吃不消。但一提手槍與炸彈，唐明亮明白了，他的手槍和炸彈，剛才都給楊國棟們繳了，挨了揍不說，分手時行色匆匆，所以現在他是兩手空空了。就算是當時當面要回了槍，一要，豈不等於答應要去刺殺張勳了？但如果他刺殺了張勳，他們是答應尊他為「江寧大都督」的！應該說現在這個「江寧大都督」，已然不是一枚空空的大印，那是有著新軍第九鎮幾千桿真刀真槍撐著的，吸引力著實誘人啊……

那麼現在不由自主地朝著內橋的方向走，這就是去跟莫德貴要錢、要槍、要炸彈了？

唐明亮在這蒼茫的月色中走著，經這麼一想，想通了，並且自然而然順理成章地又想到了老查留給他的那句話，「就算是我把你拉下了水，說不定這一拉，就把你拉成個肇始共和的開國元勳了！……」

又站在了「泰昌」鞋帽店門口，唐明亮輕輕敲門三兩下，門照例又開了。

唐明亮面對莫德貴，朝裡望望，「你侄女呢？」

莫德貴說：「槍一響，人就沒得影子了！」

唐明亮進來關上了門，說：「我來拿槍和炸彈。」

莫德貴聲音低低的，「槍才響過，你還槍？又要殺誰了？」

唐明亮說：「徐紹楨。行了吧？槍呢？」
莫德貴說：「槍是真不在，你想想，那東西打死我也不敢放在家啊？」
唐明亮說：「錢呢？」
莫德貴說：「說好過兩天，這才剛剛過一天！」他想想，又說：「唐管帶，你急要我只好出門借。不然你搜，搜出一個銅板，你不要徐紹楨，先把我殺了！」
唐明亮只好說：「也行。」見莫德貴要走，又喊住了他，「不許玩花頭！」
莫德貴說：「你殺人的人，誰敢跟你玩花頭？」
唐明亮說：「你去拿的第一是槍和炸彈，知道嗎？」
莫德貴點點頭一躬腰，人就走了。
出門時莫德貴將門從外面鎖了起來，還對裡面說：「這樣保險，從外面看，就以為裡面沒人了……」
唐明亮沒吱聲，他從門逢裡看著莫德貴走了，就想這深更半夜的叫他去拿錢和手槍炸彈，確確實實有點太為難人了……

〇五

莫德貴出門穩住神走一段，一旦拐進條小巷子，便就拔腿狂奔了起來。
在小巷裡七拐八彎的，他在一家小院門口停了下來，也顧不得喘氣就擂門。過一會，院子裡有個男人問：「誰呀？」
莫德貴怕在這深夜裡讓人辨出了聲音，於是死活也不答應，還是敲。
裡面憤憤地問了幾聲後，院門突然拉開了，一枝槍也同時頂在了莫德貴的胸口。

莫德貴壓著嗓子說：「童侍衛，是我！」

童侍衛把莫德貴讓進了院子裡，顛著手槍說：「再嚇我，我就真的開槍了！」

莫德貴說：「不嚇你！童侍衛，真的是革命黨跑來跟我要手槍和炸彈了！」

童侍衛一把就關上了門，問：「你？沒把人引過來？」

莫德貴說：「沒。在我家！」見童侍衛還在疑惑著，連忙又說：「童侍衛，快，上報江寧將軍啊！慢一步，人就跑了！」

○六

江寧將軍衙門設在滿軍的駐防城裡。駐防城，就是南京的明故宮。

江寧將軍鐵良在駐防城裡聽到水西門傳來的陣陣槍聲後，心裡反而是一塊石頭落了地，人也變得神定氣閒了。

鐵良以為，武昌那邊槍響了之後，南京這邊再響響槍，正所謂此伏彼起，是件遲遲早早的事。響是正常的，不響那才叫作不正常。匪們之所以深更半夜去搶水西門的彈藥庫，證明他們既要造反，又沒有子彈了嘛。如果有子彈，那他們早就直接去攻打兩江總督府和他這裡的滿軍駐防城了。

前不久，鐵良才從京城調到南京當這統領綠營的江寧將軍的。在他來後不幾天，兩江總督張人駿就將金陵製造局存貯的仿製日式槍彈二百二十餘萬發，德式槍彈三百餘萬發，炮彈一千五百顆，全都不動聲色地發給了城裡可靠的舊軍，另外，還特別將兩門日本三十一年式速射炮，四門德國克虜伯退管式山炮撥給了他的滿軍綠營。在這亂世之秋，朝廷用了張人駿做兩江總督，得其人也！所以，他鐵良的心比起在京城裡面對袁世凱，就要安定得多了。所以，水西門那邊的槍炮聲傳來，他就能自信滿滿地一邊制止了駐防城裡的恐慌與騷動，一邊又將子彈發到了每一個士兵的手上。

內緊外鬆，他江寧將軍鐵良和士兵們現在都集中在駐防城裡，手持鋼槍枕戈待旦了。一切安排妥當，所以鐵良便在這將軍署裡安坐不動，閉目養起神來。

明故宮是座城中城，五十多年前太平軍攻進南京城後，對這城中城卻是久攻不下。當年這裡駐守的「綠營」，滿人男女老少四萬全都登上了這城中城，與太平軍對抗了兩個多月，直到彈盡糧絕……城破之時男人在城頭拔劍自殺，婦女抱著小孩跳下城牆，太平軍攻進來後竟找不到一個活人。當年只要外面有援軍，攻城的太平軍就將被合圍，死無葬身之地了。

五十年後，是他江寧將軍鐵良，統領綠營旗兵在這裡駐守，糧彈充足，守它一年半載，他鐵良還是有這個自信的。唯一讓他感到有些底氣不足的，是兩江總督張人駿的手，還是不夠辣。新軍第九鎮分明是個異類，現在先下手為強，繳了他們的槍，南京城的守備自然就是固若金湯，高枕而無憂了！南京大定，東南大清的半壁江山也就大安！那時西拒武昌，還怕袁世凱隔江與武昌打打停停，暗送秋波了麼？

時有淒厲槍聲響過，鐵良閉目似在養神，其實他是在等。

鐵良料想兩江總督張人駿，這就要派人來請他去緊急議事的。去了怎麼說？都去搶水西門的彈藥庫了，還要怎麼說？天賜的一個好藉口嘛！此時不繳新軍第九鎮的槍，更待何時？正想著，有個親兵進來報告，「鐵大人，童侍衛來了。」聲音才了，童侍衛拉著莫德貴，已是一頭闖了進來。

童侍衛進門後單手垂地跪下說：「鐵大人，奴才給您請安！」

鐵良斜望他一眼，「是我，要給你童侍衛請安了！」說著他一拍桌子，「今夜槍聲響得爆豆一般，就你不回營！」

童侍衛說：「我遇到了緊急！」他指指已跪在身邊的莫德貴，「是有人跟他要槍！」

鐵良說：「你們的那點事？就少枝子花茉莉花的！你為綠營買了他的鞋，分明是他跟你要帳來了，怎麼又槍？」他問莫德貴，「你們又合夥做軍火生意了？」

莫德貴說：「大人，真是有人跟我要槍！」

鐵良問：「誰啊？」

莫德貴說：「三年前這人在新軍第九鎮犯了事……現在又回來了。」

鐵良冷笑著問：「他為什麼偏偏跟你要槍，不問我要槍？」

莫德貴說：「那年他臨走時，把手槍和炸彈放我這兒……我想，這槍和炸彈閒著也閒著……」說著他指指童侍衛，「我就跟他兌成了銀子……」

鐵良問：「他要槍幹什麼？」

莫德貴說：「去殺徐紹楨！」

鐵良微微閉上了眼，突然又睜開了說：「童侍衛，你把槍和炸彈，立馬還給莫掌櫃！快！」

童侍衛愣了下，「這……鐵大人，這可是刺殺徐紹楨吶！」

鐵良說：「少囉嗦！叫你還你就還！」

童侍衛就差哭了下來，他說：「我，我也以為那人一去，就再也回不來了，槍和炸彈……我就把它們變成銀子了！」

鐵良說：「都小事！快，快！到我們軍火庫裡拿！」

童侍衛又是，「喳！」地一聲，就和莫德貴跌跟頭打滾地拿槍去了。

見人走了，鐵良坐在那裡還是一動不動，燭光在他的眼裡跳躍著……

這是橫插進來的一杠子，他鐵良卻趁勢下了一步足以震動全局的棋。

那刺客沒有百萬軍中取上將首級的膽量與手段，何敢去新軍第九鎮這虎狼之地刺殺徐紹楨？只要殺了徐紹楨，豈不是天助我也，鐵良幸甚，大清幸甚了！

現在鐵良倒是想要急著去見見張人駿了，見面就告訴他，你張人駿對徐紹楨如果還是瞻前顧後意猶徬徨下不了手？無所謂了！

○七

水西門的槍聲響過，兩江總督張人駿那顆懸著的心，也就穩穩地落了下來。

把守水西門彈藥庫原是新軍第九鎮的一個牌（排），牌長就是張人駿安插進去的探子。張人駿接到密報後，就讓張勳的江防營換上了新軍的軍裝，與這個牌（排）神不知鬼不覺地與換了防。

最先飛馬前來報捷的是江防營提督張勳，他報完了緊接著就問：「既然已搶起了彈藥庫，張總督，依我就一鼓作氣，這就捉了徐紹楨，就地正法算了！」

張人駿聽後只說了聲，「知道了。」他讓張勳儘快回營，穩住部隊隨時待命。

張勳走後張人駿就想，徐紹楨是那麼好殺的？新軍第九鎮在南京有兵六七千倒也罷了，在江陰還駐著六千。就算把南京的辦了，而江陰的那六千反起來怎麼辦？那亂就亂的不止一座南京城，而是東南的一大片啊，那就弄巧成拙，引火焚身了！因此，就算有徐紹楨造反的確鑿證據，他也要拿捏好分寸，斷斷不能輕易下手的。再說，以他對徐紹楨的瞭解，水西門今晚出事，此人只要還沒明著反，就會前來給他個解釋……

料定了徐紹楨要來，看看天色也快亮了，張人駿在這兩江總督府西面的煦園裡徘徊了一圈，便就在一間臨水的軒室裡坐下來，等著了……

沒想，要等的人沒到，江寧將軍鐵良卻不請自來了。

正一腦門的心事，這時偏又來了個自說自話，喜歡充大爺的旗人。

鐵良說，張人駿只好耐著性子裝著聽，只聽得「『泰昌』鞋帽店」「掌櫃莫德貴」「童侍衛」這些不相干的東西，押著韻似地一個一個從他這只耳朵裡滾進，又從那邊耳朵裡冒滾出，聽了個一頭的霧水。忽地，他聽到了「順勢而為，我就從軍火庫裡把槍提給了他，還有兩顆炸彈……」

張人駿打了個激淩，問：「槍？還炸彈？你把它都給誰了？」

鐵良愣了下，「去刺殺徐紹楨的人啊？」

張人駿說：「什？什麼？徐，徐紹楨？」

鐵良說：「對啊，徐紹楨。」他火了，「我吐沫星子橫飛了半天，你沒聽啊？！」

張人駿心裡這就驚心動魄了，「你？你真的給了？」

鐵良說：「當然給了，借力打力啊！」

張人駿感歎一聲道：「今晚來的，怎麼全都是鬧著要殺徐紹楨的？」

張人駿打發走了鐵良，心裡卻已是翻江倒海掀波浪了。

徐紹楨如果被刺，新軍裡鬧事的大有其人，正好趁機造反。現在的行情是，反成反不成反了再說，由是至少會導至地方局勢大亂，由此牽動全域，南京便又是一個武昌了！

張人駿越想越急時，徐紹楨來了。

來了張人駿就沒好氣，劈頭就是一句，「你還曉得來啊？」

徐紹楨從容禮畢，說：「水西門彈藥庫出事，卑職前來請罪。」

張人駿手一揮，問：「後話！說，出事時你在哪裡？」

徐紹楨說：「鼓樓醫院。」
張人駿說：「這就好嘛……本督是真心實意為你急，現在有洋人馬林作你的證，你就清楚了，你就站穩地步了嘛……」
徐紹楨說：「肺腑之言啊，總督大人！別的也不多解釋，我只想到一件事，新軍第九鎮士兵每人五發子彈，前不久我請示增發，總督大人拖著，看來恰恰是把我救了！站穩地步，現在我請求將這每人之五發子彈，也交出來！」
張人駿想想，擺擺手說：「區區五發，打起來也就幾分鐘的事，也太難看了嘛……」
徐紹楨急了說：「真不能有這幾分鐘，有，那我就跳進黃河也洗不清了！」
張人駿笑了說：「徐統制此言，本督聽之甚慰，甚慰……」說著他壓低了聲音對徐紹楨說：「據密報，有人要刺殺你。」
徐紹楨聽了大吃一驚，問：「誰？還真要置我於死地？」
張人駿說：「本督知道，早就把他辦了……但，人家以為刺殺了你，就可以牽動全域的。」
徐紹楨說：「如此，革命黨去刺殺張勳，豈不更好？」
張人駿說：「也對。可人家偏不那麼想，你又奈之何？……」
徐紹楨說：「總督大人關照，卑職心領了，告辭。那每人之五發子彈怎麼交？」
張人駿說：「還要交？也好，那就集中後，你就交給鐵良好了。除除他的疑嘛。」
徐紹楨前腳走，後腳江寧兵備道道台，葉公覺就來了。
張人駿一見，就覺得今天還是心遂人願，現在想著誰就誰到了。
葉公覺與徐紹楨的私交頗厚，平時受邀常去徐紹楨玄武湖洲上的藏書樓，品茶吟詩，鑒賞古籍。葉公覺雅興勃發時也常即興執筆，勾上幾筆文人畫贈予徐紹楨。因此張人駿就關照葉公覺，讓他盯住點徐紹楨。

葉公覺初時不太想做這奸細，而有辱斯文，就裝傻充愣地問張人駿，「都同朝為官，同僚啊，大人要我盯什麼？」

兩江總督張人駿一聽就笑了說：「這還要問？就因為同僚啊？你懂的。」

葉公覺當然是懂的，而且懂得十分透。從此徐家的事，事無鉅細，凡他能盯到的，便就源源不斷地朝著兩江總督府裡滾滾而來了。

今天葉公覺進門後就氣喘喘地說：「水西門槍響之後，五輛馬車，深更半夜載著箱子百十餘口，從徐紹楨府上出來，繞大街穿小巷，一頭就鑽進鼓樓邊的馬林醫院了！」

張人駿急忙問：「徐紹楨箱子裡，裝的是什麼？」

葉公覺說：「不知道。但那麼老大的箱子，就怕是軍火！」

張人駿倒吸了一口涼氣。軍火？！這邊徐紹楨剛剛表示要交出軍火，那邊卻又悄悄藏了一百多箱！真如是，徐紹楨便就是個罕見的大奸似忠了……

葉公覺瞥了眼張人駿，接著又說：「且還鼓樓醫院，那就外國人的地盤了……」

張人駿說：「派人監視起來。彼不動，我亦不動。」他沉吟了下，說：「徐紹楨啊徐紹楨，現在恰恰是還有人要刺殺你這個徐紹楨了！」

葉公覺聽了大吃一驚說：「徐紹楨如遇刺，張大人！局面肯定失控！」

張人駿點點頭說：「不錯。我想……如果，我們把刺殺徐紹楨的消息掀出去呢？」

葉公覺立即反映了過來，「妙！那樣，想刺殺徐紹楨的人就像在咬刺蝟，無從下口了。」

張人駿說：「內橋南口『泰昌』鞋帽店老闆莫德貴，參與了密謀。你去，我只要結果！」

葉公覺一拱手，「總督大人放心，這事有我。」

〇八

馬燈孤懸，在房梁上悠悠地晃動著。

唐明亮坐在「泰昌」鞋帽店裡正在昏昏欲睡，聽見店門響，卻見是雨兒輕輕推門進來了。

雨兒看見了唐明亮，關上門就問：「不是搶彈藥庫的嗎？怎麼搶到這兒來了？」

唐明亮說：「中埋伏了！還好，跑回來幾個。你辦的事呢？」

雨兒說：「也和你差不多！」接著她就把肚子裡的怨氣，一股腦兒地發了出來。

原來雨兒受上海同盟會中部總會之命，到南京來搞聯絡。按圖索驥幾天下來，十幾個人竟然都沒聯繫上。原來這些人在南京等不得，便就如同蘇良斌，都跑到武昌參加那邊的起義去了。

雨兒身上快沒錢了，這才跑到堂叔莫德貴這裡來落個腳，因為她還有件特別特別重要的事沒做。

這事就是同盟會中部總會幹事，上海地區負責人陳其美寫了封親筆勸降信，要她一定要妥妥地送給張勳。

唐明亮一聽就說：「勸降張勳？靠譜嗎？」

雨兒說：「我說也是。與其勸降，還真不如把他殺了！」

唐明亮說：「我正要去殺。信，不必送了！」

雨兒「不過……」了一聲，還是把那天陳其美對她的交待了說。

那天陳其美說：「此信一旦送到，可抵十萬雄兵！因此，務必要確保張勳親收。」

雨兒說：「張勳出名的一根筋，他聽你的？」

陳其美說：「袁世凱受滿清三代國恩，他都起了二心。張勳？一代不一代，為什麼不能？」

陳其美將信交給雨兒時並沒有封口。

雨兒看過了，這信寫得確實是好，除了情真義切，說辭委婉生動以外，對實質性的問題也毫不含糊，許若成功後就把江蘇一省之軍隊交與張勳，這樣張勳在光復後的官，就做的更大，帶的兵就更多。退一步想想，張勳又何樂而不為呢？

雨兒說過這些，就對唐明亮說：「事情還是你幹你的，我幹我的。你若殺不成張勳，這邊還有我！對了，刺殺張勳，你來這裡幹什麼？」

唐明亮說：「找你堂叔要錢，還有手槍和炸彈。」

雨兒左右望望，「堂叔呢？」

正說著莫德貴推門進來了。

莫德貴與雨兒招呼過後，就對唐明亮說：「唐管帶，錢拿不來。槍和炸彈，倒是替你搞來了。」

莫德貴摸出槍來，卻沒遞給唐明亮，問：「真要刺殺徐紹楨？」

雨兒詫異地問：「不是張勳嗎？怎麼又徐紹楨了？」

莫德貴說：「雨兒，回來這一路我就想，想過來了……不，不管他殺誰，殺人的槍都是經過我手啊！」

唐明亮眼疾手快，一把就將槍撈到了手裡。

雨兒說：「阿叔，就算他不殺張勳，我一造反，你也擺不脫干係了！」

這時牆壁突然「咚咚咚」地響了，一個沙啞的聲音穿透過來，「木板壁不隔音啊，輕聲點！」屋裡的人，都嚇傻了。

隔壁聲音又傳了過來，「你們隔著板壁大談殺人造反，豈不也把我齊開城也牽進來了嗎？」

雨兒一拉唐明亮。

唐明亮一晃手裡的槍，「走！」

〇九

天剛剛泛白，街上冷冰冰的看不到一個人。

唐明亮出門後細看，這房子沿街東西朝向四開間，南邊三間是「泰昌」鞋帽店，北邊一間地處小巷的拐角，門頭上掛著塊招牌，名曰「開城刻字社」。

唐明亮上前輕輕一推，門就「吱兒呀呀」地開了。

店內左手是櫃檯，正中客堂板壁前的八仙桌上，放著一架「亨得利」臺式自鳴鐘，正在「的嗟」作響。桌旁邊坐著個高瘦乾枯的老頭，兩眼炯炯有神，卻對輕手輕腳進來的唐明亮視而不見，只對後面的雨兒壓著嗓子說：「雨兒，都有兩年不見了……」

雨兒說：「一見，就把您嚇著了？」

齊開城說：「七老八十，我又不是嚇大的。」說著他就笑著對唐明亮說：「你手裡的槍，先不忙著辨我。聽聽名字，開城，我叫齊開城，齊心協力開城門，正暗合著你們要辦的事呢！」

唐明亮說：「你也想造反？」

齊開城不答，卻抬手敲敲木板壁低聲說：「莫德貴，你出去錢沒要回來，卻把更難找的槍帶回來了，有些……」

板壁那邊的莫德貴說：「你胡說！」

齊開城說：「不胡說……聽？聽聽……」他似乎迸住氣在聽著什麼，「街上好像有腳步聲，來了，有人來了……且還不是一個兩個啊……」

街上果然傳來了腳步聲，由遠而近步履焦急，就在「泰昌」鞋帽店門口停住了，接著就傳來了雜亂的敲門聲。

有人在喊，「莫老闆。」

「莫老闆在家嗎？」

莫德貴的聲音有些顫抖，「哪，哪一個？」

敲門的人答：「橋北上元縣衙門的！」

「快！」「快開門！」

「泰昌」鞋帽店的門一開，就聽見一群人湧了進去。

莫德貴的聲音，「各位，各位老太爺！……」

捕快的聲音，「少費話，把刺客交出來！」

莫德貴的聲音，「刺，刺客？刺誰啊？」

捕快，「刺殺徐紹楨！」

「都驚動兩江總督府了，你還裝？」

莫德貴說：「裝？沒裝，我哪敢裝啊？」

有捕快的聲音，「搜！」

另一捕快，「不！一搜，我們豈不要挨黑槍了？」

捕快，「對，只跟他要人！」

「莫老闆，不交出刺客，你就同黨了！」

莫德貴的聲音，「我？同黨了？這不是逼人嘛！」

莫德貴的聲音一下子大了起來，「四鄰街坊，莫德貴總算明白，為什麼有人要造反了！啊……」

眾捕快一齊喊：「就地正法，格殺勿論啊！」

另一捕快，「奉命而來，鎮壓造反！」

捕快的聲音，「聽！他連造反都喊出聲了！」

莫德貴說：「逼，逼人造反了啊！」

另一捕快，「逼你什麼了？」

「開城刻字社」裡雨兒要衝出去，被唐明亮死死地一把抱住了。

捕快，「一刀下去，乾淨利索！」

另一捕快，「殺一儆百，廣而告之！」

「看看誰還敢造反！誰還敢去刺殺徐紹楨了！」

這些人呼嘯而來，殺完人，便又呼嘯而去了。

這邊刻字店裡雨兒突然不動了，她直愣愣地看著唐明亮，「他們又殺人了！……」

唐明亮說：「這門口，雨兒，昨夜今天，我已親眼看見兩個人被殺了！……」

齊開城說：「莫老闆最後不錯！寧冒一死，也不肯說出你們！」

雨兒這時終於「哇」地一聲哭了……

唐明亮說：「驅逐韃虜，誓滅滿清！雨兒，這回我是豁出去了！」

第三章　刺殺張勳

〇一

莫德貴被殺了，雨兒不好出面，後事由齊開城找地保，給莫德貴收屍下葬了。

雨兒離開前還是從後門溜回店裡，收拾了些錢給唐明亮，只說是給他刺殺張勳用的。

雨兒避在齊開城金沙井的另一處房子裡，白天沒出去。她在為堂叔的死而悲痛的同時，又不得不想著為陳其美送出那封給張勳的信。

張勳還沒過江時，雨兒就為送信去浦口轉悠過，面對江防營堂堂皇皇的營門，卻是不得其門而入。

江防營主力過江後，張勳提督府就與江防營的大營分開了，設在南京城東通賢橋旁的一枝園。雨兒又圍著提督府轉過幾回，曾試圖從張府一個出門拎著木馬桶倒屎倒尿的老媽子下手，雖許以了重金，可那老媽子一見遞上來的信就問：「寫的什麼？」

雨兒說：「好事，悄悄丟到張大帥的桌子上就行。」

老媽子說：「我不識字，但不能不識事。那你為什麼不交給門房呢？」

雨兒就有些尷尬地笑了，「我……」

老媽子這就冷笑著說：「帶進去，萬一寫造反，你跑了，張大帥殺的是我！」

又找張府一個出門買菜的廚子，那個四十出頭的男人倒是一口答應了，而後伸手就是要銀子。一要，雨兒反而不肯了。這樣的人拿了銀子，轉身就會把信給扔掉的。她也曾想如那個老媽子所說，乾脆將信交給門房，但據她觀察，張勳府上門房裡的人，又不比這些打雜的，個個兇神惡煞，都是些生怕立不到功的人。把信交他們，自投羅網了……

雨兒忽地又想到個再簡單不過辦法，趁沒人時手一抬，乾脆就把這封勞什子的信扔進張府裡算了。只要有人撿起交給張勳，她也就大功告成了。但她想到了萬一，萬一撿到的人不識字，用它擦了屁股呢？另外，撿到的人如果識字，看後怕交給張勳，自已反而說不清，於是乾脆就把這信給毀了呢？

雨兒想，如果唐明亮真把張勳這廝給殺了，那麼她這封據陳其美所說「能抵十萬雄兵」的信，也就不需要再送了……唐明亮今天是要去夫子廟的。

雨兒看看天色，不早了，便覺得還不如到夫子廟走走，透透氣看看風頭……

○二

天色將晚，雨兒到了夫子廟。

雨兒站在內秦淮河的泮池邊，碧幽幽的河水裡除了映照著那大照壁的倒影，便就是浸泡著了一輪落日殘陽了。有遊船划過，照壁和殘陽在水裡被攪混了，留下了一河血色的渾沌……雨兒想問「春華院」在哪裡，卻又不好意思開口，只好面對著一河的渾沌發著愣，又想要走，突然被一個賣報的攔住了，「看報吧？小姐。民立報，剛搭上海火車過來的。」說著他就掀開了胸前的衣襟，露出一迭報紙壓著嗓門說：「孫文搭船從米國過來，已到新加坡了！」

雨兒說：「不是說才到英吉利？」

賣報的說：「不，蘇伊士大運河，老早過掉了！」

有路人圍過來插嘴說：「城裡新軍第九鎮，聽說都在等他的眼色呢！」

圍上來的好幾個人就說：「快了，就等著孫大炮回來了！」

「二百多年的江山，滿人就快翹辮子（完蛋）了！」

賣報的拍拍懷裡的報紙，壓低了嗓子說：「嚷什麼嚷？快買，快買！快點買回家去慢慢看！」

雨兒伸手就將報紙一把奪了，「叫你賣的麼？！這報不賣，應該發！發！」接著她邊發報紙邊說著，「同胞們，武昌起義了！光復了！那裡的新軍和百姓向滿清朝廷開槍了！滿人的朝廷千瘡百孔，全國的同胞齊心協力！專制的大廈就要傾倒了！」

圍著的人問：「姑娘，你是革命黨吧？」

雨兒說：「同胞們，天下大勢浩浩蕩蕩，不單滿清，我們要完結的還有三千年的帝制！孫文博士說：『驅逐韃虜，創造共和！』」說著她將手裡的報紙嘩啦啦一齊撒向了人群，於是夫子廟泮池邊人聲鼎沸，爭搶著這雪片般紛飛的報紙。

警哨響了，有巡警提著警棍向這邊衝了過來，人群傾刻大亂，四散奔逃著。

雨兒隨著人流跑，過了幾條巷子就漸漸地分散了，接著拐上了一條街，就像到了另外一個世界，清靜了。

這街上有家門面不小的郵局吸引了她。

郵局是座兩層高十分氣派的英式西洋建築，相臨著夫子廟黑壓壓的一大片考棚，簡直是鶴立雞群了。這郵局更有趣地方還在於，明明地處南京的鬧市夫子廟，卻掛著「鎮江郵政局南京郵政支局」的招牌。雨兒正一頭霧水地看著，忽然間一縷陽光就像穿透了層層雲霧，傾洩而下，她的腦子變得豁然開朗了！當局者迷，現成的郵政局，我將陳其美的信寄給張勳，豈不就完事大吉了？又想到，在上海就該將信寄過來，早沒事了……想想也不對，在上海時，她還根本就不知道張勳的地址呢！

雨兒一腳跨進了這「鎮江郵政局南京郵政支局」的大門，就看見正對著大門的是一排櫃檯，櫃檯前寬敞的大廳中央，放了一張長條桌子，桌子面對面又放著兩排給人坐下來寫信的長木條靠背椅子。雨兒又看看牆上貼的各種業務說明，就問櫃檯裡的人，保價信怎麼寄？郵局職員介紹說，保價信，比如寄房契地契、銀票當票，也有寄秘約文書的，依西人之慣例，要看你對所寄物品估值幾何，萬一有失……他指指牆上的業務說明，又說，郵局就照保價的十倍作賠，一言為定。

雨兒對郵局職員說：「那我保價十塊龍洋。」說完她想，這封可抵十萬雄兵的信，就保十塊龍洋，有點虧它了，但也只能如此，她掏不出更多的了……

那職員接過雨兒填好的保單一望，就暗暗吃一驚，他要雨兒在信封和保單上再填上寄信人的姓名和地址。

雨兒為難了，她不能留位址，也沒位址好留，就說：「寄出去就行，我不要地址、姓名好了。」

那職員說：「你不要，我們要。大小姐，你一下子就保了十塊龍洋，」他指指信，「這裡面，借據乎？地契乎？抑或絕命書乎？萬一我們所投無著，就要將它退還；萬一我們丟失，就要十倍賠你銀子的！」

雨兒無言以對，從那人手裡抽過信，轉身就出了郵局。

雨兒長長地鬆下一口氣來，就立馬想到了唐明亮。但願唐明亮能把張勳這廝給殺了，那樣就全都阿彌陀佛了！

沿街正走著，身後有人輕輕拍拍她的肩，「大小姐，我有點看不懂了……」

雨兒沒停步，斜了那人一眼。

那人說：「既然寄保價信，啊？為什麼你不留地址？那保的是什麼價？你？又作的是什麼蠱？」

雨兒曉得不好，輕聲地對那人說：「這裡人多，」她指指一條小巷子說：「到那邊我就告訴你。」說著她加快了腳步，那人卻一把抓住了雨兒的胳膊說：「就這兒說，別跑！……」

雨兒一掙胳膊，那人卻越發抓得緊了，並且叫起來，「我老早就瞄著你了！給張勳寄信？走，你跟我到局子裡說清楚！」

雨兒揮手一拳，那人手一鬆，雨兒拔腿就跑，那人邊追邊喊：「革命黨，女探子，抓住她！」正跑著，街邊忽地衝出個人，伸腿就將那人絆了一跤。

街邊衝出的人拉著雨兒就跑，他們身後傳來了淒厲的警笛聲。

那人拉著雨兒鑽進了街邊的一家裱畫店，雨兒這才看清，唐明亮！

穿過裱畫店，他們又從一個天井裡拐出門，跨過一道弄堂，又拱進了一處不知是誰家的院子，穿堂而過不留戀，再出一道側門，這才氣喘喘地慢下腳步來……雨兒在這逼窄的巷子裡抬頭望望，兩邊高高聳立的分火牆，有點使她像站在峽谷底的感覺，頭頂只有細而飄渺的一線的天了，剛剛的嘈雜與危險，已然被拋去得遠了……

雨兒問：「你……怎麼跑郵局來了？」

唐明亮說：「天還沒黑，不是在踩點嗎？」

由於剛才的緊張，兩人邊走邊依舊緊緊拉著手。而他們的腳步聲在這小巷的青石板上，一下一下清脆地響著……響聲似乎提醒了雨兒，她的手擺脫了一下，還是被唐明亮緊緊地握著……唐明亮借著淡淡的光色看著雨兒。雨兒的側影，曲線很美，高高的鼻樑襯得她臉部輪廓清潤，眉稍挑起是插向鬢角的那種，這就叫她那雙忽閃著的眼睛顯得有些修長了……雨兒手又動了下說：「你看著路走。」正說著小巷已被他們的腳，量到了盡頭……

一出巷口，四五個巡警好像早等在那裡，迎面就把他們攔住了。

領班的巡警頭兒說：「警哨吹得一世界響，你們從這裡冒出來了！」

唐明亮懵住了，「不，我們是路過……」

巡警頭兒說：「一男一女，還黑巷裡走？」他一指雨兒，「她是誰？」

唐明亮還是有點回不過神來，「她？她？……」

巡警頭兒問：「先不說她，說你！你是誰？搜！」

幾個巡警衝上來扭住唐明亮，麻利地從他腰間抽出了一把小手槍。

巡警頭兒把手槍拿到手裡看看，一顛，又看一眼唐明亮。

唐明亮終於緩過一口氣來，說：「德國造，勃朗寧。我是新軍第九鎮的。」

巡警頭問：「那麼再說她。她是誰？」

唐明亮反問：「你還不認識？她大名鼎鼎，徐紹楨的女兒！」

巡警頭問雨兒，「他說你是徐紹楨的千金？說說，徐紹楨，家住哪兒，月薪多少？家裡幾口人？」

雨兒不吃這個，說：「什麼徐紹楨？徐紹楨是誰啊？」

巡警頭就對唐明亮說：「這下好玩了，你說她是誰，她說她不是誰……」

雨兒便就指著唐明亮說：「就是他，非要給我找個爹！憑什麼？」

唐明亮就有些怒髮衝冠了，他說：「徐大小姐！你說跑就跑，真把你搞丟了，我怎麼回府？你爹，他可是我的老長官！」

那巡警頭兒一聲壞笑，一揮手，「去徐府，我們給徐統制徐紹楨送女兒去！」

○二

徐紹楨城裡的家住竺橋，緊靠著小營新軍第九鎮的馬標（騎兵團）。天全黑下來時，徐府門前當差的頭兒見巡警押著人鬧嚷嚷地從馬車裡下來，就好奇地迎了過去。

巡警頭兒見了行舉手禮，「在下請見新軍第九鎮統制，徐紹楨。」

徐府當班的頭兒正寂寞著，一見就玩起味兒來，「徐統制要見就見？有預約嗎？」

巡警頭兒指指身後說：「我有兩個人，急事，想請他老人家認一認……」

徐府當班的頭兒瞥一眼唐明亮和雨兒兩個朦朧的人影，「一男加一女？……」他回過頭就對巡警頭說：「你過糊塗了吧？徐統制管槍管炮管我們，犯不著管他們啊？」

徐府當差的圍過來一聽，都「嗤嗤」地笑了。

巡警頭兒指指雨兒，「那您幫著認認，她是不是徐統制的女兒？」

徐府當班的頭兒一愣，知道真有事了，接過遞上來的燈籠就舉在雨兒的臉前，照過來，又照過去，「徐府裡上上下下的人多呀，你？我說你是，還是不是？說你不是，萬一你又是了呢？」

巡警頭兒一聽，就說：「行，那我也不為難您了，」他大喝了一聲，「拿下！」

眾巡警一擁而上，揪住了唐明亮與雨兒。

唐明亮邊掙扎，邊大聲喊著，「徐紹楨，你給我滾出來！」

動手的巡警一聽就有些吃軟，僵在那裡不動了，而唐明亮的聲音卻越發地放肆著，他罵徐府當班的頭兒，「就算你眼瞎了，不認識大小姐，我，你認識不認識？」

徐府當班的頭兒拿燈籠照照唐明亮，「你？喲！你不是？……」

唐明亮說：「我他媽是你的老長官！」

這時徐府的大門「吱呀呀」地開了，徐紹楨一身便服從裡面走了出來。

唐明亮甩開揪著他的眾人，上前一個軍禮，「徐大人，卑職特來向你消差！」說著他一指身旁的雨兒，「女兒，我給您找回來了。」

徐紹楨望了眼雨兒，沒吱聲。

雨兒開口說：「我說唐管帶，你怎麼專門喜歡代人找爹呀？」

巡警頭兒見了斟酌著說：「徐大人，這女子……好像根本就不認你是爹？」

徐紹楨扭頭看著他，淡淡地一句，「本統制問你了嗎？」他轉而對著唐明亮，「還嫌不夠亂？讓你私下找，低調，要低調……沒讓你帶著全城的巡警一起找！」說著揮手就抽了唐明亮一個大嘴巴，「添亂，添亂！你把人全給我丟光了！」

唐明亮捂著被抽得火辣辣的嘴巴，懸著的心卻落了下來，他指指那些巡警，「全怪這班巡警弟兄們辦差，太當個真了！……」

徐紹楨說：「豎在大門口，你還給我丟人顯眼？」

唐明亮一聽拉著雨兒就朝徐府裡走，走幾步又返身對那巡警頭兒說：「槍，我的勃朗寧。」

那巡警頭兒連忙掏出手槍，雙手遞給了唐明亮。

唐明亮接過槍，臉上還在火辣辣地，一轉臉就對徐紹楨說：「徐大人，不能讓巡警弟兄們白忙啊。賞，一定得多賞點！」

徐紹楨沒好氣地望望唐明亮，對那班巡警說：「賞，每人一雙大皮鞋好了！」

巡警兄弟們都笑了，立即齊刷刷地一個敬禮，「多謝徐統制，徐大人破費了！」

徐紹楨微微點了下頭，轉身頭也不回地進了徐府。

○四

唐明亮和雨兒在徐府，由家人領著穿廳過戶拐進了一個小院，在一廂房門前停了下來。引路的家人推開了門，「二位，書房裡請。」

唐明亮和雨兒剛進書房，徐紹楨就從身後進來了。

見家人帶上門走了，徐紹楨就繞到了他們的前面說：「本來是要擺一桌，為二位壓壓驚。

唐明亮說：「沒嚇著徐統制就好，我們這就告辭。」

徐紹楨說：「不。客不請，茶還是要留你們喝一口的。」他走到書桌的後面坐了下來，衝二位擺擺手，「坐，坐。別以為巡警走了，說不定還在外面和你們躲貓貓呢……」

唐明亮和雨兒坐下了，家人端上茶來，又默默地退了下去。

徐紹楨望瞭望雨兒，「總算把我救下的女兒，好好的看清了。」

雨兒說：「誰救了誰，還真難說。」說著她壓低了聲音，「唐管帶搶彈藥庫的那個晚上，你朝鼓樓馬林醫院偷偷運的是什麼？」

徐紹楨愣住了。

唐明亮端茶喝了口，「還有。徐統制，有人要暗殺你！」

徐紹楨說：「暗殺啊，不聲不響最重要……殺我，南京城裡早已傳得無人不知了……你，把個張動殺得怎樣了？」

唐明亮說：「不殺不知道，一殺就曉得行情了。徐統制，刺殺張動，我身上連進『春華院』裡喝口茶的錢都不夠。」

徐紹楨眨了眨眼說：「哦？你？……」

唐明亮說：「三千，不多吧？」

徐紹楨停了下說：「三千？本來三千就三千，可在門口你已經叫我賞過巡警，現在只能一千了！」

唐明亮說：「行，一千。一千就一千，進去喝碗茶的錢總算有了。」

○五

半夜裡，唐明亮和雨兒是從徐府後門出來的。

秦淮河的支流清溪從這裡緩緩流過，垂柳攏岸，更兼一彎新月在天上照著。

唐明亮說：「雨兒，你一開始不認徐紹楨這個爹，可真把我嚇著了……」

雨兒笑了說：「膽子這麼小？人家試試你膽子嘛！」

唐明亮一把抓住了雨兒的手。

雨兒問：「又不是在逃跑了，還拉我的手？」她的手掙了下，沒掙脫，也就不動了，只默默地走著。

唐明亮輕聲說：「我也在試試你的膽子……」

雨兒說：「我們都不缺膽子。」想想她又說：「可，我們都是提著頭造反的人啊……」她還是把手從唐明亮的手裡抽了出來，「將來如有……何必留下個永遠的痛呢？」

唐明亮說：「如果……成功了，我們都還活著？」

雨兒笑了說：「當然最好。」她把話岔開了，「但我現在，滿腦子都是給張勳送信的事……」

唐明亮咬牙切齒地舉起手，朝下一劈說：「狗東西張勳，你就等著我來把你宰了！」

雨兒笑了說：「能手刃掉張勳，你就名垂青史了！」

〇六

又過一天，晚上，唐明亮來到了紙醉金迷的夫子廟大石壩街，這就要去手刃張勳了。人還沒到，唐明亮遠遠地只一眼，就目瞪口呆了。

那邊「春華院」大門口，門神樣的挺胸突肚，面對面站著兩個雄赳赳拖著條大辮子的兵。唐明亮只是偷瞄了一眼，就人不歇步馬不停蹄地隨人流走了過去。路過妓院，鴇兒正站在大門口發急，「姑爺，他家大哥哥，他站他的崗好了，進來，進來，哎喲喲，不礙事，不礙事的！……」

走了過去，無奈這一條街盡是窖子，娼妓們且還是依門拉著客的，唐明亮不堪其擾又甚不甘心，便又回頭走。又過「春華院」，那老鴇還在門口宣講著，「包打包開，凡事有我！」她拍拍自已胸口，又指指站崗的辮子兵，「他當他的差，你辦你的事，哎喲喲！是真的，真的不礙事！」說著她伸手拉住一個路過的，「不要不好意思的了，大大方方，來了就來了！」那人就半推半就地被她拉到了門口，那兩個當兵的在他身上胡亂一摸，人便就放進去了。

老鴇的嗓子便又直起來，「看看，就這樣，例行公事，完全是例行公事嘛！」

唐明亮見了步子就有些猶豫，被老鴇正好一把撈個正著，他不由自主就將手伸進了腰裡。

鴇兒問：「手插腰裡幹什麼？跟你說：就算掏出個手槍大炮來，也無所謂的了！」

大門口過來個兵，伸手就將唐明亮腰裡的槍抽了出來，衝唐明亮一笑，又把那槍在手裡掂了掂問：「能玩這傢伙，不是總督府，就是江寧將軍營務處的了。」

唐明亮對他翹起了大姆指，「一口準！」

那當兵的說：「槍先收著。放心，走時還給你。」又要唐明亮張開膀子讓他搜了搜，就公事已畢，拱手向唐明亮行了個禮說：「您，只管進去，放心大膽地辦事好了。」

槍都被搜了，還辦什麼事？唐明亮只好硬著頭皮由鴇兒引到了二進的大廳裡。有幾個姑娘圍了過來，鴇兒問他，「看看，可有中意的？」

唐明亮看看，低聲問：「這裡有個『鄒樂樂』麼？」

鴇兒說：「你怎麼哪壺不開提哪壺？」她指指二樓。

唐明亮向樓上望去，二樓西側一個門口，也站著兩個雄赳赳的兵。

鴇兒自我解嘲地說：「逛妓院還帶兵站崗，這個張勳，你八百年也沒見過吧？」她朝樓上瞄了眼，「那個廣東婊子，有什麼好的？」

正說著只聽樓上傳來一聲尖叫，只見那門裡有個女子手握一把大剪刀衝了出來，轉身背靠在這跑馬樓的欄杆邊上就喊，「上來？上來我就戳死你！」

唐明亮聽聲音耳熟，人卻看不清。看清的是從那房裡大咧咧走出來的漢子，黑烏烏的大辮子圈在脖子上，赤膊一身的腱子肉。

鴇兒一見就衝樓上跺著腳喊，「鄒樂樂，你翻天了！這是張大帥啊！」

樓上的張勳說聲，「你少管！」接著撲了過去，劈手奪下了鄒樂樂的剪刀扔到了樓下，抱住鄒樂樂的大腿又一掄，就將鄒樂樂扛到了肩上。在殺了般地叫聲中，張勳在樓邊上又將鄒樂樂一掄，從左肩掄到了右肩，嚇得鄒樂樂只「嗷」地一聲，就再也不敢亂叫了……

樓下的人亂糟糟地擠在大廳裡，一律仰起脖子朝這跑馬樓上看熱鬧。樓上的張勳便把鄒樂樂扛在肩上掂了掂，返身跑回了房裡。

張勳扔下的剪刀，被唐明亮趁亂撿起塞到了褲腰裡。樓下看熱鬧的人散去後，鴇兒卻尋尋覓覓地來到唐明亮的身邊問：「你看見那把剪刀了？」

唐明亮便就假裝低頭滿地找，「剪刀呢？我看它是明明朝這邊飛過來的……」

鴇兒見狀只好歎息一聲說：「這就是開婊子院的難處了……」忽地她抬頭就大聲問：「明明扔下來，又被你們哪個婊子兒的藏了起來？」聽聽沒回音，她就罵，「剪刀，自已戳自已，一刀是絕對戳不死的！死不掉，半死不活地你難受，還要白白浪費我的茶飯啊！……」

唐明亮在鴇兒的罵聲中，在廳裡找了個抬頭就能看得見樓上那房間的位置坐下來，十分安閒地喝起他的茶來了。

○七

樓上，張勳進門就把鄒樂樂扔到了床上。

鄒樂樂哭著說：「天天來，天天你都要贖我！」

張勳說：「贖你不困難，困難的是究竟對我老婆怎麼說？」

鄒樂樂說：「還要怎麼說？你來了還要怎麼說？你，你反正已經殺人不眨眼了！」

張勳說：「殺老婆？我們是貧賤夫妻，不可，絕對不可！」

鄒樂樂從床上坐了起來，「辦外宅呀。呆逼，真不懂？你還是裝不懂？」

張勳攤開手說：「不傻不呆，但我也有我的難啊……受朝廷厚恩，張某國難當頭，置外宅，那我的良心呢，豈不讓狗吃了？」

鄒樂樂一聽，就從床上氣得跳下來，拉開門就問兩個當兵的，「都國難當頭了！你們大帥，他還跑到這裡來玩婊子啊？」

兩個兵看著鄒樂樂一動不動，人卻笑了。

鄒樂樂說：「還笑？」

一個當兵的說：「你聲音再大也沒用，只要張太太聽不到就中！」

鄒樂樂一聽就更來氣，立馬出來站在樓邊上就不管不顧地扯直了嗓門喊起來，「張太太！你聽到了嗎？可憐可憐，天下人都知道張勳在嫖我，就瞞著你一個了！」

鄒樂樂的聲音才了，春華院的大門突然被推開了，一個女人氣勢洶洶地領著一群兵衝進來，手叉著腰站在樓下的大廳裡，仰著脖子問樓上，「我就是張太太，曹琴！小婊子，是你喊我嗎？」

鄒樂樂見了，轉身就往房裡跑。已站在欄杆邊上的張勳，驚得半天也合不攏嘴了。

曹琴仰著頭問：「張勳！天天晚上抄革命黨，你就不怕人家在這兒先抄了你？還不快下來！」

張勳說：「下來就下來！」說著他從樓上下來了，見老婆拉住他要走，就說：「帳還沒結呢！」

曹琴說：「有人結，走，我們快走！」見張勳礙著面子，就將嘴貼在張勳的耳邊低低地說：「有刺客！」

張勳一聽就對士兵們說：「太太說有刺客，快走，我們快快走！」

〇八

曹琴和張勳跑出春華院大門翻身上馬，在親兵的護衛下躍馬揚鞭，絕塵而去了。

出了石壩街跑一段，讓馬跑慢下來張勳就悄悄對曹琴說：「有刺客？你這個臺階給我找得好！」

曹琴說：「真的有刺客！」

曹琴說今天太陽偏西張勳出門，她就帶人悄悄來了。本想捉張勳的一個奸，捏捏丈夫的一個軟，便先在春華院斜對面的茶館裡守著，卻沒想把個唐明亮守來了。她一見唐明亮，就覺得此人不是那騷顛顛急著要嫖的意思，眼睛裡分明帶著股殺氣。本是要立即下手的，因見門口站崗的收了唐明亮的槍，她這才沉住了氣……後來春華院裡傳出了叫喊聲，怕出大事，曹琴就帶人闖了進去……

曹琴正說著，有快馬來報，「張大帥！浦口那邊的弟兄們，也要和大帥過江來，一起快活！」

張勳說：「江北！那可是老子留的後路！」

快馬說：「後路不後路，反正他們調戲婦女，把房東也殺了！」

曹琴說：「看見張大帥發騷，他們有樣學樣了！」

張勳大喊道，「不打嘴仗！快，快！去浦口！」說著一鬆韁繩，便就縱馬飛奔了起來。

〇九

親兵們簇擁著張勳走了，門口站崗的兵還了唐明亮的槍，也撤了。

唐明亮那渾身緊繃著的勁兒，也就一點一點鬆了下來，也要走，卻被鴇兒一把拉住說：「張勳走了你也走，當真你是來殺人的？」接著她就笑了說：「玩笑呢，人家走了，該你上樓了！」

這一句話把唐明亮提醒了……

鄒樂樂坐在房間裡哭，聽門口有動靜，就沒好氣地說：「張勳剛走你就來，讓不讓人喘口氣啊？」又聽聽不見聲音，抹抹淚回頭一看，就「天！」地叫一聲，「你？你是從哪冒出來的？」

唐明亮問：「鄒樂樂？你怎麼連名字都改了？」

鄒樂樂說：「在廣州你一去不回，我就被賣到南京，改不改名哪由我？」

唐明亮說：「陰曆三月十八廣州起事後一個月，我去了，你不在！」

鄒樂樂說：「現在我在了！你說過，你要贖我！」

唐明亮「這？」地一聲。

鄒樂樂說：「這什麼這？你要我救命時，一個婊子，我，這啊那了嗎？」

唐明亮沒吱聲，一轉身，就頭也不回地下樓去了。

鴇兒看見唐明亮匆匆地又下來，就笑了說：「這麼快？」

唐明亮說：「那就快點兒。媽媽，鄒樂樂我贖了。」

鴇兒怪怪地看著他，也不講話，站起身就親自來到條案前拿過一隻銀罐子，打開，尖著手指從裡面捏出了一小撮長著白毛的茶，又放進兩隻茶杯裡這才招招手，對掃地抹桌的小丫頭說：「快，滾燙的水，給你未來的姐夫泡茶去！」

小丫頭十分愉快，轉眼拎來了嘴裡噴著熱氣的紫銅壺，就衝樓上喊，「鄒姐姐，我代我家姐夫泡茶了！」

這一喊，把晚上還閒著的婊子都喊了出來，她們依在樓的欄杆邊上朝下看，一邊看，一邊嘰嘰喳喳。

老鴇罵小丫頭，「看把你個小婊子高興的！」說著就對樓上的婊子揮揮手說：「都回房吧，我就要跟這個姐夫吃茶談心了。」

唐明亮聽了就端起茶碗喝一口，鴇兒也喝一口。

鴇兒說「這茶，一年我也就頂多喝上個一兩回。你懂的。」

唐明亮點點頭，「我懂……」說著就掏出了那張一千元的銀票放到了桌子上。

老鴇瞄一眼銀票，就一仰頭朝上喊，「樂兒啊！」

鄒樂樂在房裡脆脆地「哎」了聲，就已是一身梳妝得頭是頭，腳是腳地出來了，手扶在樓欄杆上問：「媽媽，什麼事？」

老鴇就差淚水漣漣了，她說：「一泡屎，一泡尿我把你帶大，容易嗎？」

唐明亮一聽就笑了說：「鄒樂樂才來不過三五個月，怎麼幾十年樣的了？」

老鴇把茶碗朝桌上一頓說：「一天，我也當過她的媽……」停停她端起茶碗又喝了一口，就對著樓上說：「鄒樂樂……像你這樣就一千？罵人不撿日子了！」

鄒樂樂問：「那您意思，我多少？」

老鴇就說：「少說也十頭八萬吧？」

鄒樂樂在樓上喊著，「媽媽，你想殺人啊？」

老鴇就說：「又不殺你？好，好，我只兩萬，也算成全你們了。」她笑笑對著唐明亮說：「大實話，兩萬，張勳三萬差一點就掏了！」

鄒樂樂說：「乾脆，唐明亮，你再把口袋掏掏！」

唐明亮說：「我也大實話，不能再掏了。」

鄒樂樂說：「不怕，多大的票子咱媽沒見過？就怕你是掏不出！」
唐明亮就面有難色地望著老鴇笑笑，「掏出來難看，還是算了吧？……」
鴇兒說：「不算。真是，多大的票子我沒見過？」
唐明亮一把掏出了勃朗寧，頂在了鴇兒的臉上。
鴇兒失聲地叫了起來，「你！你犯搶啊！」
唐明亮將槍慢慢從鴇兒的臉上移開，衝著房頂「當」地就是一槍。
「春華院」整個兒亂了，看熱鬧的婊子尖叫著朝屋裡跑，房裡的婊子嫖客又要出來看熱鬧，「哐當」一聲，倒茶的小丫頭把那大銅壺一扔，她被嚇哭了……
唐明亮又把槍口對到了鴇兒的臉，問：「這一聲響，馬馬虎虎，十萬八萬不敢，兩萬還值吧？」
老鴇連說：「值，值！你，你別再把槍對著我臉了……祖宗！」說著她抬起頭來對鄒樂樂作著揖說：「鄒樂樂，你狠！你這棵搖錢樹再種下去，就要種成棵要命的樹了！」
鄒樂樂這就拎著個包袱從樓上走下來，想想還是停在了老鴇的面前說：「不過，還煩媽媽您給那張大帥帶句話。」她自豪地指指唐明亮，「別看張勳嫖還派兵站崗，他敢像這位，贖人也掏出槍來耍耍，錢不夠，子彈湊嗎？」
老鴇說：「不敢，張勳他當然不敢了！」她對唐明亮說：「只求你把這槍裡的黃銅花生米子，給我留一顆，它少說也值兩萬吶！」
唐明亮摸出一顆給了老鴇。
老鴇接在手裡看著，又望望鄒樂樂說：「走吧。山高水長，這年頭……萬一不順心，還記著我這裡就是了。」

○十

唐明亮帶著鄒樂樂出了春華院，坐馬車才跑起來，一邊一個，就有人跳到了這馬車的踏板上。

唐明亮望望吃一驚，「楊國棟！」

楊國棟用手扒在車窗邊上說：「贖出了鄒樂樂，我們到哪去殺張勳？」

鄒樂樂插嘴說：「他殺張勳時，你在哪兒啊？」

唐明亮說：「對啊。」

楊國棟一拉車門就鑽進來坐下了，「對不對的，我說：將計就計吧！」他指指鄒樂樂，「把她送給張勳，為我們探探情報也好……」

鄒樂樂一聽就「呸！」地一聲。

楊國棟說：「呸？呸不呸，你不虧。鄒樂樂，到了張勳那裡，你就是他的如夫人。」

鄒樂樂一笑說：「你傻不傻？既然張勳的小老婆，我還為你們送情報？」

楊國棟指指唐明亮，「南京光復，唐明亮就是『江寧大都督』！到時你不就大都督的夫人了？」

鄒樂樂想想說：「你們不成功，我就張勳的小老婆；成了功，我就是『江寧大都督』的大夫人？」

楊國棟說：「大差不差……唐都督，你這是要去哪落腳？」

唐明亮說：「去哪兒？本都督只有到內橋去看看了。」

楊國棟說：「好！去後你翻進莫家，把那顆『江寧大都督』印拿出來最好。」說著他讓車停了下，和另一個人下車走了。

唐明亮讓車跑一段，又讓車停下後就對鄒樂樂說：「現在你也可以走了。」

鄒樂樂一把拉住了唐明亮的手，「我不走！」

唐明亮說：「這個楊國棟一根筋，你又不是沒見著？他說把你送張動，絕對不會不送的！」

鄒樂樂說：「但你捨不得我，我們是相互救命的交情……」見唐明亮皺了下眉，就說：「再說：我走，我哪走？無家可歸，今晚我就賴上你了！……」

○十一

半夜到了內橋的「開城」刻字店。

齊開城只一眼，就認定唐明亮帶來了他的如夫人。

齊開城不但答應為唐明亮新刻一枚「江寧都督印」，還將這個沒處過夜的「江寧大都督」，安排在他城南金沙井的另一處房子裡去了。

唐明亮帶著鄒樂樂來到城南金沙井，隔著院牆就看見齊開城的房子裡亮著燈，開門後疑疑惑惑地穿過小院，剛推開房門，一把槍就頂在了他的腦袋上。

是雨兒用的槍，她見是唐明亮，就把槍收了回來，「你不是去刺殺張勳的嗎？」

唐明亮長長地呼出一口氣來，說：「嚇死我了……雨兒，去了，沒得手……」

雨兒指指鄒樂樂問：「她呢？」

唐明亮說：「她就是鄒樂樂……是，是要送給張勳的！」

鄒樂樂說：「這回是你親口說的，要把我送給張勳了。」她望著雨兒強笑了下，「這位大小姐，」她做了個殺的姿態，「他是要我接著去殺張勳的！」

雨兒說：「他都沒把張勳怎樣，你去殺？」說著她側側身子，把他們讓進了屋。

進屋後鄒樂樂一笑說：「殺不成，大不了就死啊？死不了呢，還可為你們探聽情報啊？」

雨兒問：「餿主意！誰的？」

唐明亮說：「楊國棟。」他轉而對著鄒樂樂，「鄒樂樂，剛才我在車上還說過，沒人逼你。不去，你馬上可以走。」

鄒樂樂哭了說：「明明知道我沒處去，還要我走……我死活，你全不當一回事了！可我救過你的命啊！」

雨兒問唐明亮，「她救過你？」

鄒樂樂說：「當然救過了！……」

今年（一九一一年）陰曆三月十八，那天我身子不方便，在後院裡歇著。半夜裡突然槍聲一陣，殺聲一陣，聽說是革命黨在攻打不遠處的兩廣總督府了。我站在院子裡聽動靜，只聽見外面槍聲喊聲和滿街亂跑的腳步聲一陣一陣的，又是一串跑步聲傳來，接著一個人影翻過牆，滾落進了院子裡。

鄒樂樂指指唐明亮，「就是他，一翻過牆就倚在牆根下，不動了。」

那天他一手捂住屁股，一手拿槍對著我。見鬼了，那天面對槍口我不怕，反而有點興奮，壓低了嗓子嚇唬他，「我喊了！」他說：「喊就打死你！」我說：「開槍呀！」誰知他的口氣一下子變了說：「大姐，你救我！」這時院牆外有一陣腳步聲停住了，說：「追著追著，人就不見了？」

外面又有人說：「只怕翻牆了。」他們議論著，最後決定去找這院子的大門。

那些人去找大門了，我就拉著他唐明亮進屋，幫他扒光帶血的衣裳丟進床下的蓋板裡，剛把他掀倒在床上，大門已被擂得「轟隆隆」直響了，接著那些找著了大門的就朝後邊跑過來，可唐明亮手裡還握著槍！我只好把槍搶過來塞到他身下，什麼也顧不上，一翻，騎到了他的身上……

唐明亮說：「閉嘴，你閉上嘴好不好？」

鄒樂樂說：「就不閉！這位大姐，我當他面，說得出半句假話嗎？！」

湧進來的人一看我騎在他身上，全都驚呆了。

有兵指著他說：「革命黨！我們來抓革命黨！」

我說：「呸！沒見辦事嗎？你才革命黨！」

這時他唐明亮突然用手去摸槍，我瘋了，我用整個身子壓在他那只摸槍的手上……好在這時老鴇闖了進來，我立即哭著喊，「媽媽，今天我大姨媽來了，你怎麼又給我領來一大群呀！」

廣州的老鴇，那是見過大世面，上來就將摟住我的兵拉開了，轉臉對一同進來的那個官說：「生意著呢。都熟人，何必呢？」

那官吼一聲，「亂黨剛在總督府裡放過火，你們又來這裡放火啊？滾！」

兵們都在朝外走，那官就回頭望著唐明亮說：「都沒嫖死了，你還造反革命黨？！」

都走了，我找出一套衣裳給他換。那時我才知道他叫唐明亮。

沒錯，就是這個唐明亮。

第二天老鴇來找我要昨晚幹私活的錢。她真的把唐明亮當成我幹的私活了。掏不出錢，我就說：「人家要給的，我沒要！人家昨晚可是剛剛放過火，燒了兩廣總督府的！」

老鴇抓起杯子就將一杯茶潑到了我臉上，她罵我，「犯賤！」說我「差點把她也做在裡面了！……」

我任憑茶水從臉上往下淌，而後就對著鏡子一點一點地將茶葉從臉上擇下來，這才說：「救了人，再跟人家要錢，那才是犯賤！」

再以後我就被騙到了南京，廣州那家容不下我，又把我賣到這「春華院」了。

雨兒問：「唐明亮。人家救過你，那你還要把她送張勳？」

唐明亮說：「好，好，我們退一步。雨兒，在南京，刺殺徐紹楨不行，搶彈藥庫不行，刺殺張勳也不行！得講理呀？那你要我怎麼辦？再說：是楊國棟自說自話要把她送張勳，那也不是我呀！」

雨兒不吱聲了。

唐明亮說：「再說：我現在是想走也走不掉了。除了把破槍，」他指指鄒樂樂，「為了贖她，搞得身上連一個銅板也沒有了！」

鄒樂樂說：「你沒有，我有呀！」

唐明亮說：「你有是你的！」他一下就氣洶洶地對著了雨兒，「老查和你堂叔都死了，什麼事都搞得上不能上，下不能下了，拍拍屁股我走？走也不甘心啊！」

鄒樂樂望望雨兒，就對唐明亮說：「好，好，那我成全你，就心甘情願去給你們當他一回探子和刺客好了。」說著她一笑，「其實，這也是一賭！賭贏了，這位大姐，我就是『江寧大都督』的夫人！你可是個見證哦？」

雨兒說：「這個見證，我做。」她又對唐明亮說：「就這樣，你們慢慢說，我先走了。」說完她轉身就走了。

○十二

葉公覺殺了莫德貴，就是把有人要刺殺徐紹楨的秘密公佈於天下了。徐紹楨有耳朵，他是絕不會等著去挨那一刀的。兩江總督張人駿這麼想。

在鼓樓教會醫院徐紹楨究竟藏了些什麼？張人駿又想，如果是軍火，那麼徐紹楨不想造反，又想幹什麼？因此，這事絕對不能人云亦云似是而非，張人駿決計要搞個水落石出！但鼓樓教會醫院那是外國人的地盤，查不出是個洋務糾紛，查出了就更麻煩。馬林院長既然能幫徐紹楨藏，就能幫徐紹楨扛，萬一他說軍火就是他的，那好，治不了洋人馬林的罪，卻驚動了徐紹楨，那不等於是我兩江總督張人駿在催著逼著他造反嗎？

為這事張人駿糾結得一夜無眠，直等到天色漸明，這才漸漸醒悟過來。事情其實也很簡單，「查」字不可用，他換一個「訪」字，不就是了嘛！

一大早，兩江總督張人駿輕裝簡從直奔鼓樓醫院，去「訪」馬林院長了。馬林院長正要出醫院門到黃泥崗下面的三元茶館吃早茶，他們在院門口迎頭撞見了。馬林院長嘴上一貫地熱絡，「總督張。一大早，這是哪陣風把您刮來了？」

張人駿說：「馬林院長，本督有事請教，這裡人雜……」

馬林並不想請張人駿到醫院裡面去，有意四下望望，「這裡沒有閒雜人等啊？張總督。」

張人駿拉住了馬林的手堅持說：「馬林院長，我堂堂兩江總督啊，要在你們大英國，至少也相當於……」

馬林立即糾正了他，「不，我，加拿大人，受『米國』基督教會之所派。」

張人駿連連搖著手說：「好，好，不辯，不辯，米國就米國。相當於什麼我也不計較了，總歸我堂堂總督不假吧？又是一大清早，就不能裡面坐下一敘？」

馬林院長只有不好意思了，他把張人駿引到了自己的辦公室，各自坐下後問：「咖啡還是茶？」

張人駿心裡有事，就說：「隨便了吧。」

馬林對僕役說：「咖啡。」

見僕役去了，張人駿就對馬林說：「先有一事請教。中國人，」他指指腳下的地，「就在南京城裡自己打起來，你們洋人怎麼辦？」

馬林說：「這事最好你去各國之領事館，請教。」

張人駿說：「列強之領事館和我們有交情，當然站在朝廷的一邊……」

馬林說：「張大人既然透亮的，還問我？您？明示，究竟要來說什麼？」

張人駿說：「那我就打開天窗說亮話吧。新軍第九鎮的徐紹楨，最近，是不是在這裡私藏了百十箱軍火？」

馬林說：「絕對沒有。總督大人應該相信我……」

張人駿說：「當然絕對相信你，」他望了馬林一眼，「不過……如果，我說的是如果，如果讓我看一看這些箱子，那我豈不是更相信你了？」

馬林說：「看？看一看？這詞太微妙了，但……」他笑著對張人駿說：「在這裡看，非比看街上的西洋鏡也，實有搜查之嫌。這恐怕還要通知米國領事館。」

僕役送上了咖啡，張人駿為了緩和緩和氣氛，端起喝了一口，立即又朝旁邊的痰盂裡吐著，搖搖頭說：「到底不是茶，一股糊鍋巴味。」他指指馬林，「說你中國通，你還是不通。」

馬林說：「總督大人不是隨便麼？」

張人駿說：「那你就不能隨便成茶？」說著他擺擺手，「罷，罷，罷，好多情形你還是不懂，」接著他又低聲問：「中國有個詞叫『私了』，你可知道？」

馬林說：「私……『了』？」他用手在空中比劃著寫法，「『了』，讀鳥，小鳥的鳥，『私了』，私下不明不白放飛的鳥，小鳥，有點明白了……怎麼『私了』？」

張人駿說：「你讓我看，即使看到了什麼，心裡有數，我不吱聲啊？不就成你我私下的交情了？」說著他「呵呵」一笑，「那樣，正如你所說，小鳥私下裡就放飛掉了，米國領事館就不必知道了…………」說到這裡，他只看著馬林。

馬林眨眨眼說：「你沒說完，我還聽著呢……」

張人駿說：「如果不讓我看，那就成了公事……對你會不太好。」

馬林想了想說：「ＯＫ，不就是看看嗎？沒什麼大不了……」

馬林帶著兩江總督張人駿和他的隨從，穿病室過回廊，來到了一間解剖室，又從一具具人的骨架中穿過時，馬林停下說：「總督大人，我要保留一項權力，對這事的解釋權。」

張人駿急著去看，就說：「你個中國通，又不通了，怎麼解釋本督由你好了。」

在一處半地下室的小門前他們停了下來，馬林開門開燈。

張人駿一眼望去裡面很大，沿牆的四壁碼放著一隻隻巨大的木箱，足足有兩人高。他站在門口，兩眼發直了。

馬林貼在張人駿身後說：「如果是槍彈，總督大人，足足武裝一個標（團）！」

張人駿又打了個寒顫，忍不住還是衝進去看看，便對手下不管不顧地喊，「打開！打開！」

馬林剛跟進來，一聽轉身又往門外跑，被張人駿一把拉住了，「馬林院長，你慌什麼慌？」

馬林說：「萬一炸彈呢？炸彈一碰，我們就全都飛上天了！」

張人駿死死拉著馬林的衣襟不放手，「不怕，要死，我們一起死好了！」說著他衝手下揮揮手，「打開！」

木箱子被親兵們打開了，箱子沒爆炸，倒是一冊冊線裝的書從箱子裡滾了出來。

張人駿鬆開了拉著馬林的手，笑了說：「你早就知道。」

馬林說：「不知道。」說著他抱起雙臂朝木箱子上一靠，「總督大人，這事徐紹楨肯定會知道。我們要給他個解釋。」

張人駿說：「繼續為徐統制保密好了。他不問，我們就裝不知道。」他停住了，想想又說：「他知道了，也會裝作不知道……」

第四章　妓女探子

○一

天才亮，楊國棟就來了，他把金沙井那處房子的院門敲得山響。

唐明亮打開門就問，楊國棟你什麼意思？

楊國棟說今天去見張動，我怕你們忘了。

唐明亮說，有了你，想忘也忘不了！他指指已站在身後的鄒樂樂問，這麼大個活人送給張動，你總得有個理由吧？

楊國棟這就給難住了，他說，現殺現賣，立馬我也想不出呀？

唐明亮說，屁大個彎子都轉不過來，你還起事？就用徐紹楨的名義嘛！

楊國棟聽了一拍大腿說，對！否則我們忙死，他徐紹楨一邊觀風景，都要閒死了！

鄒樂樂卻是「呸」地一聲說：「送來送去，我在你們眼裡，還是個人嗎？」

○二

天一亮，徐紹楨就一如既往地坐在書房裡晨讀了。

自從前天晚上給了唐明亮那一千塊大洋，徐紹楨就有些心潮起伏，魂不守舍了，又是一夜無眠啊……此刻的晨讀心猿意馬，只是做做樣子罷了。

給了那一千塊大洋，他就是刺殺張勳的同謀，他的靈魂，便就被唐明亮用一根繩子牽著了……

如果，徐紹楨坐在書桌前不斷地想著如果。

如果唐明亮去刺殺張勳，應該就在昨晚。可是整整殺了一夜呀，偏偏連一點消息都沒有！如果這小子刺殺不成，一槍斃命倒也罷了，如果被活捉，那就糟了！一想到這，徐紹楨就不是什麼靈魂被牽著，而是頭頂上實實在在地懸著了一把劍，稍一動，隨時都會掉下來……如果那晚，不給那一千就好，唐明亮就去不成了！但反過來，如果不給，「勃朗寧」就捏在人家手上，當時他就過不去了！過不去？如果他徐紹楨要讓唐明亮過不去，出門前就能要了他的命！然而唐明亮在他這兒一旦出了事，楊國棟們的那些暗槍，就一齊會對著他徐紹楨放起來了！想到這裡，徐紹楨下意識地聽了聽外面小院的動靜……

小院裡安適而靜謐，只有風吹樹動，落葉輕輕飄著墜地的聲音……心裡安適了些，便就又想到了一個如果，如果唐明亮拿了錢不辦事，把這錢黑了呢？那就好！太好了！如果是那樣，那一千大洋的數額就太少，早知道三千就三千！可當時偏偏還要較個勁，還要和他討價還價，唐明亮能被這區區一千元的數額誘惑麼？現在回過味來，聰明反被聰明誤，真正是後悔也來不及了！

外面小院裡傳來了腳步聲，書房的門被敲了三下，不等應答便被推開了。

楊國棟的頭伸了進來說：「徐統制，唐明亮來了。」

徐紹楨愣住了。這是他對唐明亮行蹤千百個如果中，唯一沒有想到的一種，他說：「快，快，喊他快進來！」

見楊國棟招呼唐明亮去了，徐紹楨便連忙放下手裡的茶杯，坐在書桌的後面理了下衣領，感覺中自己還是很泰然的。

唐明亮進門了，對徐紹楨敬了一個禮，說：「徐統制，刺殺沒得手。」

徐紹楨鬆快地一笑說：「又來刺殺我了？」

唐明亮說：「不。是用你的錢，我把張勳喜歡的那個人贖出來了。」

徐紹楨眨了眨眼，「錢給你，就你花。用得著跟我說嗎？」

唐明亮說：「不，我們想把她送張勳。楊管帶意思，光我們送不太好，沒由頭，還想請您寫封信。」

徐紹楨的臉色立馬沉了下來，稍停，點了下頭說：「長進，看來你們是大有長進了。」他又抬頭看了唐明亮楊國棟二人一眼，終於長長歎了口氣說：「不寫都為難啊，看來我也只有寫了……」

楊國棟遞上紙、筆，徐紹楨捉筆在手先還沉得住氣，只是目光一旦落到紙上，那手就打擺子樣的抖個不停了。

唐明亮見了說：「徐統制，『要死鳥朝上，不死翻過來，』反正就這麼回事了。手一抖，字就寫不好。」

徐紹楨索興放下了筆，「又讓二位見笑了。可，你們代我想想，這哪是給張勳寫信？分明是在寫我的生死契約，是在寫我徐某人的造反宣言啊！」說著他又拿起了筆，心也似乎被自已說寬了些，說：「手不抖了。」而後凝思了下，落筆，便也就一揮而就了。

唐明亮和楊國棟接過寫好的信，字是圓潤飽滿的館閣體，上面寫著：

張勳吾兄如面：

月前督府匆匆初識，吾兄身長偉岸，印象極佳。同為朝廷鎮守東南，吾與兄定當同心協力，共赴生死，以再續張巡許遠睢陽之『守一城而捍天下』之佳話也。然，竊聞兄自領兵進駐金陵以來，連日操勞，軍營內外忙碌非常，而所得休息慰藉甚少，今特送上一姬，萬望笑納。如此，以免兄往來之不便，亦為安全計也。

雖為草率之舉，卻不失結誼恭敬之心。若慮有不周，亦望海涵。

徐紹楨草書於辛亥年十一月

二人看過，連聲讚歎之後招呼一聲拿著信轉身要走，沒想徐紹楨卻把他們喊住了。

徐紹楨說：「錢也花了，信也寫了，用唐管帶的口氣，反正就這麼回事了。送個什麼樣的人，我還真想看一看。」

唐明亮說：「花了錢，這是當然。」那邊楊國棟已出門把鄒樂樂領了進來。

唐明亮對鄒樂樂說：「這就是徐統制徐紹楨。」見徐鄒二人在對望著，就又說：「徐統制，你就不囑咐她幾句？」

鄒樂樂說：「徐統制。其實囑咐不囑咐，我都明白。去後萬一張勳對我不好，徐統制就是我娘家的人了。」

徐紹楨一聽就笑了說。「這個人選對了。小刀子一亮，快快的！」他想了下，就對唐明亮說：「去後，萬一張勳對她好呢？」

鄒樂樂說：「再好，我頂多不過是個小老婆。放心，我將寶早已押在唐管帶身上了！造反一成，我就是『江寧大都督』的夫人了！」

徐紹楨愣了下，隨即一連聲地說了幾個「好」字，就對唐明亮說：「送去時，你的身份就用新軍第九鎮的委員好了。」

於是一干人都很高興樣的，徐紹楨還親自把他們送出了門。

○三

唐明亮走了，楊國棟卻走走又回頭。

徐紹楨見楊國棟又回來了，也不理他，悶著頭只顧吸溜吸溜喝自已的茶。

正這時有差役急乎乎地進門報告，「徐統制，馬林院長來了。走的後門，且還是蒙頭蓋著臉的！」

徐紹楨開口了，「楊管帶，等應付過了馬林，你我哪怕再作徹夜長談？」

楊國棟剛剛回避下去，馬林院長就進來了。

馬林身著灰布舊棉袍，頭戴著只露出兩隻眼睛的老頭帽，進門後猶如驚弓之鳥，先把書房裡望了又望，一旦望定了徐紹楨，這才把頭上的帽子一摘，一條盤著的黃燦燦的大辮子，也就「嘩啦啦」地垂了下來。

馬林說：「天一亮，張人駿就帶人到醫院去搜軍火了！」

徐紹楨問：「你藏軍火了？」

馬林說：「我沒藏。」

徐紹楨說：「我也沒藏。」

馬林說：「他以為是你私藏了。」

徐紹楨一聲冷笑，「搜出了麼？」

馬林說：「軍火沒搜出，搜出了你的書，也搜出了對你的不信任。」

這時楊國棟從一側的房間裡衝了出來，嚇了馬林一跳。

徐紹楨忍無可忍一拍桌子對楊國棟說：「不是叫你回避的麼？」

楊國棟說：「徐統制，『人為刀俎，我為魚肉』！再不動手，你就遲了！」

徐紹楨咬牙切齒地指著楊國棟的鼻子說：「好，我們都不拿馬林當外人！你走走又回頭，不就是要逼我立即造反麼？你不就是以為我剛才寫信的把柄，都已捏在你們手上了嗎？說！是不是又是唐明亮的主意？」

楊國棟說：「老長官。這不與唐明亮相干，是我忽然想到！」

徐紹楨說：「狗東西！原來你們送人是假，不過是弄個女人來誑我寫信的！既然如此，你們現在就可去兩江總督張人駿那裡告我！」

楊國棟向外望了眼，「那我還出得了徐府嗎？」

徐紹楨說：「要攔，我是你孫子！」說著他強作一笑招呼馬林說：「馬林院長，你坐，先喝口茶……我現在必須與這位下屬攤攤牌了。」

楊國棟說：「我們早該攤攤牌了！」

徐紹楨說：「你去告發我，首先就會被張人駿扣下來。張人駿老奸巨猾盤算精細，我手裡光南京就有精兵七八千，就算彈無一發，槍上的刺刀總還有幾千把，攻城不足，自衛卻還有餘。他若敢動我，一旦拼起命來，南京肯定血流成河！所以不做到萬無一失，他張人駿是不會輕易對我動手的！因此你去告，張人駿正好把你抓起來交給我，並說明，他張人駿是絕對信任我的。這是出了道題目給我做，看看我究竟怎麼處置你！楊國棟，你說：我該怎麼處置？」

楊國棟說：「你？要拿我怎樣？」

徐紹楨說：「其實你比我還明白。形勢緊迫，我已不可能再像禮送趙聲、柏文蔚、唐明亮那樣的禮送你了……我只有當眾殺了你！張人駿要的就是這個效果啊，以此絕我造反的後路而告白天下，徐某不會造反，徐某是忠於朝廷的！」

楊國棟聽得一頭冷汗也下來了。

徐紹楨扭頭又對馬林說：「張人駿在鼓樓醫院這一搜，我看恰恰是搜出了他對我的一個放心！」忽地他問楊國棟，「張人駿搜軍火，不會是你告密的吧？」

馬林開口了，「不！徐統制，張總督可能早就派人盯著你了。」說著他從口袋裡拿出一紙信函遞給了徐紹楨，「孫文有消息了。」

徐紹楨接過一看，是孫中山一九一一年十一月在倫敦寫給吳稚暉便函的外國人電報傳遞稿，他問：「你們是怎麼搞到的？」

馬林說：「英國人的密探厲害，英國轉給米國領事館的。」

徐紹楨匆匆看過，劃著洋火就把這電報稿燒了。

楊國棟看著紙灰在眼前飛舞，用手胡亂地抓了幾下，就憤怒地對著徐紹楨大吼，「孫先生說了什麼，你為什麼不讓我知道？！」

徐紹楨終於忍無可忍，喊一聲，「來人！」門外一下湧進了四五條漢子，上來就把楊國棟按倒。

徐紹楨冷笑著說：「你喊，你再大聲些！如馬林院長所言，張總督的探子正暗中盯著呢！」

馬林說：「徐統制，別扯上我。那，我告辭了。」

徐紹楨說：「好，好。」

徐紹楨望著馬林已經出了院子，這才對手下人說：「放開他。」

那些人手一鬆，楊國棟蹦了起來正要憤怒，徐紹楨制止了他說：「小聲點！」他又望了一眼門外說：「你能保證，馬林，就不是張人駿派來的探子？」

一句話說得所有的人都目瞪口呆了。

徐紹楨讓所有人都出去，只留下了楊國棟說：「孫先生信中說了什麼，我記下了。聽著，『近日中國之事，真是泱泱大國之風，從此列強必當刮目相看，凡我同胞自當喜而不寐也。今後之策，只有各省同德同心，協力於建設，則吾黨所持之民權民生之目的，指日可達矣！』聽清了嗎？應是一字不差。」

楊國棟問：「那麼，孫先生何日可達？」

徐紹楨一笑說：「你問我？正是我要問你的。」

○四

從徐府出來，唐明亮領著鄒樂樂坐的轎子，直奔張勳提督府而去。

一大清早，街上沒什麼人，走著走著唐明亮覺得氣味不怎麼好，鄒樂樂也撩開轎簾說：「我說唐明亮，薰死了，不能改條道？」唐明亮回頭望望，只見一輛糞車在不遠不近地走著。

唐明亮讓轎子拐進了巷子停在路邊避一避，沒想到拖糞車那驢卻跟了進來，接著趕糞車的人從車上跳了下來，一掀頭上戴的草帽。

唐明亮想不到，此人竟是蘇良斌！

蘇良斌讓拖糞的驢車自顧自地前面走著，突然單腿下跪，右臂垂地行一禮，「唐大都督，蘇良斌這廂有禮了！」

唐明亮就差撲過去搧他，「你！你他媽嘴上有點關攔好不好？」

蘇良斌指指停一邊的轎子，「關攔不關攔，你辦的這差，不就是弄了個什麼人，要往張府裡送嗎？」見唐明亮聽得渾身一顫，又說：「你當真就不怕肉包子打狗，有去無回了？」說著他站起身，對唐明亮低聲說：「鎮江三十六標管帶林逑慶，帶信問你好。」

唐明亮又吃了一驚，「林逑慶？」

蘇良斌說：「他想與你裡應外合，把兩江總督府端了！」

唐明亮說：「這該找徐紹楨啊？」

蘇良斌冷冷一笑，「徐紹楨忙的是自保。」

唐明亮說：「那就楊國棟。」

蘇良斌說：「楊國棟成天鬼鬼祟祟，他把新軍第九鎮的槍弄響了嗎？」他拉拉唐明亮的衣襟以引起注意，「現在我為城裡的糞頭，天天幾十輛糞車進城出城……南京十三個城門，少說我也能打開它七個八個的！」

唐明亮說：「哦？哦，哦……」

蘇良斌說：「少哦！林逑慶說，從鎮江開過來，只是偷掛幾節車皮，個把小時的事！百八十里一個奔襲，漂亮不漂亮？這一手，南京這邊打死了也想不到！」

唐明亮說：「我才來。這事你還是找楊國棟的好！」

蘇良斌說：「我早就找過他了！我要造反，他居然不要！」

唐明亮壓著嗓子問：「提頭造反，他憑什麼不要？」

蘇良斌問：「先別他。現在我找你，你要不要？」

唐明亮想想說：「就憑你在這地界能把我找著，本事確實不小！」

蘇良斌說：「行，那我就只跟你聯絡……鎮江那邊的事，你再想想？」

唐明亮說：「好。」

府了。

〇五

唐明亮與蘇良斌分手後，經四牌樓過通賢橋，又折而朝東走不遠，就到一枝園張勳的提督府了。

唐明亮將小轎停在提督府門前，就說是來給張勳張大帥送禮的。

門房的人問：「什麼禮？」

鄒樂樂一掀轎簾，向他嫣然一笑。

提督府門房的人就被這一笑，笑住了，他們說：「張大帥人不在，什麼都好收，就是人不好收，還特別是個母的！」

唐明亮問過，這才知道張勳不在提督府去了浦口，且還不知哪天回。他見鄒樂樂又掀起轎簾正衝他偷偷地樂，就覺得今日事，今日畢，這事事不宜遲，不然就要夜長夢多了，於是決定這就去浦口。

他們是從不遠處總督衙門車站坐上的小火車，先去下關，而後過江到浦口。

鄒樂樂上車後，就有一眼沒一眼地望著窗外。她頭倚在窗邊上，嘴在不停地吃。車到鼓樓的無量庵站，唐明亮又要去買吃的，鄒樂樂就望著落葉正黃，滿山淒涼的北極閣說：「再買，乾脆你就買兩大碗土燒酒來給我喝算了，都像是上法場！」話音才了，小火車便又「哐噹」地一聲，開動了……

唐明亮就只好不去望鄒樂樂，而和鄒樂樂一樣望著車窗外，去發呆了。

雖在城裡，城北一帶卻已離得鬧市遠了，先還能見到一方方的池塘，橫橫豎豎一畦畦的菜地，和菜地旁那一座座的茅草房，接下來就是一片片的荒蕪，荒蕪的遠處，就是那道黑壓壓的城牆……

唐明亮的情緒也很荒蕪，而且也像被那一道黑壓壓的東西壓抑著……

「窗外有什麼好看的？」鄒樂樂坐對面磕著葵花子，「還是多看看我幾眼吧，不然過一會兒……咯咯咯……」她笑了，「你想看都看不著了。」她停了停，「不吱聲了？有點心虛了？你心虛就不對了……想想男人創大業、辦大事，」她突然把嘴湊過來，對著唐明亮的耳朵低低地說：「大事一成，你就開國元勳，我，夫人不夫人的無所謂，你就放一百二十個心好了……」

眼前這個女人，一個妓女，他唐明亮現在是把她當成了一枚炸彈，這就要扔出去了。爆炸，遲早的事。「轟」的一聲，就灰飛煙滅了！可他唐明亮憑什麼就把人家當成炸彈呢？當然，「驅逐韃虜，恢復中華」，為死了的老查復仇，也許還有自已將來可能當上的「江寧大都督」，這些都可以是他把她當成犧牲的理由。可人家鄒樂樂，一個活生生的女人，憑什麼要為這些，而聽任你來擺佈她的命運？就因為她是女人？還因為是個妓女？可人家分明前不久，她還救過你的命啊！

唐明亮抬起了眼睛，他發現鄒樂樂也正在悄悄地盯著自已。

她的目光裡飄蕩著些許的嘲弄，些許的輕蔑，唐明亮覺得受不了了，他忽地將雙拳擂在了窗前的小桌子上說：「不去了，我們不去了還行不行？！」

鄒樂樂像是被驚了一下，又立即反映了過來，「又不是小孩子過家家，哪能說不玩就不玩了呢？」

唐明亮十分強硬地說：「我講過。說不去，就不去！」

鄒樂樂說：「那我到哪裡？跟著你？」

唐明亮「這」地一聲。

鄒樂樂幽幽地說：「我就知道，你又要『這』了……」見唐明亮咬著嘴唇又看著窗外，她就凶凶地對著周圍悄悄看熱鬧的人吼，「看什麼看，看什麼看？以為他是人販子啊？！」接著她就回過頭來對唐明亮說：「算了，唐明亮，你也不要在心裡折騰自己了……其實，我也是身不由已，我們都是身不由已，回不去了……」說完她就「哇」地一聲，嚎啕大哭了起來……

小火車在鄒樂樂的哭聲中，一聲嗚嗚，它又進站了……

○六

江防營的老營有一千多人，就駐紮在浦口城西沿江一帶的村子裡。

張勳多年的從軍經歷告訴他，兵、軍隊，駐到哪兒吃到哪兒喝到哪兒，吃點、喝點、賭點、嫖點、搶點，乃至於殺人放火都不怕，怕就怕他們和你不是一條心！他連夜過江就是要搞清楚，這強姦殺人的背後，到底有沒有別的？

於是張勳人一到，就把老營的兵們連夜集中在農家的大場上，讓他的親兵押來了犯事的兵們，二話不說，退下褲子按倒了就用碗口粗的軍棍狠狠地揍！一揍，那農家的大場上就傳來了一片殺豬般地嚎叫。

張勳不吱聲，就像在聽親點的小曲兒……

那嚎叫聲中漸漸就吐了真言，有罵他張勳「只能共患難，不能共富貴」的，又有喊「打死也不怕，就是要跟張大帥過江享享福」的了。

張勳聽著聽著就徹底地放下心來，「棒打出孝子，軍棍出真言，」一點都不錯！

他的這些兵對他，就像他對朝廷，全都是忠心耿耿！聽著此伏彼起的嚎叫聲，一時間張勳的心裡又湧滿了對他們的愛憐。這些兵全都是他從北邊帶過來，個個侉腔侉調，一開口就「俺」啊「俺」的，樸實著呢！風把他們的臉吹得黝黑，顴骨上兩團紅暈，猴子屁股樣的醒目！都年輕，一水的大辮子都像用豬油抹過，黑得油光水滑，年輕體壯且沒文化，朝那裡一站黑壓壓一片，洋溢著一種躁動的氣息。

張勳終於放開嗓子吼一聲，「停！」輪軍棍的停住了，他又說：「老子耳朵又不聾，喊什麼喊？喊什麼喊吶？再喊我再打，越喊我越揍！」

站在大場上列隊看打人的兵們，見張大帥開始發了威，就在通紅火把的照耀下哄地一聲笑了。張勳看著他的兵們笑了，他也笑了說：「打你們是愛你們，這你們心裡全知道！把你們擺在江北，就更是老子對你們了不得的信任了！我們的根子在北邊！想想，萬一有事老子一腳跨不過江來，我們整個江防營在南京城裡，就死無葬身之地了！明白不明白！」

火把照耀下的一千多號兵，明白不明白的，全都仰脖喊了一嗓子，「明白！」

張勳聽了又說：「不錯，是悶了，悶了就尋尋開心也無所謂嘛！」他知道這下面不乏老婆曹琴的耳報神，就又說：「我在南京也嫖了，而且還是公開的。但我的嫖不是單純的嫖，是嫖給世界上人都看看的！是在告訴他們，江防營的張大帥不但要守南京，而且還把握十足！這一嫖，就告訴全世界南京城在我手中，定有深固不搖之勢，安如泰山了！」說到這裡他停了停，又說：「但嫖歸嫖，殺人就不對了！要殺人，聽我一聲令，殺的還少了？盡你們殺好了，現在我還沒下將令嘛！因此，這次殺了人的，打屁股不算，餉銀罰沒一個月的了！」

下面的一聽，知道事情過去了，「嘔！」地一聲後就起哄說：「少了，太少了！大帥，他們鳥兒作癢，罰他狗日的一年才好啊！」

「罰他們一年餉，給我們吃酒啊！」

張勳一聽就拉下臉來說：「罰一年，那你們喝酒，他們全家吃屎啊！」

江防營老營營部駐在浦口一家鄉紳的大院落裡。

現在是第二天了，張勳早飯後坐在廳上正有點不知怎麼是好。起早到現在，他還沒見著老婆曹琴的面呢。想想也是，有了昨晚「春華院」的事，夫妻間冷個兩天也是難免。但昨晚曹琴把他從「春華院」裡弄出來，活靈活現有鼻子有眼，說是有「刺客」。他真想再問問曹琴，到底真的假的？假的一笑了之，夫妻借此一說話，這事也就過去了；確實真的，那個問題可就大了！

正想著曹琴，有親兵來報，「新軍第九鎮徐統制，派人求見。」

張勳說一聲，「見！」親兵出去就把唐明亮領了進來。

唐明亮見到張勳，依「舊軍」禮，上前一步打千，「請張大帥安。」而後雙手遞上名片。

張勳接過看一眼，就把它丟在了桌上，「起來吧。新軍第九鎮，也有委員了？」

唐明亮站起後答，「回秉大帥。閒差，打打雜。」

張勳笑著連連搖手說：「委員這年頭，能大也能小！管什麼的？」

唐明亮說：「在下不過管管伙食……」

張勳說：「最肥不過管伙食。」說著他一下就綳起了臉，「但我告訴你，要在我手下，你敢揩兵的一滴油，殺無赦！」

唐明亮說：「那當然。大帥治軍之嚴，剛才進營門，光我褲襠都搜過兩遍了。」

張勳笑了說：「現在連攝政王都敢殺，他們是怕你褲襠裡收著槍啊！你來辦的什麼差？」

唐明亮說：「也是閒差。」說著就將徐紹楨的信遞了過去。

張勳接信看過說：「隔著長江唱山歌，徐統制這是和我唱的哪一齣？人呢？」

唐明亮指指門外，「小轎就停在院子裡，人也由你們老媽子搜過了。」

張勳起身來到了院子裡，在轎旁側耳先聽聽，這才伸手將轎簾慢慢地掀，掀一半，他的手就懸著了。

鄒樂樂坐在轎子裡，雙眼正咄咄逼人地盯著他。

張勳手一鬆，轎簾落了下來。

落下的轎簾又被掀開了，鄒樂樂從轎子裡走了出來，指指張勳對唐明亮說：「唐委員。還跟我在床上滾著呢！眼一眨，現在就裝作認不識我了。」

張勳連忙對鄒樂樂拱拱手，「小聲，你小點聲！」

鄒樂樂就小點聲問：「不是要娶我的嗎？人來了！」

張勳斜過臉來就問唐明亮，「姓徐的竟然暗中盯著我？」

鄒樂樂說：「妓院大門口都站了崗，你還怕人盯？」

唐明亮說：「是有人當笑話說給了徐統制，徐統制擔心你安全，這才……」

鄒樂樂說：「送上門都不要。唐委員，我們走！」

張勳說：「不，收下了。為你鄒樂樂，我今天拼死，也要吃它一回河豚了！」

○七

十點多鐘的太陽還在升高，江風吹拂過江岸，吹得蘆葉「沙啦啦」一片的響，吹起了蘆花漫天飛舞。深秋了，陽光從蘆絮中透出，大路、村莊、池塘、江堤，一直望到浦口，都是種陽光下大雪紛飛的景象，奇幻得似乎有點張狂。

心情卻是有點雜亂，唐明亮不知不覺走進浦口鎮時，空曠沒有了，人跡也漸漸地稠密了，奇幻退去，繁雜便就盡顯了出來。前幾年津浦鐵路通了，浦口與南京隔江相望，成了津浦路最南邊的起點站，這個江北小鎮也因此而漸漸顯出了繁華，菜館、旅館、茶樓、酒店、鮮魚行、舊貨攤、鐵匠鋪、稠布莊一家連著一家，夾街盈巷，早市一開門便就市聲盎然……穿過一段街，唐明亮正準備去碼頭過江，突然發覺街邊有人正朝他張望，相互對了眼，那人轉身便鑽進了身後的茶樓裡。

這張臉，似乎是在哪裡見過？可急想，就想不出它應該是屬於誰，遙不可及了……

唐明亮將手伸進了口袋，步子也就慢了下來。

這時茶樓裡迎出個夥計笑嘻嘻地對他說：「先生，有熟人請你喝茶……」

唐明亮知道別無選擇，只好硬著頭皮進了茶館。

夥計徑直把唐明亮引上了二樓，樓上冷冷清清，進了包間，唐明亮就與那人四目相對了。

唐明亮發現這人一身男裝，卻是個女的。她身材高挑而豐腴，鵝蛋臉，眼睛明媚而細長，爬上眼角的皺紋使她顧視之間，目光便就深邃著……認出來了。

「認出來了？」這女人對著唐明亮一笑，「曹琴，張勳的太太。」見唐明亮一手緊插在口袋裡，就說：「我想，我們是該大明大白地會一次。」她把雙手伸出來晃晃。

唐明亮便也勉強將握槍的手抽出了口袋。

曹琴說：「請坐，喝茶。」見唐明亮只看著茶而不動，就說：「茶一喝，下次我們就認識了。」

唐明亮終於忍不住了說：「還下次？」

曹琴說：「把人送來，你不就為了下次嗎？」說著她一笑，「說句笑話。其實下次你來，直接找我就可以了。」

唐明亮驚得睜大了眼睛，「找你？！」

曹琴說：「也不是我來嚇唬你，是你們做事，也太嚇唬人了……昨晚才去過『春華院』，今天就把人送過來……想來想去，你們什麼都不怕，我還怕什麼？但，我就是一點想不通……既要做大事，你們怎麼就偏偏相信個……從窯子裡剛剛撈出來的婊子？」

唐明亮一下子站了起來，「張夫人，誤會了。我，不過是個徐紹楨手下當差的！」說著他站起身，頭也不回地就走了。

○八

唐明亮走了，曹琴還在茶樓上坐著。

曹琴今天吃過早飯就得報，說是有人給張勳送來一個姨太太。

本來是要大鬧的，可她跑到大廳後面隔著屏門偷偷一看，立即就嚇著了。這個「唐委員」，不就是昨晚在「春華院」見過的人嗎？而被送來的「姨太太」，不就是「春華院」裡的頭牌婊子鄒樂樂嗎？她意識到，張勳這回的麻煩大了！

亂世之秋啊，為了穩妥計，曹琴便決定先來會會這個「唐委員」，若不善，就算她為張勳先擋它一槍好了……

現在會過了，沒挨著槍，卻把人家拿槍的嚇著了，曹琴笑了……

包廂的門被輕輕地敲響了，曹琴忽地想到，是不是「唐委員」發現這裡只有她，又回來了？曹琴渾身都打了個寒顫，「唐委員」要是這回真給她一顆子彈，那就地道便宜了那個剛剛冒出來的小婊子，鄒樂樂了……

門又被輕輕地敲響後，就被輕輕地推開了，從門縫裡伸進了一張女孩子笑容燦爛的臉，她看見了曹琴，就似乎不忍再推門，而是貼著被打開的那道縫，擠了進來，而後又似乎生出點歉意，說：「哦，驚攪了。」

這回是曹琴一頭的霧水了。

「介紹一下，我叫雨兒。」說著她將手伸到背後合上了門，「知道我來找您，什麼事？」

曹琴平靜了下，說：「無非張動的事。」

雨兒由衷地贊一聲，「聰明！對，是我想托你帶封信。」她拿出信來遞了過去。

曹琴拿過信左一看右一看的，「帶信不要緊，」她又把信放到了雨兒的面前，「不識字，你念念，我要做個明白人。」

雨兒眨眨眼說：「好，那我就念了。」她抽出了信展開來，望一眼曹琴說：「您頂好不要有其它動作，好不好？」

曹琴笑了說：「好。」

雨兒說：「信還有個題目，叫〈致張動招降書〉。」

曹琴問：「誰寫的？誰招誰的降？」

雨兒說：「上海陳其美，同盟會招張動的降。」

曹琴點著頭就笑了說：「奇思妙想啊！……要張動投降，就讓他老婆給你們送信。」

雨兒說：「要知道。大姐姐，像這樣的信，別人過手，我們還真是不放心。」

曹琴說：「你放我的心？小丫頭，」她一拍桌子「你也太膽大妄為了！」

雨兒連忙說：「別急著翻臉。你拍桌子我不怕……我有槍。」她把槍掏了出來，人就退到門口，接著就把信扔到了桌子上，「一直都是客客氣氣的嘛，我還以為你是個最好說話的人了。」

曹琴笑了說：「我當然好說話，我不過是嚇嚇你。」

雨兒搖搖手裡的槍，「把它嚇響了，就不好玩了。」她又指指信，「信你還是帶上。還有，什麼叫膽大妄為？只有膽大妄為，那才敢造反的！大姐姐。」雨兒說完一拉門，風一樣地去了。

〇九

曹琴往回走，就一路的感慨萬千了。

張勳別人不知道，張大帥張大帥地喊著，當年不就是個江西奉新縣出來的窮光蛋嗎？到光緒十年（一八八四）三十歲時，混得走投無路這才投了軍。是她曹琴看出了他將來的頭路，這才在長沙嫁給了他。以後走南闖北，男當兵，女幫織。果然張勳後來當上了管帶（營長），但軍中積習，他嗜賭成癮，有回在軍中賭博，竟把全營的軍餉都賭上了，輸了，是曹琴帶親兵把餉銀搶了回來，這才避免了部下的大亂，她自已卻陪張勳做了人質。沒想親兵喊來了救兵，軍營裡刀槍相對又要火拼，是曹琴喝住了所有的人，說放她出去，賭債限時限刻全由她來還好了。出來後曹琴飛馬狂奔幾十里，找到四川提督宋慶，第一個就狀告張勳。宋慶感歎於曹琴的作為，趕來將張勳押走，平息了事端。這其實是把張勳救了。

張勳的賭癮，就此戒了。但現在的問題，他又好嫖了，這就更複雜，眼前的情形明擺著，一個大意，這嫖，就會要了他的小命……

曹琴回到家，也不站著，也不躺著，也不吃茶，也不理人，只是乾乾地坐著。時間一長，倒是張勳忍不住了，便就放大了聲地說：「出來，出來。不就早遲的事嗎？」

於是鄒樂樂就被丫頭小桃子牽著袖子，一步步地走了出來。

曹琴坐在八仙桌旁望著鄒樂樂說：「喲？還害羞啊？」

鄒樂樂說：「不害羞，是害怕。」

曹琴說：「一聽這話，就知道你不怕。」

鄒樂樂就低低地說：「夫人，就當收個給你端茶遞水的丫頭吧。」

曹琴說：「丫頭，我有小桃子。」

鄒樂樂就怯怯地問張勳，「那，怎麼辦？」

張勳說：「好辦。就全聽夫人的，橫豎是一刀……」

曹琴口氣一變說：「我說張勳，你少橫！我這就把她殺了煨煨湯！你信不信？」

張勳說：「信，信。」

曹琴說：「吓！先殺了，才能煨啊！」她問鄒樂樂，「殺了你，我都什麼名聲？」

鄒樂樂說：「聽口氣，夫人是要放我一馬了？」

曹琴說：「委曲你，只好做個二太太了。」

張勳說：「夫人又開玩笑了……」

曹琴說：「不玩笑。還是把人放在明處最好，就算以後家裡生出個活鬼來，我也不怕了。」

鄒樂樂說：「謝大太太，這我就給您做牛做馬了。」

曹琴只問張勳，「說添就添了個二太太，高興不高興？」

張勳嘴裡便就一個勁地「嘿嘿，嘿嘿嘿」。

曹琴說：「趁高興，喊你手下的來聚聚，」她指指鄒樂樂，「也好讓她在人前露個臉啊？」

張勳笑著說：「全聽夫人的安排。」

請客的人還沒走，有人就闖了進來報信說：「大帥，夫人。張人駿張總督急令，要張大帥立馬過江，有急事相商了！」

張勳一聽如蒙大赦，立即說：「過江，過江！張人駿他不找我，我也正要找他呢！」

〇十

兩江總督府煦園的池塘邊，有座水榭叫不繫舟，它是條石頭做的船。

天快黑的時候，張人駿在這不繫舟裡總算把張勳等來。

於是張人駿他問得很直白，「張提督，你怎麼才來？」

張勳說：「浦口老營出了點事……」

張人駿點點頭說：「浦口老營，那是伸到江北的一條腿，那是你留下的後路啊……張提督就不與我同守南京，不與南京共存亡了？」他擺擺手，「坐坐。」

張勳說：「我不坐！」但他還是一屁股就坐了下來，有點氣，他斜了一眼張人駿，「張總督，你當然是文筆一枝花，錦繡文章出手，你就從來不留伏筆了？」

張人駿說：「今天本督無伏筆。只問，徐紹楨把那女人贖出來，送給你了？」

張勳說：「我趕來，也正為這事！」

張人駿點點頭說：「徐紹楨才走，他就是為這事來探探風，先打個伏筆的。」

張勳拿出了封信，「送來個女人，分明是在我身邊擺了個探子！這是他的信。」

張人駿看完信，在手裡抖抖說：「他來，表面是向我請示今年的秋操（秋季軍事演習），其實就是為了這封信，他心裡不踏實了。那個女人呢？」

張勳說：「不動聲色，我先穩住了她。」說著他一拱手，「請大人的示，這女人如若招了，我們是不是立馬就把徐紹楨辦了？」

張人駿說：「本督之所想，張提督全都說出來了嘛！」

第五章　繳槍小營

一○

唐明亮回到南京天已是黃昏，在內橋他被小巷裡橫闖出的一隊兵，用槍給逼住了。

唐明亮嚇一跳，一看是綠營，便單腿一曲，左拳垂地打千道，「給綠營的爺，請安。」

綠營那小軍官點點頭，說一句，「還算恭順。」見唐明亮要起身，他卻「慢！」地一聲道，「再考考。新軍，你們吃誰的飯啊？」

唐明亮頭一低，說：「皇上的。」

旁邊綠營的兵們端著槍就起哄了，「聽不見，大聲點！」

唐明亮頭一昂，放開了就是一嗓子，「吃……皇上的！」

綠營的兵們都哄然一聲大笑了，「對！這還差不多！」

綠營的小軍官說：「知道吃皇上的飯，那還想造反？吃裡扒外，那是要殺頭的！」

唐明亮低著頭，「喳、喳！……」

綠營的小軍官就問他的兵，「我們不吃裡扒外，今天，我們去吃城南的哪家館子啊？」

「隨便，我們今天就跟著您吃隨便好了！」

於是綠營的小軍官帶著他的兵們呼嘯而去，去吃隨便了。

唐明亮半跪著孤零零被丟在了路中間，再跪也無趣，他從地上爬起來就一步步地向內橋的那一邊走去。

齊開城站在店門口，唐明亮見了就望他咧了咧嘴問：「你都看見了，我那一嗓子如何？」

齊開城說：「響噹噹，一條街上都聽到了！」

旁邊好多店門口都站著人，都說：「真的，一條街都聽到了！」

唐明亮苦笑了下進了刻字店，齊開城關上門就說：「我都刻好了！」

唐明亮情緒沉鬱著，問：「什麼刻好了？」

齊開城說：「大都督印啊，」說著他突然單腿跪地，「布衣齊開城，拜見『江寧大都督』！」

唐明亮連忙把他扶了起來說：「大印呢？當街受辱，現在我還真想當當這個大都督了！」

齊開城說：「昨夜我備酒一壺，快意人生啊！邊喝邊雕，我刀走龍蛇……」說著他伸手要從櫃檯裡面拿，店門卻偏偏在這時敲響了。

「齊老伯，我……」是雨兒的聲音。

齊開城放下大印，開門讓雨兒進來了。

雨兒見到唐明亮，就說：「齊伯伯，我先跟唐明亮說句話。」

在齊開城的後院裡，雨兒說：「我的事辦完了，接下來，就和你這個『江寧大都督』一起幹。」

唐明亮說：「『江寧大都督』別當真。不過，今天我是用徐紹楨的名義，為張勳送去了鄒樂樂。明白嗎？現在徐紹楨的把柄，緊緊抓在我們手裡了！」

正說著前面店堂裡傳來了女人的哭聲，「齊老伯，你快救救我！」

唐明亮一聽就愣住了，「鄒樂樂？」

他們來到前面，一見果然鄒樂樂。

唐明亮問：「你？剛，剛剛去了，你怎麼又回來了？」

鄒樂樂說：「你？你總以為天下就你一人最聰明！」說著她就毫無顧忌地大聲哭了起來，「可別人只一眼，就看出我是個探子了！」

原來在浦口，曹琴見張勳匆匆走了，便問鄒樂樂，「昨兒『春華院』，今天提督府，你是不是像在做夢？」鄒樂樂為曹琴倒了杯茶雙手遞過去，「姐姐，相信我。進了這門，我生是張家人，死也是張家的鬼了。」曹琴接過茶就笑了說：「是不是人家把你真當成個鬼，送來的？」鄒樂樂一愣說：「姐姐！……」曹琴說：「昨夜贖你，今天又把你送過來，是送你來做革命黨的探子吧？」鄒樂樂嚇得手一抖，「姐姐，這樣編排，你該不會殺我吧？」曹琴冷笑一聲，「殺你？太容易了，但我說過嗎？」鄒樂樂說：「姐姐，這世界，都是別人在做我的主哇！」她反應了過來，「你想放我一馬？」曹琴這才喝了口端在手裡的茶說：「那你還端著明白裝糊塗？」說完她放下杯起身，頭也不回地走了。

鄒樂樂慌慌地望著曹琴離去的身影，接過丫頭小桃子遞過的包袱，想說點什麼，結果什麼也沒說，一轉身，頭也不敢回地就走了。

唐明亮問：「那張勳呢？」

鄒樂樂說：「張勳倒不疑，他老婆還沒揭我老底子時，他就被張人駿喊過江去了。」

唐明亮「哦」地一聲，心就放得寬了些。一邊安慰鄒樂樂，一邊要雨兒快去通知楊國棟，鄒樂樂暴露了，也好讓他們有個準備。

雨兒提醒說：「第一個要通知的，應是徐紹楨！」

唐明亮一笑說：「我對徐紹楨，應該有點數。就讓他七上八下地再過上一夜吧。」

○二

半夜張勳回到南京城北一枝園，他的提督府。

張勳估計大夫人曹琴早就帶著鄒樂樂過江回來了，那麼在這深更半夜裡，他正好可以揚眉吐氣，氣吞山河地當著曹琴的面，攤攤牌，審審那個小婊子了。如其還想做如夫人，那就老老實實、一五一十地把徐紹楨的陰謀招了！

不招，那就是敬酒不吃吃罰酒了，正好當著老婆曹琴的面，一陣鞭子一頓板子，那是不怕這小婊子不招的！

想到這裡，張勳一腳跨進他提督府大門時的氣焰，就不知有多炙烈了。

只要小婊子這一口咬下去，徐紹楨必死無疑！那麼南京天上一天的烏雲，也就被他張勳掃得一乾二淨，乾乾淨淨的了！

張勳在一枝園提督府裡壓抑著心裡的氣焰，不吱聲不歎氣來來回回地找著鄒樂樂，卻就是個找不著。去問小桃子，小桃子放刁，說她再也不敢說。

張勳就只好硬著頭皮，去問他的大夫人曹琴了。

曹琴望著張勳問：「急了吧？」停停又輕描淡寫地加一句，「那婊子跑了。」

張勳不相信，「跑？她幹嘛跑？」

曹琴翻翻眼問他，「她幹嘛不跑？」

張勳一手指著了曹琴，「是？是你把她殺了？」

曹琴說：「她是怕你把她殺了！」

張勳急得直跺腳，「可我當時分明是不動聲色，就是為了穩住她！我和張人駿已商量好了，就等著讓她和徐紹楨當堂對質的！」

曹琴說：「這天下，有誰傻？一看，她就是革命黨派來的探子嘛！就連提督府裡的狗，都嗅出她一身的探子味了嘛！」她停了停又問：「我就奇了怪了，當時你為什麼不動手？你不是喜歡快刀斬亂麻的嗎？」

張勳揮揮手，「不談！等於是煮熟的鴨子，拍拍翅膀，它又飛了！」他想想還是過不去，便又痛心疾首地說：「人！居然就讓她在你的眼皮底下跑了？」

曹琴說：「居然，你怪起我來了？好，好！就算跑到天邊，我也要把她給你找回來！」她站起身這就要走，臨走卻又扭過頭來對張勳說：「不過這婊子還是有情意，她給你留下東西了。」她讓小桃子拿出那封《致張勳招降書》「這是她臨走時丟在院子裡，小桃子撿到的。」

張勳接過後看看，道一聲「招老子的降？」說著他一拳擂在了桌子上，「再去兩江總督府，一切都事不宜遲了！」

○ 三

唐明亮帶著鄒樂樂來到金沙井，不尷不尬地過了一夜。

天色亮時，唐明亮用院子裡的井水洗了把臉，回到屋裡，鄒樂樂已梳洗完畢。

鄒樂樂一見唐明亮就問：「是吃早飯呢，還是馬上就走？」

唐明亮愣住了，「走？往哪兒走？」

鄒樂樂說：「徐府，去訛詐徐紹楨呀？」

唐明亮倒吸了一口涼氣，「誰跟你說的？」

鄒樂樂說：「又把別人當傻子。把我送給張勳，那是自作聰明；現在讓我去見見徐紹楨，那就是真聰明了！一去，嚇也把他嚇個半死，他肯定以為他的徐府，早被江防營的大兵，裡三層外三層地包圍了！……」說著她就自顧自「咯咯咯」地笑了起來，笑完了又說：「快快快，早飯也不要吃了！連我都覺得這盤棋，下得好玩了！」

唐明亮說：「好好好，馬上走！看起來，你比我還要厲害了！」

鄒樂樂說：「提早說一聲。辦完事你要再把我扔了……那我，對！變成只蚊子，我也叮著你！」

○四

離徐府老遠，唐明亮與鄒樂樂坐的黃包車就被飛奔而來的楊國棟攔住了。

楊國棟說：「我正找你！徐府被總督府衛隊包圍了！」

唐明亮掏錢打發走了車夫，說：「我們應該爭取見見徐紹楨……」

楊國棟說：「現在？你燒昏了！現在我們應該儘快先動手！」

唐明亮說：「不！這回我們不能對不起他這個老長官了！無論如何，你先跟著我……」

唐明亮他們來到徐府的大門口時，兩江總督府的騎兵衛隊早已把徐府圍了。老百姓以為官對官，那就是狗咬狗一嘴毛的事，樂得其看看熱鬧，也把徐府大門口擠了個水泄不通。

唐明亮拉著鄒樂樂擠在人群裡，看見徐府門前停了輛豪華的包廂馬車，徐府的衛兵已被下了槍押在門房裡。押在門房裡還不服氣，正在與外面看押他們的兩江總督府的親兵們爭吵著。

這時，徐紹楨正好被幾個提著洋刀的總督府親兵頭目押了出來。

徐紹楨還算鎮靜，走過門房時停下，朝裡面看了看問：「槍都被人下了？」

徐府衛兵隔著窗子說：「他們不打招呼，上來就動手。」

徐紹楨說：「以為是熟人了吧？」

徐府的衛兵，「徐統制，突然來抓人，你犯什麼法了？」

徐紹楨說：「胡說！誰說抓我了？」他扭頭問押著他的親兵頭目，「你們是來請我，還是來抓我的？」

親兵管帶說：「是請。徐統制，總督大人正等著你去開會呢！」

徐紹楨雙手整一整軍裝上高聳的直領，那親兵管帶趁機伸手就抽出了他腰間的手槍。徐紹楨臉上的肌肉不由自主地抽了抽，轉而躬下腰又對門房裡被押著的衛兵們說：「的確。看來下槍，是不要先打招呼的！」說完直起腰，脖子一昂，走了。

唐明亮見徐紹楨朝著那輛馬車走去，連忙對鄒樂樂說：「喊，你快喊他！」

鄒樂樂有點慌，問：「喊？喊什麼？」

唐明亮說：「喊他乾爹！」

鄒樂樂一清嗓子，朝那邊脆脆地喊了聲，「乾爹！」

徐紹楨遠遠地聽到了，一愣，停下腳朝這邊望著。

鄒樂樂舉起了手搖搖，「是我。」

徐紹楨問：「你？」他又看見了站在鄒樂樂身旁的唐明亮，「你怎麼來了？」接著他又看到了不遠處的楊國棟。

鄒樂樂說：「來看乾爹的，我被那家人趕出來了！」

唐明亮低聲對鄒樂樂說：「快問他到哪去？幹什麼？」

鄒樂樂說：「乾爹，你老人家到哪去？幹什麼？」

徐紹楨，「總督大人請我開會……不開會，本來我是要去小營辦公的。小營，你知道嗎？……」可他並不要回答，一彎腰人就鑽進了車廂。

那個親兵管帶朝這邊看看，也鑽了進去，而後那幾十個騎兵就一律翻身上馬，前後簇擁著這輛馬車飛馳而去。

唐明亮轉身就將楊國楝拉進了小巷裡，低聲說：「快，去小營！」兩人正要走，鄒樂樂卻在後面叫了起來，「還有我，我怎麼辦？」

唐明亮說：「你去齊開城的刻字店，等我。」

鄒樂樂問：「還能把你等回來？」

唐明亮急了說：「等著吧，不騙你，這回還真的難說了！」

○五

總督府煦園內的西花廳，是座單層有回廊的西式建築，向南一排半圓型的拱門莊重華美，卻遮擋住了它身後長長的走廊，和走廊後面的廳，西花廳。

今天的會議就在這裡舉行，張人駿喜歡這西花廳的氣質，外表雖然張揚著內裡卻是虛實相掩的了。

到會的各方要員們早早地來了，盡皆官場之老手，都明白此次會議不太好玩……但又都知道會議的關鍵點，並不在自已身上。所以難免有看看熱鬧之心，但行為舉止卻又都顯出了矜持與觀望……

兩江總督張人駿把一切盡收眼底，他從從容容地端起茶來喝了口，問：「都覺得自己不是主角，對不對啊？」

葉公覺說：「『天下興亡，匹夫有責』這個道理都懂，我們全聽張總督的！」

張人駿說：「那好。趁主角還沒來，我意正好與諸位交交心。言者無罪，暢所欲言，也好命運與共了嘛……葉道，你再接著說。」

葉公覺說：「總督大人成竹在胸，我們還是聆聽大人的。」

張人駿說：「行，那我就先向各位掏掏心。武昌造反以來，我這兩江總督衙門裡，一會兒諮議局的議員，一會兒工務局的委員，一會兒洋行買辦，一會兒駐軍官長，一會兒又是外國領事館的外交官，人來人往，不亦樂乎……有來打探虛實的；有來話說天下大勢，暗勸我『識時務者為俊傑』的；當然，也有發誓要砥柱中流的……山雨欲來風滿樓，樹欲靜而風不止啊！老夫聽得多了看得多了，久思之下說句的的確確的大實話，處此亂局，要慎處！走錯一步，一失足成千古恨啊！身家性命的事，會掉腦袋的，並且禍及子孫！……」

這時總督府的親兵快步走了進來，「總督大人，徐統制到！」

張人駿說：「請！」

親兵向後退一步，轉身衝著門口喊，「有請徐紹楨，徐統制啊！」

隨著聲音徐紹楨大踏步走了進來，到了大廳的中央他立住了，一一看過眾人，便雙眼盯著了張人駿。

葉公覺提醒一聲道，「徐統制，給總督大人請安啊？」

徐紹楨對他一拱手，說：「不敢啊。」轉而他問：「張總督，我是請來的，還是被押來的？」

張人駿說：「請，當然是請來的。」

徐紹楨說：「派重兵圍宅而被請，我這還是第一次。」
張人駿說：「這正證明，老夫用心良苦啊。形勢複雜，這年頭壞人多。」
徐紹楨的目光就在眾人的臉上一一掃過，「在座袞袞諸公，有壞人嗎？有就站出來給我看一個。」
張人駿笑了說：「壞人臉上是不寫字的，若寫了字，他還真的不一定是壞人。」說著他遙遙地指了指大門的方向，「兩江總督府的大門口，『張文祥刺馬』，你聽說過嗎？我是怕歷史的故事再重演啊！」
徐紹楨說：「卑職愚頓，還是不甚了了……」
張人駿說：「那就明說了，如果我不擺足了架勢請你，只怕你也來不了呀？」
徐紹楨，「何以見得？」
張人駿，「真不知道？」
徐紹楨，「真的不知道！」
張人駿，「危險啊，你們看看，這有多危險！貴府每到夜裡，除了你的警衛，門外是還另有一撥暗中為你站崗的！他們是怕你懼於形勢棄官而不做，就暗中挾持著你，以便一旦有事就好脅持著你而號令新軍，圖謀造反啊！今晨派騎兵衛隊去接你，就是怕你萬一被這些人劫持住，想為朝廷盡忠，人出不來，也就盡不起來了！」
徐紹楨說：「謝大人！」
張人駿說：「不謝。你能在重兵護衛之下坦然前來，且臉不改色心不跳，即證明你的坦然，襟懷坦蕩的嘛！」
徐紹楨說：「這句話就更暖人心！」說著他雙手一拱單腿脆地，「卑職給總督大人請安。」

張人駿說：「請起。」見徐紹楨站了起來，又說：「只是，本督對你還有最後一個不解……」正說著只聽外面一陣人聲噪雜，轉眼就見張勳一手提著大刀，一手握著匣子槍殺氣騰騰地闖了進來。

眾人一見有些傻了。

張人駿卻「哈哈」大笑了起來，「徐統制。我有一個不解就是，聽說，昨天你把一個女人送給了張提督？」

徐紹楨望了眼張勳，「張提督，那種地方聲名不雅，更不安全……我是好意。」

張勳一聲冷笑，「好意？好意你還讓她給我帶了封勸降的信！」

徐紹楨問：「不錯，信我是寫了，但我勸你什麼降了？」

張勳，「是上海反賊陳其美寫的！」說著他拿出信交給了張人駿。

張人駿接過信看一眼，就遞給了葉公覺，「葉道，撿要緊的，念！」

葉公覺展開信來念道：「《致張勳招降書》，『全國起事，神洲浩蕩，張提督若提兵歸漢，江蘇兵權還屬軍門。實望反逆為順，共奠神州……』」

徐紹楨說：「張提督，你認定信是那婊子送的？」

張勳說：「那當然！南京一有事，就有婊子！」

徐紹楨說：「這就奇了怪了！這樣……，眾人作證，張總督，我願與那婊子當庭對質！」

張人駿說：「對質！」他轉而對張勳說：「張提督，帶上那婊子！」

張勳說：「張總督，有信足矣！還要什麼婊子？」

徐紹楨立即辯駁，「信是信，婊子是婊子！豈能混為一談！」

張勳把大刀朝桌子上一拍，「人我當然會有交待！」

張人駿倒鱉了一口氣，「張提督，說好的！對質！沒人怎麼對質？」

張勳說：「那婊子心虛，跑了！」

張人駿問：「那徐統制何罪之有？無罪而誅，我怎麼向朝廷交待？！」

張勳就差喊了起來，「安定了大清天下，就是你我最好的交待！」他突然一舉手裡的匣子槍，卻被總督府親兵將他的手一抬，一串子彈射上了這西花廳的頂上。張勳被幾個總督的親兵抱住了，只能掙扎著發一聲喊，「當斷不斷，反遭其亂啊！張總督！」

會議廳裡一陣混亂，葉公覺見狀說：「諸位，亂什麼亂？亂什麼亂？」他環顧左右而言它了，「我說江寧將軍呢？」

眾人一聽，就說：「對，鐵良呢？」

「大清江山，再亂也要等他來說句話。」

「要亂，也得等他來了再亂啊？」

正說著鐵良從外面一頭鑽了進來。

張人駿問：「都什麼時候了！你偏偏還要遲個到？」

鐵良說：「不能怪我，怪奇芳閣的包子！偏偏今早上第一籠，它就蒸了鍋夾生的！」

眾人聽得「哄」地一聲笑了。

徐紹楨一笑說：「這裡也蒸包子，剛剛點著火呢！我和新軍第九鎮，正好一大籠。」他問張人駿，「想吃這包子，錢誰付？」

張人駿說：「江寧將軍，你說！」

鐵良說：「誰都付不起！南京亂不得！」

張人駿贊一聲，「鐵良不糊塗！徐統制，不是秋操嗎？去小營，我先閱他一回兵！」

徐紹楨說：「大人。我腰裡的槍呢？」

張人駿拍案而起，問：「誰膽敢下了徐統制的槍？還！」

徐紹楨重新配上槍後，便對張人駿一個立正，「張總督，卑職聽令！」

○六

新軍第九鎮馬標駐地在南京城東之小營，紫金山的餘脈富貴山鬱鬱蔥蔥，正如一道蜿蜒的屏風擋在了小營的北面。

唐明亮和楊國棟才把情況通知下去，緊急集合的號角聲就響起了。一時間整個軍營都喧騰了起來，唐明亮趕往新軍第九鎮司令部時，見徐紹楨被總督府的親兵簇擁著與張人駿並肩而行，正從小樓裡出來，他的目光顯得很無助，不時在四處梭巡觀望著。唐明亮見了連忙舉手招呼，徐紹楨看見了，立即喊了聲，「唐委員，你過來！」

唐明亮跑過去，立正，一個軍禮，「徐統制！」

徐紹楨對張人駿說：「張總督，他就是給張提督送人去的唐委員。」

唐明亮已看見了張勳，他們對視著。

張人駿一揮手，「不談這個，先閱兵嘛！」

徐紹楨說：「就讓唐委員隨我傳令？」

張人駿說：「不帶槍……就行。」

小營校閱場上口令聲此伏彼起，轉眼間站滿了人。

張人駿、張勳隨徐紹楨走上了檢閱台，總督府與江防營的衛隊分兩排提槍站在了他們的後面。

徐紹楨看見台下鴉雀無聲，幾千雙眼睛正炯炯地盯著了他們，便向身後的唐明亮點了下頭。

唐明亮一聲口令，「全體都有，立正！」

幾千雙腳在校閱場上瞬間的移動，仿佛是從地上響起的一聲悶雷。而後只見幾千人站在那裡一動不動，隊列排山倒海，氣場勢如長虹。

張人駿還是被這場面震憾著了……儘管張人駿昨天就同張勳把一切都謀劃好了，但眼前這一瞬間，他意識到他錯了！隔空遙想和身臨其境完全是兩回事，錯，錯就錯在他站在了這檢閱臺上，一旦動手，他就成了眾矢之的，以新軍的氣勢，他是萬萬逃不了的……那麼整個南京也就天翻地覆了！

徐紹楨此時已側過身來對張人駿說：「總督大人，部隊集合已畢，請您訓話！」

張人駿說：「你訓練的部隊，還是你訓話。」

徐紹楨背著手向前走了兩步，偏偏沒說話，卻先將檢閱台下的隊伍從左慢慢望到右，又從右一直望到左，這才說：「小營所駐，是我新軍第九鎮之馬標（騎兵團）炮標（炮兵團），堪稱精銳之精銳……」他咳嗽了一聲，突然問：「不對！部隊怎麼少了？！」

唐明亮胸脯一挺，大喊了一聲，「報告！」

徐紹楨斜望了唐明亮一眼。

唐明亮接著說：「馬標一營五百餘人，還有輜重營昨天出城打靶，在上坊青龍山一帶，至今還沒歸建……」

徐紹楨擺擺手說：「這不怪他們，今日閱兵，臨時起意的嘛！總督大人，你說呢？」

張人駿說：「確是如此……」嘴上這麼說，他心裡真的是後怕了，兩個營一千多人還在城外，槍炮在手，軍械齊全啊！城裡一動手，城外的豈不殺奔而來！

徐紹楨接著說：「集合號聲起，我看過表，集合你們足足慢了二十七秒！說，為什麼慢了二十七秒鐘？」

校閱場上依然是一片寂靜，鴉雀無聲。

「而且今日偏偏是兩江總督大人親臨閱兵，」他指指自已的臉，「丟我臉事小，對兩江總督張大人，那可就是大不敬！」說著徐紹楨朝張人駿略略一躬身，「張總督，這是我平素訓導無方了！」

張人駿連忙搖著手說：「剛才集合，連本督也開眼了嘛！區區二十幾秒，朝廷恩典，不必斤斤計較了！……」說著他就放低了聲音對徐紹楨說：「你現在即可下令檢閱，而後出城，秋操了……」

誰知這時張勳喊道，「江防營的兄弟們！」

人隨聲出，只見江防營有上百人赤裸著上身綁著炸彈，衝到了檢閱台的前方；檢閱台後面的那排平房頂上，六七挺機槍也被江防營的士兵架上了；而四周的牆頭上，也出現了江防營士兵持槍的身影。

新軍第九鎮的隊伍一動不動，面對面，雙方盡皆虎視眈眈。

張勳從親兵手中拿過了機關槍說：「富貴山上，我已令張奎仁架好大炮！張總督，張勳只聽一聲將令了！」

不要張人駿下令，已有數枝槍頂在了徐紹楨的胸口。

張人駿和全體官員只見操場上的軍隊依舊紋絲不動，他們臉上的肌肉，也都抽了抽。

徐紹楨望著張勳一笑，說：「這是幹嘛？」

張勳說：「你說幹嘛就幹嘛！」

徐紹楨說：「幹嘛我都無所謂了，你呢？」不等答，他又問張勳身邊的兩江總督張人駿，「還有你呢？」

正這時唐明亮一把抽出了徐紹楨腰間的槍，也頂在了張勳的頭上。

官員們見狀，慌得在檢閱臺上亂竄著，張勳轉身對唐明亮說：「我更無所謂了。槍一響，新軍第九鎮就血流成河了！」

徐紹楨說：「不怕！一旦血流成河，就連張總督一起淹了嘛！」

張人駿向著張勳一聲吼，「反了！你們都反了嗎？！」

「慌什麼慌？」徐紹楨這時伸手拿過了唐明亮手裡的槍，順手插進了腰裡說：「張大人，臺上鬧成這樣，台下紋絲不動。新軍第九鎮造反了嗎？」

葉公覺從一群呆若木雞的官員中站了出來，「沒反！沒反！第九鎮是朝廷的新軍，中流砥柱，是鐵軍啊！」

張人駿一下子抬高了嗓音，「我也說，沒反！徐統制……」

徐紹楨上前一步，「到！」

張人駿說：「本督開眼了！你即下令，新軍第九鎮出城秋操，移駐秣陵關！」

徐紹楨說：「遵令！秋操，出城，移駐秣陵關！」

張勳一聲大喊，「張總督，這是放虎歸山啊！」

張勳的手一動，張人駿撲過去就雙手抓著他手裡的機關槍，口中對徐紹楨大喊著，「快，下令，出城！空槍！統統給我背著空槍！」

○七

徐紹楨立馬聚寶門（中華門）外的長幹橋上，身下秦淮河，水波滔滔。聚寶門和它甕城裡的城門洞由大到小，一圈一圈地向城裡伸去了老遠，而新軍第九鎮馬、炮二標與接令後背著空槍的第三十三、三十四標會合後，正從這裡向城外開去……

徐紹楨放眼回望，他想，新軍第九鎮從這銅牆鐵壁般的城門洞裡鑽出來後，便就鼇魚脫得金鉤去，海闊天空了……但，脫得金鉤去了幹什麼？思緒一旦落到這上頭，他的心便不由得有點慌慌的……

徐紹楨隨隊南向而行，前面就是雨花臺那一片荒蕪的高崗丘陵了。

突然隊列裡唱起了新軍第九鎮前管帶趙聲寫的那首《保國歌》：

「眾志成城起義兵，要與普天雷仇怨。不為奴隸為國民，此是尚武真精神。野蠻政府共推倒，大陸有主歸華人。直言普告州和縣，地方自治無兵災。取彼民賊驅異類，光復皇漢笑呵呵！笑呵呵來笑呵呵！」

徐紹楨聽著即便想笑，卻怎麼也笑不出了。無疑這是楊國棟讓唱的。隊伍剛出城，楊國棟們就馬不停蹄啊，已在向他施加壓力了！

在張人駿張勳看來，他徐紹楨是最有威脅，最可能的造反者；而在新軍第九鎮，他卻又還是個大清國派來的最高軍事長官。那麼，他徐紹楨究竟是個誰？

從一介書生而官至新軍統制（師長），大清國對他徐紹楨不算薄；而眼下他那些盤根錯節的關係，他的家人，他酷愛著的那幾十萬冊書籍，以及他的官邸別墅，全都留在了城裡……人雖出城，徐紹楨心裡的那道坎，卻還是沒有邁過去……

最現實的情形是，這支他帶出來的七千人的隊伍，出城後每天最少一萬斤的軍糧該從哪來？若反了，攻城拔地，槍彈又該由誰供？還有，造了反，究竟是他聽他們的？還是他們聽他的？像楊國棟現在這樣，肯定不行！對，對，出城了，這個問題就擺在面前，不得不想想了……

「乓乓」兩聲槍響，將徐紹楨從凝思中猛然喚醒。

雨花臺的山道裡，徐紹楨看見小路兩邊的山崗上，突然冒出了許多人來。

「哪一部分的？」這邊問。

小山崗上的不少人已衝下來，堵在了路上。

「老子是綠營！」「繳槍！」「你們把槍交出來！」

徐紹楨驅馬向前說：「江寧將軍嗎？請鐵良出來說話！」

綠營童侍衛的聲音傳了過來，「鐵良將軍說，識相點，不然血流成河了！」

話音剛了兩邊山崗上就是一陣槍響，子彈無不「嗖嗖」地從新軍第九鎮隊伍的頭頂上飛過。

徐紹楨說：「鐵良！你既然想劫殺新軍，面都不敢照一個，鼠輩了！」

新軍第九鎮隊伍裡發一聲喊，「鐵良，你出來！」

「鐵良，你給我們滾出來！」

鐵良策馬出來了。

徐紹楨說：「賊頭賊腦從這兒冒出來了。江寧將軍，難怪在小營沒見著你！」

鐵良向徐紹楨一拱手，「徐統制，讓新軍放下槍就地解散！一切皆休！」

徐紹楨說：「我不呢？！」

鐵良說：「你明白，我來就是必殺！」

見徐紹楨久久不動，鐵良拔出了手槍，這時有兩騎衝過來，楊國棟與唐明亮瞬間將兩把雪亮的馬刀架在了鐵良的脖子上。

綠營的人見了端槍要衝過來，被新軍第九鎮的人端著上了刺刀的槍頂住了。

雙方眼瞪著眼，槍頂著槍地對峙著，原來一片噪動的山谷，呈現出了死一般地靜寂。

鐵良突然大呼，「他們是空槍！開槍啊，弟兄們！」

遇著了，鐵果然不俗！……徐紹楨的頭「嗡」地一聲剛剛響過，卻聽童侍衛的聲音傳來了，「槍一響，鐵將軍，你就完了！」

鐵良說：「完了就完了！」

「但，但……」童侍衛的聲音卻在顫抖著，「但你完了，你牛了！你烈士了！我們呢？」

綠營的弟兄們一齊呼喊了起來，「你完事小！弟兄們吃了二百多年的鐵桿莊稼，就全完了！」

鐵良一聽就有些失態了，「你！你們！說好的，你們臨陣不能變掛呀！」

「茲事體大呀！」

童侍衛說：「嚇唬，本以為是嚇唬嚇唬！把他們嚇個屁滾尿流！可是，沒有嚇唬得住啊！」

徐紹楨趁勢對鐵良說：「鐵將軍此舉足以流芳千古，已經盡心了……讓開路，你我就全都過去了。」

鐵良的精氣神卸了，他向綠營揮著手，「非吾不能，勢不可為也。讓路！」

童侍衛領著綠營的官兵們聞令而動，轉眼間就閃開了一條路。

徐紹楨打馬走在前面，唐明亮楊國棟挾持著鐵良緊隨在後。

唐明亮突然對脖子上架著刀的鐵良說：「下令，讓綠營放下槍！」

鐵良說：「不可能！」

楊國棟說：「那就打死你！」

鐵良說：「為大清，我寧死不屈！」

楊國棟憤怒已極，一眼瞥見掛在徐紹楨屁股上的槍，伸手抽出對著鐵良就是一槍。「卡噠」一聲，槍沒響，鐵良卻腿一軟，一頭栽倒在了地上。

楊國棟懵了，瞄著地上的鐵良又「卡噠、卡噠」兩根下，槍還是沒響。

所有人都愣住了，徐紹楨卻「哈哈哈」大笑了起來說：「就憑張人駿的老奸巨猾，不做點手腳，能讓我徐紹楨腰上佩著槍，肩並肩與他站在小營的檢閱臺上嗎？」說著他就把地上的鐵良拉了起來，「打又打不死，嚇也把人嚇死了嘛！江寧將軍！你緩緩神……」

面無人色的鐵良緩過神來，睜開眼問：「徐統制？我，是活著？還是死著？」

徐紹楨反問：「槍不是沒響嗎？」

楊國棟大喊一聲，「有能打響的嗎？」

「有！」有人就將一枝槍扔過來，被楊國棟一把接在了手裡。

徐紹楨一把抓住楊國棟手裡的槍管，喊一聲，「慢！」

鐵良也喊一聲，「慢！」他聲嘶力竭地說：「已死過一回，我盡忠過了哇！有死第二回的嗎？」

楊國棟一拉槍栓，徐紹楨用力壓著他的槍管。綠營那邊也傳來了一片拉動槍栓的聲音。童侍衛在老遠高喊著，「弟兄們！他們敢開槍，這回我們全開槍，拼了！」

綠營裡一片呼應聲，「對！江寧將軍一死，拼了！我們還吃什麼鐵桿莊稼啊！」

這時有十幾個新軍第九鎮的軍官衝了過來，用馬刀逼住了楊國棟和唐明亮，「打死鐵良，繳了綠營的槍，我們在城裡的家小就全完了！」

徐紹楨大喝一聲，「都別動，隊伍不能亂！」見兩邊的人都不動了，他便命令，「大路朝天，各走半邊！我們向南，開往秣陵關！」

新軍第九鎮的隊伍隨之而動了，轉眼便如潮水漫過隘口，洶洶湧湧地從綠營的包圍之中傾瀉而出……

走了一段鐵良對徐紹楨說：「徐統制，送君千里，也終有一別吧？」

徐紹楨說：「你可以走，我不為難……」

鐵良一聽便就落荒而逃了。

楊國棟便問徐紹楨，「徐紹楨，你究竟反不反？」

隊伍裡突然有人大喊著，「對！鎮江林述慶要來合攻南京城。徐紹楨，你敢不敢？」尋聲望去，是蘇良斌，所有人都吃了一驚。

蘇良斌說：「新軍突然出城，我就追來了！徐紹楨，你反不反？」

徐紹楨說：「反容易，給養彈藥怎麼辦？」

楊國棟指著徐紹楨，「沒出城你要出城，出了城你又給養？」

蘇良斌說：「對！斃掉徐紹楨，我們先反了再說啊！」

徐紹楨說：「楊國棟要斃我，也不是一回兩回了。但，弟兄們，彈無一發，再空著肚子攻城，你們行嗎！」

下面一片，人聲寂寂了。

徐紹楨指指唐明亮又說：「現在已出城。這就是武昌黃興親封的『江寧大都督』，由唐大都督下令即可。」

好多人都沒反應過來，「什麼？什麼？！」

「唐明亮，『江寧大都督』了？」
「誰證明？」
蘇良斌說：「我證明！」
「誰來證明你？！」
「對！做官，大印呢？」
楊國棟說：「我證明，大印在城裡！」
「事關生死！我們必須眼見為實！」
楊國棟說：「唐明亮，真的假不了！你這就回城拿！」
有旗籍的軍官趁機說：「拿不來就散夥！」
唐明亮說：「不為做都督，安定人心啊！……我這就回城拿大印！」
楊國棟問：「徐紹楨，唐明亮拿來了大印，這個反你還造不造？」
唐明亮說：「楊國棟，鐵良回城後，他能說徐紹楨還沒造反嗎？」
徐紹楨說：「對，唐明亮全通了！但回城，他就不單是大印，還有彈藥！還有我們全鎮的軍官家屬啊！通知他們儘快出城避避難，以安軍心！」
「對，對！唐管帶，拜託，拜託了！」
唐明亮說：「好！」
蘇良斌說：「城門我熟，那我就陪唐管帶回城好了！」

第六章　秣陵關

〇一

換上便裝離開了新軍第九鎮後，蘇良斌主張從舊軍防營把守的旱西門進城。

唐明亮說了進城那夜，在花牌樓三十四標軍營大門口，舊軍防營列隊示威挑釁的事。

蘇良斌說：「武昌造反，漢人的防營受懷疑。他們出來示示威，是向兩江總督表忠心呢！人家滿人綠營，那就用不著。」

唐明亮點點頭，又問：「南京十三座城門，你當真能敲開七八個？」

蘇良斌說：「楊國棟、徐紹楨之流不信，你也不信？」說著他朝南京旱西門的方向指指，「走，走，我們這不就要進城了嗎？」

吃過晚飯，趁天黑唐明亮和蘇良斌來到了旱西門外。

蘇良斌對亮著幾點燈火的城樓上喊，「哎，城上是哪個兄弟啊？」

城樓上傳來了個蘇北口音，「哪一個？」

蘇良斌已經聽出是哪個，仰頭對城上說：「是你爹。」

城頭上說：「蘇糞頭！就你一個？」

城上就用繩子垂下了一盞馬燈，蘇良斌用燈照照自已的臉，就對城上說：「還有個做綢緞生意的大老闆，王先生。」他招招手，唐明亮就走過去了。

蘇良斌拿著馬燈又照了照唐明亮。

城上那個蘇北人低低地喊，「常管帶！」

常管帶從城上遠遠地傳過話來，「問他，深更半夜的，他又來作什麼鬼？……」

城頭上的就對城下說：「問你呢，聽見了？」

城下蘇良斌一聽，就指著城頭上罵起來，「聽不見！你個蘇北小炮子子，好，好！老子不拱你的褲襠，我走定淮門！」

常管帶一聽就跑出來，站在城牆上說：「開門，開門！連個玩笑都開不起了？」

城門打開了，常管帶親自接他們進城時，指著城門洞的牆上說：「新軍一出城，『殺』字就上牆了！」

唐明亮問：「『殺』字上牆？」

常管帶說：「張勳的『十殺令』啊？以前不過是喊喊，這回玩真的！」

蘇良斌一拍常管帶的肩，「這回我們也玩真的！有椿好買賣……」

常管帶也一拍蘇良斌的肩，「蘇糞，造反的雷聽你打過無數遍，何時真的響響，也下一回雨啊？」

蘇良斌扭頭問唐明亮，「怎麼樣？」

常管帶指指唐明亮，「這又是個什麼人物？你總不會說他是黃興派來的吧？」

蘇良斌說：「還真是！」

唐明亮說：「你胡說！」

蘇良斌就對常管帶說：「他說胡說，就是不胡說。你懂的。」

常管帶說：「那，我也不胡說！要真的，」他指指城門，「我立馬打開城門起鳥事，那，我就是南京光復的功臣，豈不成新朝開國之元勳了？」

唐明亮都聽呆了，問：「真的？」

常管帶反問：「你是不是真的？不就是造個反嗎？只要幹，你敢我就敢！」說著他並不理會唐明亮已握住了他的手，卻扭頭對蘇良斌說：「下次深更半夜的，你要不把新軍第九鎮大部隊帶過來，對不起，喊破嗓子，老子也不開這城門了！」

蘇良斌又問唐明亮，「怎麼樣？」

唐明亮說：「牛！城門開的，就像你家的房門一樣了！」

蘇良斌長歎一聲說：「媽的，你要是徐紹楨就好了！」

〇二

進城後唐明亮與蘇良斌約好見面的地點，就分手了。

唐明亮因是一路巡查得嚴，先在一家客棧歇了下來。

第二天唐明亮起早就寫了幾十封信，將通知新軍第九鎮軍官家屬撤離的事辦了，這就想到了鄒樂樂。

鄒樂樂如果還在齊開城那裡，唐明亮就準備請蘇良斌先把她送到鎮江去。

於是唐明亮來到了城南的金沙井，輕輕扣門三兩聲，就聽見有人穿過小院直往這邊跑。也不一聲問，門就開了，唐明亮與鄒樂樂臉對著臉了。

進來後關上門，唐明亮問：「你好像一點都不驚訝？」
鄒樂樂說：「我要驚訝，那你還是人嗎？」
他們穿院進了堂屋後，鄒樂樂轉身一把就抱住了唐明亮，「這一天外面殺人放火，就我一個人！一個，女人呀！」
唐明亮也不由自主地抱著了她說：「出城後我要是回不來，那你連我的影子也見不著了！」
兩人正要激情澎湃，院門突然響了。鄒樂樂渾身打了個激靈，問：「誰？！」
「我。」一個女人的聲音傳了進來。
他們都愣住了。
鄒樂樂顫抖著聲音問：「你？你是誰？」
院門外的女人笑了說：「你聽出來了……開門，開門，張勳張大帥叫我接你回去呢！」
鄒樂樂指指裡屋，對唐明亮低聲說：「我先看看她們來了幾個！」
唐明亮進了裡屋，她就去開院門了。
門一開，曹琴進來後就站院裡四處看了看，「這小院不錯，你倒是會找地方清閒！但，躲來躲去，還是躲不過我……」說著她對鄒樂樂笑了說：「昨天你一走，我就派人偷偷地跟著了……」
鄒樂樂望望門外，「就你一個？」
曹琴也朝堂屋那邊望望，「就你一個？」
鄒樂樂說：「就一個。再說，你管我幾個？」
曹琴朝裡邊走，快進堂屋時她停下抬高了聲音說：「躲裡面的聽著，大隊人馬，早把這裡圍了！」
鄒樂樂在身後一把將曹琴推進了屋裡說：「少喳乎，來的就是你一個！」

曹琴在堂屋裡四處望望，「聲音再高點！藏著的人呢？」

鄒樂樂真抬高了嗓子喊，「快！還不快點出來呀！」

見沒動靜，鄒樂樂就一頭衝進了裡屋。

屋裡空空，朝北對著後院的窗子開著。鄒樂樂站那裡呆住了。

曹琴也進來四處看著說：「人呢？你不會說，這是嚇唬嚇唬我的吧？」

鄒樂樂無力地依在了門框上，聲嘶力竭地發一聲喊，「狼心狗肺啊！你還是人嗎？」

曹琴笑了說：「狼心狗肺喊完了，你還得跟我走！」

鄒樂樂說：「走就走，要殺要剮下油鍋，由你了！」

○二

唐明亮翻窗，是從後門跑掉的。

曹琴進了院子後和鄒樂樂說的話，唐明亮一字不漏地全都聽到了。

曹琴只是單單的一個人，唐明亮要想辦掉這女人，舉手之勞了。

但他為什麼要辦掉她？唐明亮是被這個問題給絆住了。

這世間殺人，張勳不需要理由，只需要藉口，找個藉口就可以濫殺無辜，大開殺戒了。而他唐明亮需要。曹琴固然是張勳的老婆，但這絕不是他殺她的理由。在浦口，她分明知道他是革命黨，她也沒殺他，儘管這還是個謎，但這也足以成為他對她下不了手的理由……那麼，對於他唐明亮來說，就只好退，只好溜之大吉了。

要罵，就只好讓鄒樂樂再多罵他一回狼心狗肺的好了……

唐明亮避開大路，在城南蛛網般的小巷中穿行著，突然想到自已不殺曹琴，曹琴要是殺了鄒樂樂呢？但既然曹琴是一個人來，就不像是要殺人的樣子。這麼一想，心就放下來了……忽地又想到，曹琴她來，這是為什麼？為張勳找回小老婆？這就有點搞笑了……退一步，如果鄒樂樂一旦二進張勳府，張勳大約還不至於一見面，就把鄒樂樂殺了吧？若是張勳戀著鄒樂樂留下不殺，那豈不是向張勳府裡安插探子的計畫，歪打正著，豈不又可以進行了？

唐明亮午後來到了齊開城的刻字店，意外見著了雨兒。

唐明亮喜出望外地說：「新軍第九鎮背著空槍出城，我回來找你，就是要從上海搞子彈的。」

雨兒說：「你們丟下我，說跑就全跑了！哦，你來找子彈，並不是找我？」

齊開城咳嗽了一聲說：「唐明亮，都找，都找。你來找雨兒，還是來找大印的吧？」他拿了出大印。

唐明亮接過了對雨兒說：「雨兒，這我就全找到了！走，我們去找蘇良斌。」

在城北竺橋菜地邊的房子裡，唐明亮和雨兒找到了蘇良斌。

唐明亮介紹說：「雨兒，是上海陳其美派來的特派員。」

蘇良斌望望雨兒，「真的假的？算了，先不說這個。唐明亮，新軍第九鎮一出城，跟我聯繫的弟兄都慌了！八個！昨夜一共八個管帶來找我，只問一句話，你們還搞不搞？」

雨兒問：「搞？搞什麼搞？」

蘇良斌說：「不懂？搞，就是造反啊？」

唐明亮問：「你怎麼說？」

蘇良斌說：「我說誰要不搞，我就先搞他，我就到兩江總督衙門告他去！我還說，不但新軍第九鎮，黃興欽封的『江寧革命軍政府大都督』，我都聯繫上了！」

唐明亮拿出大印說：「正好，我把大印帶來了！」

蘇良斌說：「不帶來，大不了我去偷偷代你刻一顆！」說著他還是拿起了大印，翻來調去地看一回，「好東西，聚人氣的玩意兒呀！一旦光復，我對他們說，就恭喜各位升官發財了！」

唐明亮說：「你這就封官許願了?！」

蘇良斌說：「到時活下來能有幾人？別當真，用人之際，能給一個快活，就先給人家一個快活……對，我和他們商議過了。現在，最怕的就是夜長夢多，正要找你出城聯絡，約好新軍第九鎮，三天後，我們裡應外合！」

雨兒說：「唐管帶，我跟你有話說。」

他們出門站在了空曠的菜地邊，雨兒低聲問：「這人靠譜?」

唐明亮說：「看著不靠譜，其實有本事。昨夜進城，他衝城頭上招招手，城門就開了！」

又回到了屋裡，唐明亮對蘇良斌說：「先要商量好，我當然可以出城。」

蘇良斌說：「三天後晚十點，水西門、旱西門、清涼門、定淮門的城門，全都打開來，以放火燒鏑樓為號！」

而後唐明亮與蘇良斌又商量好了三天後晚上起事的細節，就和雨兒告辭了。

白天，南京的城門都是敞開的，讓人跑，跑得越多越好。

跑出城的人越多，到了閉門守城時，與守軍爭食的人就會越少。

也算是放生啊！

唐明亮和雨兒因此，大白天混在亂哄哄鬼哭狼嚎逃難的人流中，沒費事就出了城。

○四

天黑後，張勳回到了他城北一枝園的提督府。

回來後找曹琴不著，張勳卻見小桃子牽著鄒樂樂的手，從天井的西廂房裡款款地出來了。

張勳一望呆掉了，「你？」

門簾一挑，曹琴從東廂房裡走了出來說：「上回一進門，你不是一眼就看出她是亂黨的探子麼?這回再看看？」

張勳說：「這?……」

曹琴說：「你還發過誓，只要我把她找回來，你一刀就把她殺了？」

鄒樂樂一聽，「哇！」地聲就嚎啕大哭了。

張勳就衝鄒樂樂吼，「去去又回來，你不找殺麼？！」

曹琴又說：「既然她已嚇哭了，好，好，就先把個『殺』字欠著。但你不是說要她對質，一口咬出個徐紹楨麼？」

張勳說：「徐?姓徐的他跑出城，對不起來了!……」

曹琴一聽就笑了說：「那分明就是死無對證了!殺你?鄒樂樂，那是張大帥在過過嘴癮呢!還不快點，謝過張大帥。」

張勳一聽也笑了，手一揮說：「我不謝。快點給大夫人磕個頭!」

鄒樂樂跪下給曹琴磕了頭，站起來卻說：「大帥我不謝。殺人不眨眼啊，一路過來看見，南京城已被殺得到處掛著人頭了!……」

張勳聽了一拍桌子說：「不用霹靂手段，我怎麼鎮壓亂黨？!」

曹琴對張勳說：「你不過是為鄒樂樂，心裡憋著一口氣罷了。現在人也回來了，你的殺癮，也該到此為止了……」

那晚曹琴要張勳到鄒樂樂房裡去，張勳先是扭扭捏捏，後來曹琴一堅持，他也就乾乾脆脆了。

鄒樂樂房裡點著一對紅蠟燭，上面刻的是喜字；櫃子上還放著幾碟果品糖食，擺的是個樣子；雕花的大木床，簇嶄新的被子；一頭床邊上黑漆描金的是矮櫃子，另一頭紅通通的玩藝兒，無非放的就是只馬桶了……幾樣東西這麼一擺，洞房花燭夜的意思，就全都有了。

鄒樂樂也是躺在床上的，她不吱聲，只用被子裹著身子露出顆頭來，兩隻眼裡映著桌上的蠟燭，一閃一爍的。

張勳站在床前越掀被子，鄒樂樂就把被子裹得越緊了。

張勳性急，拎起被子猛地一抖，鄒樂樂就像只被剝的粽子，骨碌碌地滾了出來。

張勳一把撲上去，誰知鄒樂樂就喊一聲，「強姦，你有意思嗎？」

張勳一聽，說不動，就不動了。

鄒樂樂問：「怎麼又不動了？你只把這裡當成窯子，就算強姦，也無所謂了……」

張勳從鄒樂樂身上一骨碌翻下來，「好，好！鄒樂樂！你罵我！」

鄒樂樂說：「好，好，你以為是罵，那就罵了。大不了就殺了！」

張勳說：「殺？我好的，就是你現在這個犟勁兒，我要叫你口服心也服！」

這時外面有人在大喊，「大帥，張大帥！」

張勳問：「老子興興的，你喊魂啊！」

外面的人說：「兩江總督張人駿，正從鼓樓醫院朝外搬箱子呢！」

張勳問：「搬箱子？誰的箱子？」

那人說：「徐紹楨的。看份量，不是軍火，就是銀子！」

〇五

徐紹楨率隊一出城，張人駿城外惦記著新軍第九鎮，城裡他就惦記著徐紹楨的藏書了。

張人駿的官不是用銀子捐來的，是考場裡考來的。正宗的讀書人啊，雅好藏書，無可非議了。問題是他好書，正宗舉人出身的徐紹楨，也好書。

張人駿早就知道徐紹楨藏書的名氣，孤本古籍比比皆是，他曾很想和徐紹楨談談古籍的版本問題，可是每次談不了兩句，都被徐紹楨巧妙地把話題給繞開了。徐紹楨的心思一目了然，心愛的話題是不能夠與上司深談的，談興上來上司如果叫你拿出來看看，看後再叫你「割愛」，那就尷尬了。所以張人駿也就很自愛，再見著徐紹楨，就絕口不提他的「古籍」了。不提歸不提，心裡總免不了那份惦記。如果徐紹楨一直都規規矩矩地做官，那麼這個惦記對他張人駿，也只好永遠是個惦記了。然而現在新軍第九鎮出了城，情形就起了微妙的變化，這變化就給了張人駿一個探尋這惦記的理由。

於是就在新軍第九鎮撤出城的第二天夜裡，張人駿便帶人直奔鼓樓醫院而去。

張人駿來取書，鼓樓教會醫院院長、外國傳教士馬林當然是不許可的。

張人駿的「理由」無可辯駁，徐紹楨的「藏書」依現在的形勢，需由官方代為保管。馬林經過反覆辯論後，只好退而求其次，他要張人駿打個親筆收條，而後再蓋上兩江總督的大印便是。

張人駿一口答應了。

本以為趁夜人不知鬼不覺，從鼓樓教會醫院取了書出來，應是一路順風順水，沒想到到了兩江總督府大門口反而波瀾突起，他們被張勳帶人攔住了。

被攔住的張人駿臉上有些掛不住，所以一問一答就很直接。

張勳問：「這箱子裡裝的是什麼？」

張人駿反問「你以為裝的是什麼？」

張勳一仰脖子，「跑不了銀子，不是銀子就是金子！」

張人駿大怒，「要不是呢？那你就滾出城，把新軍第九鎮給我滅了！」

張勳說：「行。一言為定了！」

在兩江總督府的大門口，江防營的兵把幾口箱子撬開後，帶著樟腦味、黴味的古書從裡面一股腦兒地滾了出來。

張勳有點發呆了，不信這個邪，又連開了幾箱，還是些揩屁股都嫌黴的書。張勳只好自己給自已轉彎子，對正用大刀片子在撥弄著書的兵們大聲地吆喝著，「住手！還翻什麼翻？你們又不識字，書都歸張總督識字的看好了！我們走！」

張人駿攔住了說：「慢！」

張勳拱手作揖說：「張某願賭服輸！我這就出城，給你把新軍第九鎮滅了！」說著他放開就是一嗓子，「集合，全體集合！」

張人駿連忙說：「不行！這你不能當個真！」

張勳已是無賴至極，他翻著眼睛說：「總督大人，那我賭輸了怎麼辦？」

張人駿知道不好，便就反而像自已輸了樣的說：「張將軍，是氣話，你就別當真！我叫你『慢』，就是要說明，扣書，是為了扣人；扣住了書，我就是把徐紹楨的心扣住了。這你該懂我呀？」

張勳這才「哦」地一聲說：「我是個粗人，這一說，總算有一點點明白了……」

張人駿便就長長地鬆下一口氣來說：「懂就好，懂了就好！全然是一場誤會了……」

〇六

新軍第九鎮撤出南京後，駐紮在南門外六十里處的秣陵關。

於是秣陵關鎮外方圓數裡的荒野裡，如同連連綿綿的白雲一般，搭起了一大片帳篷，新軍的西洋式作派，蔚然壯觀。

徐紹楨呆在這帳篷裡很少出來。天黑了，有親兵進來為他點亮了馬燈。

夜深了，風漸起了，乍起的西風鼓蕩著帳篷「篷篷」作響，摻和在這風聲裡的，還有戰馬的嘶鳴聲與「霍霍」的磨刀聲……

徐紹楨想，今天又該徹夜無眠了。

「霍霍」在磨的刀，不是一般的刀，是步槍上的刺刀，是士兵們在給刺刀開刃。往日沒有命令擅自給刺刀開刃，是要殺頭的！但現在這些開了刃的刺刀，已把三個試圖阻止他們的旗籍軍官給挑了，已經把十好幾個軍官嚇得不辭而別了。

徐紹楨明白，這些開刃的刺刀，其實都是衝著他來的。之所以還沒砸到他的身上，這和張人駿張動不斷派來的偵探騷擾有關，更和他們派了八九個營的兵力在附近監視著新軍第九鎮有關。

生死關頭外有強敵，一旦殺了他徐紹楨，楊國棟清楚，全軍是會不戰自亂的！因為徐紹楨畢竟還是全鎮的統制（師長），楊國棟在等，等著唐明亮取來那顆「江寧大都督」印，以此重聚人心。一旦樹立起新的權威，便可對他徐紹楨取而代之了。

想到這裡徐紹楨心裡一笑，新的權威真的就能這麼輕而易舉地樹立起來麼？

但「嚯哧、嚯哧」的磨刀聲就在帳篷外，僅僅就隔著一層布啊，不斷地聽著，他徐紹楨的心就仿佛成了磨刀石，一下又一下，那刀就像磨在了他的心上。

人不露面，卻在給他施加著無盡的壓力！楊國棟長本事了！

徐紹楨想，儘管以目前的情形，有槍無彈這就進攻南京城，幾無勝算。但什麼事都有個說不定，武昌起事，全國回應，旋即就成烽火燎原之勢，這是事先誰也沒想到的。如果，一旦南京的事成，以他現今對於造反的態度，顯然就有失人心，不符眾望了，因此，他就不得不為萬一的將來，他在革命黨同盟會，以及新政府裡的位置，或者他們對他的看法，有所思慮了……

辛棄疾的詞，「醒裡挑燈看劍，夢回吹角連營，八百里分麾下炙，五百弦翻塞外音，沙場秋點兵……」徐紹楨想，心裡的兵，他已算點過了，下面就是要在適當的時候，也來它一場沙場秋點兵……不點，那就真要弄出個「江寧大都督」來，向自己發號施令了！

楊國棟的確就站在徐紹楨大帳外不遠處的寒風裡。

全軍都在磨刀嚯嚯，有士兵前來請示，「楊管帶。再磨，刺刀的鋼口都快磨光了！」楊國棟想，如果這磨刀聲現在戛然而止，那麼徐紹楨就會以為，磨刀霍霍又如何？「泰山崩於前而不亂」，他贏了！

再說，現在軍中給養時斷時續，吃飯已成了問題，已經有人悄然離隊，除了溜號逃跑，更多的則是去了武昌或鎮江！

必須磨刀「嚯嚯」啊！這樣就保持住了對徐紹楨鎮懾，同時也保持住了部隊的凝聚力！

徐紹楨這個官，楊國棟再清楚不過，並不是大清國白給的。

大清國養了一萬個閒人、吃貨、窩囊廢，也沒白養了這個徐紹楨。

四五年前，楊國棟是先從唐明亮身上，見識了徐紹楨。

那年徐紹楨在唐明亮鋪蓋下發現了「革命軍」、「醒世鐘」一類的書藉，後又聽到了唐明亮在軍中宣講孫文「驅逐韃虜，恢復中華，創建民國」之類鼓動造反的「竊竊私語」。上面傳來了風聲，要查，要徹查！徐紹楨不要人來查，自已就先動手了。他舉重若輕地把那些書藉，歸為了「閒書」一類，把孫文那些鼓動造反的言論，納入了查無實據的「閒言碎語」。但他又不允許這些犯「嫌」的東西，肆意地在軍營中瀰漫，於是就請唐明亮吃飯。吃飯時徐紹楨不談唐明亮的「反骨」，而是談他的「心志」，說「這裡的池水太淺，是養不起蛟龍的」，要請他另謀高就了。有困難麼？一筆不薄的盤纏路費當然是要禮送的……

徐紹楨向廣州、武昌、河北以至東北的奉天，用這種「禮送」的方式，送去了新軍第九鎮裡諸如唐明亮、趙聲還有柏文蔚、倪慶典等等的一個又一個的「好佬」。因了這些「禮送」，徐紹楨一時間在造反的同盟會方面名聲不錯，在朝廷那邊的口碑也上佳。

全國的新軍大大小小，多多少少都出過事，唯獨南京的新軍第九鎮，一向平安。

這只是眼見，後來發生的，便是楊國棟的親歷了。

在花牌樓三十四標兵營的一角，有座徐紹楨辦公的小樓，公事之餘徐紹楨常常會在樓下空地的草坪上打打拳，用以散心。

這樓向南有一排堆放器材雜物的房子，房子的南邊也有個小院。楊國棟是個神射手，常會鑽到這小院裡來練槍。問題是楊國棟很快就發現，站在這小院裡練槍，透過裝器材房子南北兩個窗口再斜一點，就能對準徐紹楨打拳散心的地方了。

一個在明處，一個在暗處，把軍中最高長官當作活靶子練習瞄準，該是怎樣的一種興奮啊！需知，軍中打靶，暗留下幾發子彈，並不是什麼太難的事。再需知，這些年新軍受孫文之影響，變天之心暗潮湧動，現在有槍、有彈、有靶子，且這靶子還是徐紹楨，只要他的手指這麼一扣，「砰」地一聲，徐紹楨這個統領著一萬多人的將官就完蛋了！造反也好，光復也好，一切就成真的了！

手指是不是就這麼一扣，楊國棟那時的心，經常為之不住地顫抖著……

徐紹楨常來這座小樓裡躲清靜，總覺得這裡過於靜謐，隱密了。就產生了種莫明其妙的不安，有天打拳無意中多劃了這麼幾步，轉身扭頭一個白鶴亮翅，視線就穿過南面那座房子的兩個窗口，一瞬間他看見有個人，正端槍用黑洞洞的槍口瞄著自已……徐紹楨渾身一震，但他的定力極好，依然不動聲色地把一路拳打完，回到小樓裡坐下來，這才放任心臟在漫無顧忌地「噗噗」亂跳著……

太可怕了！自已那個如同虛幻般的不安，卻原來是這麼的真實！

怎麼辦？辦了那個用槍瞄著自已的人並不難，但這個秘密便就因此而透了出去。

正是個人心渙散，想造反就像唱歌一樣隨便的年頭啊，軍中人人有槍，人人效仿，那麼他就等於是處在全鎮（師）一萬多桿槍的槍口之下了！

徐紹楨暗中打聽出了這個人的名字叫楊國棟後，怎麼辦也想好了。

不久，楊國棟的那一哨（連）要去朝陽門外孝陵衛五顆松靶場打靶。徐紹楨也去了。

這次打靶與以往不同，兩隻靶子放在一百碼以外，每人子彈五發，士兵兩人一對，互為對手來增加打靶的競爭性與對抗性。

打了一陣，徐紹楨就問全哨誰的槍法最好？

答曰，楊國棟。

於是徐紹楨就興味盎然地提出要跟楊國棟比一回，而且每人十發。

全哨立即轟動起來，徐紹楨堅持讓楊國棟先打。

楊國棟先打就先打，一口氣十槍，槍槍中的，全都八環以上。

輪到徐紹楨，抬手也是十槍，全部中的。全哨都在為徐紹楨歡呼時，徐紹楨卻指著扛過來的兩個靶子說：「我的靶子上明明一發沒中啊？你們歡的什麼呼？」全哨目瞪口呆了。

原來徐紹楨的十發全都打偏了，打在了楊國棟的靶子上。

徐紹楨這就走過去拍拍楊國棟的肩說：「打得再準，我靶子卻瞄偏瞄錯了，不等於一發沒中麼？所以，贏的是你！」

楊國棟聽得面紅耳赤汗流浹背了，就比別人更多了一份縱橫的滋味纏繞在心頭。從那以後，楊國棟的槍口，就再也沒有瞄準過徐紹楨了。而徐紹楨又不動聲色地把他從一個小小棚長（班長），幾年的功夫提到了一營之管帶。

後來楊國棟參加了同盟會搞造反，遠的如孫文、黃興他找不著，所以就近取材，他也就特別想要「擁戴」徐紹楨了。

那年頭在軍中，是特別講究「資歷」與「擁戴」的。

徐紹楨「資歷」不缺，但他對楊國棟們因此而來的熱情「擁戴」，卻總是有些吃消不起，是不怎麼買帳的，搞得楊國棟們總是有點剃頭挑子一頭熱，這就必然引來楊國棟們的鬱悶與憤怒了。憤怒得不能自已時，楊國棟甚至多少次在想，乾脆給徐紹楨一槍，幹掉他算了！

但這事他又絕對做不出，因為徐紹楨如果不厚道，他楊國棟的骨頭，早就打鼓了。

都是過去的事了。現在的形勢已經火燒眉毛，楊國棟只等著唐明亮回來。徐紹楨親口說過，見到大印，他是認唐明亮這個「江寧大都督」的。這當然是徐紹楨找的一個藉口和由頭，這人最會找藉口的了。

但唐明亮到時候當眾捧出了大印，當眾宣佈造反，徐紹楨就再也無可推託了。且退一步，即便唐明亮「資歷」不足，不足以信服威攝全軍，但有你徐紹楨的話在前，唐明亮挾你徐紹楨而號令全軍的理由與自信，那就充分了！

好，就算再退一步，就算你徐紹楨臨時又有了想法，不願受挾制，不願當這個兒皇帝，那就更好了！這豈不等於激發起了你徐紹楨自身的革命熱情，變「要你革命」為「我要革命」了？我們什麼人？革命黨人！我們要的是推翻帝制，「驅逐韃虜，恢復中華」啊！我們黨人這點氣量和胸懷，那還是向來都不缺的！那他楊國棟就即可率眾，「擁戴」你徐紹楨來當這個「江寧大都督」好了，並且讓你徐紹楨當眾拜印，不就得了？

問題就在於，大印來了，你徐紹楨還要賴著不造反，再找出種種之耍賴的理由，那好，那這「霍霍」磨著的刀聲，首先就是磨硬了他楊國棟的心，磨硬了所有人的心！所謂磨刀「霍霍」，便就是向著你徐紹楨的了！

楊國棟自信，到那時他就絕不會再手軟，手硬，心也硬了！

正想著，有士兵來報告說：「唐管帶回來了！」

○七

唐明亮是和雨兒一齊回來的。

在帳篷裡，唐明亮將「江寧大都督」印遞給了徐紹楨，讓他當眾「驗印」。「驗印」就是為了表示真的假不了，為了服眾的意思。

本來徐紹楨再明白不過，這不過是給他個面子，是個形式，只不過是走走過場罷了。可也不知什麼心理作祟，他接過後，這大印就像黏在了手上，鬼使神差般地想放下也放不下了。帳篷裡馬燈的光線暗淡，使得大印上光澤朦朧，徐紹楨瞇縫著眼將大印捧在手裡由遠而近，由近而遠地看著。現在這大印還是個東西，還能從這只手上傳到那只手上，然而一旦翻了天，便就是神器，身價萬萬倍，便就魅力無限了！這時他看見了這大印的一側，似乎有個疤，用手指摳了摳，一看，就頭也不抬地問：「唐管帶，你從武昌來，對吧？」

唐明亮說：「對。」

徐紹楨說：「那……這印怎麼好像是南京的？」

楊國棟一聽就說：「不可能！」

徐紹楨盯著印上的那個疤繼續說：「『開城鍥』。好像是內橋橋南的『齊開城』刻字店啊？有名的！」

楊國棟說一聲，「胡說！」還是拿過大印舉到馬燈下看看，一看，就差跳了起來，「我們望眼欲穿，刺刀都快磨禿了！你卻弄虛作假！」他揮手上去就給唐明亮一個大嘴巴，「捆了！」

眾人一湧而上，就把唐明亮撲倒在地。

唐明亮被壓在地上，他卻並不太急，頭一側說：「大印原主是老查，我和他跳江時就丟了！」

楊國棟說：「私刻一枚，冒名頂替，就由你來做大都督？！」

唐明亮說：「不對！楊國棟你知道！老查在世時，的確是要我做這大都督！放開我！」壓著他的人勁一鬆，唐明亮就從地上跳了起來，「新軍出城後何去何從，眾心迷離，怕部隊散了，我頂下了這『江寧大都督』，我是用它來聚人氣！」他一把揪住了楊國棟的領子吼道，「楊國棟！我心坦蕩，我心是坦坦蕩蕩的！」

雨兒說：「既然『我心坦蕩』。那麼這個『江寧大都督』誰來做？」

唐明亮說：「徐紹楨嘛！他已把印翻過來調過去，全都看得明明白白了！」

徐紹楨問：「賣個破綻，你原來是有意？」

楊國棟說：「如此，徐統制為『江寧大都督』，你賴也賴不掉！那麼，這個反，你還究竟造不造？！」

徐紹楨說：「造！不當都督，我也造！」

楊國棟立正一個軍禮，「那麼，你這就號令全軍，我們殺回城去！」

唐明亮說：「對！我帶來了消息，城裡蘇良斌帶人作內應。三天後的陽曆十一月七號，晚十一點，八個城門一齊開，城樓放火為號！」

徐紹楨說：「蘇良斌作內應？」

眾人都問：「怎麼是蘇良斌？」

唐明亮說：「城門，他一喊就開。這我親眼見過！」

徐紹楨說：「不信蘇良斌行，但不信唐管帶，絕對不行！」

唐明亮說：「那就定了？」

徐紹楨又說：「現在心裡發虛的，是我們軍中有槍無彈啊……」

唐明亮說：「蘇良斌說，城門一開，子彈不愁。」

徐紹楨說：「你們不是連水西門彈藥庫都搶過的嗎？幾千人的隊伍啊，我絕不能輕於一擲！」他望著了雨兒，「最好，還是請你去上海想想辦法。」

雨兒說：「彈藥事大！我可就近先去鎮江找林述慶，不行就上海。」
唐明亮問：「如果上海，三天時間絕對不夠！」
徐紹楨說：「那就五天。」他望著了唐明亮，「只好還由你辛苦，去城裡找蘇良斌，將三天之約，改成五天。」
雨兒說：「還有，大都督一職，事關重大，理應向上海請示，一經贊成，權威更足！」
唐明亮說：「行，那我這就回城通知。」
徐紹楨說：「萬一有變，你儘早報個消息。唐管帶，『江寧大都督』我先代領，只等你回來了。」

第七章　滬上東風

一〇

雨兒第二天中午就趕到了鎮江。

鎮江的新軍第九鎮三十六標管帶林述慶一聽雨兒的來意，勃然大怒。

林述慶說他數番派人聯絡遊說，這樣不行，那樣也不行。請問南京之起義，到底是驢子不走，還是磨子不轉？！

雨兒說：「林管帶，各有難處，起義事大。」

林述慶說：「那你告訴老長官，彈藥我也缺。新軍第九鎮既然開出南京，不如趁勢來助我光復鎮江。而後，我們合兵一處，反撲攻打南京！」

雨兒說：「林管帶不是沒道理。但讓新軍第九鎮開到鎮江，絕不可能。現在要我說服你，也是絕對不可能。那麼，我只有趕到上海去，求援彈藥。」

林述慶說：「那請你代向中部總會報告。我第三十六標一月前奉命朝南京收攏，從江陰開往鎮江。統帶（團長）走到常州就被我帶人持刀嚇跑了！現在副統帶不敢不聽我的。眼下我正在聯合原駐鎮江新軍第九鎮三十五標，準備幹掉鎮江綠營，拿下北固山、焦山炮台。」

雨兒說：「太好了，鎮江我有新軍兩個標優勢，正好先光復了再說！」

林述慶聽了一笑說：「我的意思是要你跟上海說一聲。攻下鎮江，我為鎮江知府；攻下南京，我就是南京的『江寧大都督』！同理，徐紹楨攻下南京，他就為『江寧大都督』！」

雨兒說：「這個說法提氣！我定將如實報告。」

林述慶說：「提頭造反啊！公平合理起見，誰他媽也不能來了就坐上席，吃個現成的！」

事急，雨兒連林述慶的飯也沒吃，就連夜乘火車去了上海。

○二

雨兒來到上海，已不是她二十天前離開時的上海了。

陽曆十一月初的上海，已經亂了。

首先，雨兒發現原先宣傳武昌起義的《民聲叢報》《民立報》是躲在租界裡偷偷賣的，現在一出上海北站，竟然就有人毫無顧忌地向她兜售起來。她去找陳其美的一路上，感受到上海的角角落落到處都是人心沸騰，談起義造反，就像在談一樁大好的買賣，已然成為了一種時尚……由此雨兒從人們的嘴裡知道，上海的閘北巡警隊已經起義了，他們一舉攻下了上海縣衙門後才發現，光復上海的關鍵其實並不在這裡，而是在江南製造局。江南製造局是全國最大的兵工廠，那裡有槍炮無數不說，光大門口的那座鋼骨水泥大樓就是堅不可摧，已經成為清軍固守待援的堡壘。率清軍堅守在那裡的是李鴻章的外甥張士珩。那些路人說，憑著江南製造局的樓堅炮利，只要一心死守，就能守它個十年八年的……

雨兒一邊走一邊聽著，到了中國同盟會中部總會的聯絡點《民聲叢報》社找陳其美，陳其美不在。接著她又去了馬霍路（黃踣路）德福裡一號的聯絡點，陳其美也同樣如白雲黃鶴……

雨兒找了一處又一處，一邊找，一邊就納了悶了。能捨下這麼大好的局面，這麼一大份熱鬧，陳其美這廝跑哪去了？

雨兒忽然想到，八成陳其美他又跑到那個地方去了。

那個地方就是妓院，雨兒知道陳其美一直以便於隱蔽聯絡為由，是喜歡在這個地方辦公的。

雨兒去的第一家，就讓她找到了。

這家妓院不小，見是來了個女的，先還攔著，沒攔住就大聲嚷嚷起來，裡面就有人伸頭縮腦朝外望，雨兒就正好尋著張望的人找過去，在一間房門口，就把一堆人堵在了裡面。一望裡面人才濟濟，有商會的、警局的，有青洪幫的、還有唱戲的，總之亂糟糟五行八作什麼人都有，他們剛才正聽陳其美在宣講著什麼，這時又一齊朝門口看。

陳其美也朝門口看，因為是站在桌子上，他一眼看見了雨兒，就喜出望外地打招呼，「雨兒，雨兒！正想著你，你就來了！」

雨兒站在門口說：「你來勁得很！快出來，我有話說。」

陳其美就對這一屋子的人說：「稍安勿燥，我去去就來，還有更精彩的！」出來他領雨兒在走廊裡走了一段，門也沒敲，推門就進了一個房間，裡面那婊子見了也不多話，望雨兒笑了下，就知趣地出去了。

雨兒對陳其美說：「你倒熟，就像在自已家一樣。」

陳其美一笑說：「我的名聲是壞掉了。大丈夫做事，不解釋。南京怎麼樣？」

雨兒就把給張勳送勸降信的事，南京急需彈藥的事說，還有「大都督」和鎮江林述慶的事說了。

陳其美說：「諸事放一放，『大都督』也放一放，要緊是彈藥。彈藥造反的巡警有，李燮和的商團有，但他們憑什麼給？洋人的洋行裡當然也有，不但要廢話，還要花銀子……最多的地方就是江南製造局，想要，就得我們有本事進去拿。」

雨兒問：「你們是在商議攻打江南製造局？」

陳其美說：「對！在上海我們要先幹起來！廢話無多，今晚你助我拿下江南製造局，支援南京的事，迎刃而解！」

○二

上海的江南製造局，已被裡三層外三層地圍困了兩天了。

那座堅固無比的西式鋼骨水泥大樓，座落在江南製造局的大門口，巍巍然大有一夫當關，萬夫莫開之勢。但攻打江南製造局，卻又並不是一場真正意義上的攻堅戰，血肉橫飛是假的，非比尋常地熱鬧，倒是千真萬確的了。大樓裡一聽見槍響，反正是造槍造炮造子彈的地方，就會一排排地朝外放槍，機關槍也會夾在裡面一陣喧囂，接著據守的清軍，有理無理地就會一個勁兒朝樓下扔炸彈，火光四迸轟轟然響成一片。而後圍攻的人就又朝大樓開槍，如此這般你來我往。

進攻方主要是造了反的閘北巡警隊和李燮和的商團，兵力不算多，但前來助戰的上海市民，倒是鋪天蓋地人山人海了。他們面對飛舞的槍彈毫不畏懼，上海各家戲班子，有人的出人，有力的出力，站在了助戰的最前面，那邊投下的炸彈剛響過，這邊就一個勁地擂響了戰鼓和大鑼，成千上萬的市民就隨著鑼鼓一齊喊，「攻下製造局，光復上海灘！」「光復上海灘，攻下製造局！」一陣鑼鼓一陣喊，又是一陣對射的槍聲，聲勢赫赫，排山倒海地一般。

陳其美帶著雨兒來到這裡時，進攻的槍聲時急時徐，也還並不算猛烈。

雨兒在一道倒塌了的牆壁後面，意外地見到了上海女子敢死隊。姐妹們見到隊長回來了，自然是一番驚喜問長問短。

陳其美卻問：「一個個手裡拿著槍，怎麼不攻啊？」

敢死隊的副隊長說：「攻了一回，李燮和團長就說由他們攻了。」

陳其美對雨兒說：「巡警，特別是商團都是富家子弟，不硬。雨兒還是你們上！」

雨兒說：「好！」她接過槍向身後一揮手，那群女子就向這短牆的拐角處跑去。從路邊的房子裡突然衝出個大漢，一把拉住了雨兒，「這是送死！你懂不懂？」

陳其美也彎腰跑了過來，「李團長，她們不送死，那就你們上！」

李團長說：「男人沒死光，我們上！」說著他轉過身對房上房下的人大喊，「不要可惜子彈，打！給我狠狠打！」於是商團的那兩挺機關槍響了，後面又是一陣步槍的射擊，聽見槍聲猛烈了，李團長又發一聲喊，「弟兄們，衝啊！」就帶著上百人朝上衝，衝到一半，商團就有兩三個人一頭栽倒了，衝鋒的士兵調頭就朝回跑，回來時又栽倒了一個，其餘的就齊齊地撲倒在地，先不敢動，後來就是一個勁地往回爬。

那李團長也在地上爬著，他一邊爬還一邊喊，「機槍不能停！打，打！接應我們回來啊！」

商團的機關槍掃射得更猛烈了……

就在這時雨兒帶著她的女子敢死隊衝了上去。

雨兒感覺到對面大樓裡射來的子彈在身邊嗖嗖飛過，跑了一段腳下一絆，她撲倒在地了，身後跟她衝上來的姐妹有人手一揚，槍被摔出了老遠，人也栽倒了，接著就聽見那邊傳來了痛苦的呻吟……

雨兒往回爬了幾下就地上一滾，又回到了出發時那半截短牆的後面。

雨兒心在「撲通、撲通」地跳，氣喘喘時聽見陳其美李團長這兩個男人在爭吵。

陳其美說：「你還日本陸軍學校士官生？仗你這樣打？」
李團長說：「你說怎麼打？」
陳其美說：「全聽我的？」
李團長頓了一下，說：「行！就聽你個日本東洋警校的！」
陳其美說：「聽令，全體後退一百米！」
李團長說：「後退？」
陳其美用手槍對著了李團長，「再多嘴！」
團長李燮和不和陳其美鬥氣，他就帶著商團的兄弟們向後退。
陳其美又拉著雨兒退下來，而後說：「你快把戲班子的人集中，和敲打臉盆鐵桶的老百姓全都喊到這邊來，我急用。」
雨兒去後，陳其美就跑過去對李團長說：「看熱鬧嗎？放槍啊！」
於是李團長一聲令下，商團的槍就像鞭炮一樣胡亂地放了起來。
陳其美等到戲班子和市民過來了，衝商團的人喊，「停！」
槍聲戛然而止了。
對面江南製造局那座鋼骨水泥大樓裡好像很配合，你不響，它的槍聲也隨即稀落了下來。
陳其美說：「快，快把鑼鼓傢伙敲起來！」
雨兒一揮手，鑼鼓傢伙就喧天動地的響了起來。
陳其美喊一聲，「再唱一個！把戲給我唱起來！」
戲班子鑼鼓傢伙一頓猛敲之間，還真有個唱花臉的驀然一聲喊，「張士珩我兒！呀呀呸！」
接著就唱起來，「包圍爾一重一重一重又一重！上天入地，爾又怎逃得出我手掌中！」

陳其美聽了也拿過鐵皮話筒大喊一聲，「張士珩，你被包圍了！」他奮力地揮著手對眾人呼喊著，「我們一齊唱了吧！一、二、三！」

於是周圍立即就爆發似地唱了起來，「包圍爾一重一重又一重！上天入地，爾又怎逃得出我手掌中！」這一句唱過，遠處圍觀的市民百姓就又發出了一片「張士珩，我兒！」「張士珩，我兒！」的喊聲。

戲班子的人最默契了，這聲剛停，鑼鼓傢夥聲便又震天動地的響了起來。

陳其美覺得這下子對了，鑼鼓一歇，他就又喊起來，「張士珩，你快投降吧！」一千一萬個聲音便就應和著，「張士珩，你快快投降吧！」

陳其美喊，「驅除韃虜！恢復中華！」於是這江南製造局的上空，就排山倒海般地響起了「驅除韃虜！恢復中華！」的呼喊聲……

陳其美又喊，「孫文孫先生，就要回來了！」

人山人海裡便又是一片驚天動地的呼喊聲，「孫文孫先生，他就要回來了！」

幾輪口號，幾番的鑼鼓傢夥過後，江南製造局那邊是一片死樣的沉寂。

沉寂之中李團長跑過來蹲在了那矮牆下，十分認真地問陳其美，「喊也喊了，敲也敲了，你還怎麼玩？」

陳其美說：「他們的氣勢下去了！」

李團長「投降了嗎？」

陳其美說：「快了。」言罷他從矮牆下站了起來，雨兒要拉住他，他已迎著「啪啪」打來的槍彈，一步跨過了矮牆。

陳其美一邊手裡揮舞著脫下的白襯衫，一邊高喊著，「我來談判，我是造反總指揮陳其美，代表孫文來談判！我可保證你們的身家性命安全！」又是幾槍打過來，子彈已是明顯飛高了，「一命何區區，我還可以保證你們成為肇始民國的功臣吶！」說著他依舊將白襯衫在頭頂上揮舞著，一步步地向著江南製造局的那座大樓走去。

陳其美的身後爆發起了一片掌聲，接著戲班子的人就又唱起了「秋風起兮易水寒，壯士一去兮刺秦王。刺秦王兮刺秦王，凱歌還兮凱歌還……」

○四

陳其美在一片慷慨的高歌聲中，向江南製造局的大樓裡走著。

他的身心感受到了一種無可比擬的亢奮，壯懷激烈。

陳其美一腳剛踏進大樓，就被一湧而上的清兵架住胳膊，並被一氣架到了三樓。

三樓會議室的桌前坐了個中年的大黃胖子，他見了陳其美，猛一拍桌子問：「此來何人？」

陳其美說：「明知故問。你是張士珩？」說著他甩開清兵，就一屁股坐在了張士珩桌子的對面。

張士珩吩咐士兵，「搜身，先搜搜他的身！」

清兵按住陳其美，在這具瘦骨嶙峋的身軀上，上上下下一陣亂摸。

陳其美被摸的氣憤不已，張士珩卻笑了說：「不得不防，這年頭革命黨喜歡玩的就是炸彈！」

陳其美說：「豈止炸彈？武昌起義後，單是上海地界，縣、道兩級衙門，全被我們秋風掃落葉一般！」

張士珩一笑說：「這回你們的秋風，是碰到我的銅牆鐵壁上來了！」

陳其美甩開了按著他的清兵說：「笑話。你不裝成個銅牆鐵壁的樣子，還要我親自來談？」
張士珩說：「那麼好談？這裡可是大清國造槍造炮的地方啊！現存快槍上萬桿，單單水連珠機關槍，就有數十門！」
陳其美說：「上路子了，這就是張總辦的身價嘛！你懂的。」
張士珩說：「我不懂！你以為我真的在甲午年盜賣軍火給日本？貪污白銀三十萬兩？盡是胡說！」
陳其美說：「胡說不胡說，反正世人都這麼說。現在我來說你，你就反了，不好嗎？使我成名，而你在大清國的那些個事，豈不一筆勾銷了？做做民國之開國功臣，何樂而不為？」
張士珩一拍桌子說：「誓不做二臣，張某這個氣節還有！」
這時有子彈打在外牆上，撲撲直響。屋裡清兵躲在堆著沙袋的窗後回擊著。對面的鑼鼓又驚天動地地響了起來，李團長在鑼鼓聲中呼喊著，「陳其美，你殉難了沒有啊？」
雨兒的聲音也傳了過來，「陳其美，是死是活，你出來露個臉啊！」而後是一片山呼海嘯般的喊叫，「陳其美，出來！陳其美，出來！」
「活要見人，死，我們也要見個屍啊！」
張士珩對陳其美說：「他們記掛你了。」
陳其美說：「那我告辭。」
張士珩冷笑著說：「不，本總辦還想借你的嘴勸勸他們，『放下槍來，大清國寬大為懷，我張士珩既往不咎』！」
陳其美一聽隔著桌子就向張士珩撲過去，隨即被兩個清兵又按在了桌子上。

陳其美竭力高呼著，「快哉！快哉！殺身成仁，極為快哉！」

張士珩搖搖頭，「說到殺，就沒意思了……我想把你擱在陽臺上看看風景，先和他們道道別！」

陳其美被鐵鍊緊緊鎖在了這張椅子上，而後連人帶椅子被抬上了陽臺。

在陽臺上陳其美放眼望去，夜空星光燦爛，一片開闊。

有子彈「嗖嗖」飛來，打在陽臺周邊的牆上火花四閃，也有槍彈在夜空中流星般地劃過……

陳其美是年三十有三了。

早年在浙江湖州鄉下，陳其美讀過幾年私塾，為生計又去鎮上當鋪裡做了學徒。晚清世風，西學東漸，自小就有「當大官做大事」志向的陳其美，在當鋪裡又多讀了幾份報紙，多看了幾本書，讓他幾年後就去了日本警監學校留學，不久就參加了孫中山的同盟會。因在同志中有「能幹且敢幹」的口碑，一九〇八年春他奉孫先生之命回上海發動浙江起義，失敗後為革命他便隱匿混跡於上海的三教九流，很快又成了青幫的頭目。從此他陳其美出入黑白兩道，創辦報紙，鼓吹革命不遺餘力……

江南製造局大樓外，陳其美聽見喧天的鑼鼓聲與造反人群的吶喊聲，如狂潮大水般地洶湧而來，一股豪情油然而生，在胸臆間奔騰激盪著，頭一仰，他發一聲長嘯，「是陳其美啊，我來了！」

雙方對射的戰場沉寂了下來，偶有一兩聲槍鳴，凜然而淒厲。

張士珩站在了陳其美的身後，向樓下對壘的陣營大聲喊叫著，「陳其美就捏在我手裡！張士珩誓不投降！」

陳其美在椅子上猛烈地掙扎著，並向他的陣營奮力高呼著，「他就是張士珩啊！開槍，連我一齊打好了！」

遠處的樓下偃旗息鼓，一點聲音也沒有，張士珩笑了。

張士珩拔出手槍頂在陳其美的頭上大喊著，「開槍啊？你們不開槍，我開槍了！」

陳其美高呼著，「光復，光復！吾志若遂，死亦冥目，快開槍啊！」

張士珩扣動了槍機，「乓」地一聲，陳其美的眼前一黑，他半張著嘴再也發不出聲來了，他覺得他死了……

張士珩卻在陳其美的身後爆發出了一陣大笑，樓下的槍聲又疾風暴雨般的起了……

○五

還在陳其美揮舞著白襯衫，向江南製造局大樓走去的時候，雨兒就對他刮目相看了……沒想這人竟還真是個敢死之士！

現在雨兒狠下一條心，就是死，也要將這人救下來。

雨兒和商團團長李燮和商量後，槍聲與鑼鼓聲驟起了。

商團和女子敢死隊發起了衝鋒，衝到一半商團有人倒下，其餘的臥倒在地，不動了。女子敢死隊衝鋒猛烈，雨兒與另兩人衝到樓下時，身後已倒了一串人，但樓上的機關槍卻打不著她們了。守軍朝樓下扔炸彈，爆炸間隙，雨兒她們衝進了樓道，打倒了幾個從樓上反撲下來的清兵後，就將隨身帶來的洋油灑在了木質的樓梯上，隨即一把火就被點著了。

烈火濃煙衝上二樓，樓上的清兵亂喊著四散奔逃。外面進攻的義軍與市民，便暴發出了一陣排山倒海般的喊聲，「衝啊，張士珩！看你還往哪裡逃！哪裡逃！」

「衝啊，張士珩！你已完蛋了！完蛋了！」

張士珩在滿世界的呼喊聲中，跑到走廊看動靜。

張士珩看見濃煙夾裹著紅通通的火光，正從樓梯道裡不斷朝樓上湧，就知道天塌下來的時候到了。既然無力回天，那還要搭上一條性命幹什麼？他想到了跑。才動腳，他就又想到了還扔在陽臺上的陳其美。此舉本欲嚇阻造反者，卻反而激起了他們的士氣，這是他所始料不及萬萬沒有想到的！張士珩想去親手結果了陳其美再跑，可濃煙大火滾滾而來，他被煙火嗆得驀然醒悟，既然不願搭上自己的命，又何必非得要了陳其美的命？殺了陳其美，萬一，萬一他落到了造反者的手裡，那只有被千刀萬剮了！

此時正好有兩個侍衛衝過來，架起他跑到了這樓的另一面，讓他抓住士兵用綁腿結成的長繩墜樓而下了……

張士珩沒有投降民國，但從此也就不知所終了……

陳其美被救出來了，大樓裡的火被撲滅了，起義的軍民歡呼著將陳其美抬起拋上半空，接住了又拋！

人們歡呼，「攻下江南製造局了！」

「上海光復了！」

人們稱頌，「陳其美，你真耍得開啊！」

陳其美說：「什麼耍得開？人要不死就好！雨兒呢？」

人們把雨兒找來說：「是她第一個衝進樓裡的！」

陳其美說：「不對！第一個是我，第二才是她！」見雨兒楞了下，又說：「雨兒救我，大禮不言謝了！」

雨兒說：「不，我要謝！」

陳其美透過淡淡殘留著的青煙看著雨兒，「光復了，上海光復了！」說著他一把緊緊握住了她的手，「你要我怎麼謝？」

雨兒抽出了被握著的手說：「上海光復，南京呢？南京還等著上海的彈藥呢！」

陳其美說：「好辦。」他面對所有的人高喊著，「不出三天，你就看一趟趟軍列朝著南京開好了！」

○六

兩天兩夜沒合眼，雨兒在旅館一覺睡到第二天中午。

眼睛一睜就想到彈藥的事，匆匆收拾過，雨兒就去找陳其美了。

上海光復了，雨兒跑了大半個上海，陳其美依然連個影子都找不著。

正沮喪著，她在為上海光復而奔走歡呼的人群中，看見了商團的團長李燮和。

李團長此時騎在高頭大洋馬上一身戎裝，跟在他身後的還有四五十個打著英國皮綁腿，扛著機關槍的商團士兵。

雨兒攔住了李燮和問：「李團長，看見陳其美了？」

李燮和從大洋馬上跳了下來問：「上海正要推舉督軍呢！他沒告訴你？」

雨兒「噢」地一聲，她重新看看李燮和和他的士兵，問：「他和你？」

李燮和笑了說：「想看熱鬧，莫小姐這就跟我走。」

雨兒說：「李團長要拉我這一票？」

李燮和說：「不，說不定是我在幫陳其美拉一票了……」

雨兒笑了說：「我幹嘛反對你？投誰一票，去了你就知道了。」

正要走，雨兒又看見了巡邏的女子敢死隊，大喜過望，就帶著她們一齊走。

○七

一九一一年十一月六日下午，上海舊城小東門海防廳的大院門口。

站崗的士兵把來選督軍的李燮和一行，和雨兒帶來的女子敢死隊都放了進去。

進了大院，海防廳寬敞的臺階兩側，那些敲洋鼓吹洋號的儀仗隊一見李燮和，就像迎接新郎官一樣，立即就吹吹打打了起來。搞得雨兒和女子敢死隊就連忙停下腳，遠遠地看著熱鬧。

李燮和一聽鼓樂聲，就很正式地雙手扶了扶軍裝的立領，又摘帽順了順頭髮，這才翻身跨下大洋馬來。李燮和幾步登上了海防廳前面環型寬敞的大臺階，頭一抬看見大門敞開著的海防廳裡面，中央擺著老大一張八仙桌，桌右邊坐著一身學生裝的陳其美，陳其美身後站了幾個人，個個都很精神，其中長得最為寬大肥碩者，便是洪幫頭目劉福彪了。另外，上海各界代表，也遠遠圍著這張八仙桌，坐了三四層。

李燮和來到了桌子的左邊與陳其美面對面，坐了。他的士兵也不謙虛，抱著機關槍一溜排兒站在了他身後。

這就有上海各界的人物出面向李燮和交涉，「連機關槍都抱上來，怕是不太雅觀。」是個請他的兵們退場的意思。

李燮和亦覺似有不妥，正要說話，陳其美身後的劉福彪已經擺擺袖子說：「回去喊人，我也從江南製造局拖它幾門大炮來！」

正說著女子敢死隊提著槍已到了廳外的臺階下，接著雨兒走進了大廳。

陳其美對劉福彪說：「不必大炮了！」又問：「雨兒，你的頭髮怎麼了？」

雨兒伸手在頭上抹了一把，不經意淡淡地說：「昨天一顆子彈擦著頭皮飛過……也沒什麼。」又問：「選督軍也不告訴我？我也是來爭個督軍當當的！」

海防廳裡的人聽了，一片大嘩。

陳其美站了起來說：「你來，不就為南京的彈藥嗎？我當督軍，江南製造局的槍炮子彈，它哪一顆不聽我的？」

雨兒說：「我當，哪一顆，它不也聽我的？」

有人上前說「莫大小姐，滬上光復你居功至偉！」他們向雨兒拱手作揖，「但你一來，二變三，豈不叫所有人更為難了？……」

雨兒回禮說：「不好意思為難大家，賠禮了。只要公平，我就不攪這個局了……」

眾人一聽都鼓起掌來，都說：「如此，莫小姐來，反而好了！」

李燮和說：「更好！」

陳其美說：「更更好！」

有人搬來椅子，放到了八仙桌的中間，雨兒居中坐了下來。

於是各界代表發言，商界代表大多支持李燮和，同盟會和會黨方面支持陳其美。總之是各表各的功，各說各的理。於是就爭論、討論，討論、爭論，也不知是哪方的人爭吵得不耐煩了，便拔出手槍拍到了桌子上。於是就亂起來，商團的軍官們拔出手槍對著了陳其美，陳其美身後的劉福彪便一撩衣襟，露出了捆綁在身上的一串串炸彈，眾人一楞神之際，劉福彪已如餓虎般撲過去，一把抱住了李燮和。

李燮和慌了問：「你要幹什麼？」

劉福彪說：「要你的命！」他命令商團的官兵，「都給老子把槍放下來！」

商團的官兵們萬沒想到選舉選得真要玩命，就猶豫著要放下槍。

沒想雨兒大喊一聲，「慢！」她問商團的官兵，「你們聽李團長的？還是聽劉福彪的？」

劉福彪一聽就急了，「莫大小姐，你倒底幫哪一邊啊？」

雨兒就像沒聽見，調臉又問李燮和，「李團長，你下令讓他們放下槍了嗎？」

李燮和「這……」地一聲，被問住了。

雨兒說：「敢死隊的人呢？」

女子敢死隊聽見，就跑進來用槍頂住了商團官兵和李燮和、陳其美、劉福彪。

陳其美一笑說：「莫小姐帶你的人走開，我讓劉福彪拉弦！」

雨兒說：「這不公平，要拉一齊拉！」

陳其美說：「好！劉福彪，聽我喊到三，你就拉！督軍不督軍，一個跑不了！一……」

李燮和一聽，就癱在了椅子上。

雨兒見了就對各界人物說：「公平了，上海的都督選出來了！」

上海各界代表如蒙大赦，齊聲一呼，「選出來了！總算選出來了！」

「陳其美，你中選了！」

〇八

推舉會結束，在海防廳的一間屋子裡。

雨兒對陳其美說：「陳都督，現在你好向江南製造局的槍炮子彈下命令了！」

陳其美笑了說：「行。但怎麼運？誰來收？」

雨兒說：「先讓鎮江林述慶暗中先收下，而後設法轉運。」

陳其美說：「行。林述慶？想起來了。就是那個打下鎮江要做鎮江知府，打進南京，就要做江寧大都督的？」

雨兒說：「對，這句話還是我為他帶過來的。」

陳其美說：「他放屁！那他打進北京，豈不他媽還要當皇上了？」

雨兒說：「不錯，他妄想！南京大都督已經有人，唐明亮。他是武昌黃興親自任命的！」

陳其美沉吟了下，「本來這事依你。但上海光復，形勢煥然一新，一切必須統一籌畫！黃興在武昌被打得急了，封它十個『大都督』，我難道就承認他十個？亂了嘛！徐紹楨這人怎樣？」

雨兒想了想說：「同情革命，維持新軍不散，也不容易……」

陳其美說：「有一問。你拼死擁戴我成了上海督軍，除了彈藥，還為什麼？」

雨兒說：「以你的脾氣與背景，你不當都督，李燮和的小命完了不算，上海大局也非亂了不可。最重要你是同盟會的人，同盟會的領袖是孫先生。」

陳其美說：「孫先生正在回國途中。滬上華洋雜處，絕非建國之地，打下南京，孫先生回國，就有落腳的地方了！」停了下他又說：「通知林述慶，讓他先準備秘密接收上海運來的彈藥好了……」

第八章　旱西門・雨花台

〇一

雨兒去上海，唐明亮又返回南京找到了蘇良斌。

唐明亮對蘇良斌說明了新軍第九鎮的困難，要求裡應外合偷襲南京的時間，改在五天後，也就是陽曆十一月九號。

蘇良斌一聽就跳了起來說：「改不得，一改就全功盡棄了！」

唐明亮說城外新軍第九鎮有七八千人，時間絕對不能動。

蘇良斌堅持好久，也就不堅持了，他讓唐明亮先睡覺，餘下由他來安排好了。

奔波了一天一夜，往返了二百多里路的唐明亮，一覺睡到天黑才醒。醒來，唐明亮睡眼迷濛中就恍惚看見他的床邊站了一圈人，正在默不作聲地俯身伸頭盯著他。

唐明亮嚇得雙手一撐，就從床上坐了起來。

蘇良斌從這圈人後面擠了進來說：「都是來看你的，我介紹介紹。」他指指唐明亮，「這位，就是黃興欽封的『江寧大都督』，我的老長官，唐明亮！」而後他把圍著的人，都一一作了介紹。

旱西門巡防營的常管帶問：「說好了陽曆十一月七號，又要遲兩天？」

唐明亮說：「新軍第九鎮背著空槍，派人緊急去上海搞彈藥了……」

通濟門的李哨官說：「彈藥不煩，我們有！」

蘇良斌說：「七八千人。不守彈藥庫，你能有幾顆？」

常管帶說：「李哨官不夠，還有我們。」

李哨官說：「新軍第九鎮天高皇帝遠了，我們卻成天站在刀尖上過日子！」

有人在黑影裡說：「這些日子，我看張人駿望人的眼神都不對了！」

總督府衛隊營的喬管帶，頭戴瓜皮帽，是個身材魁梧的人，他開口就是一聲，「奶奶！」而後就衝蘇良斌發起火來，「我說不來，偏要我來！不來就像死了你老子娘！」說著他指指所有的人，「看看，全都認識了！」

蘇良斌說：「對，這是蘇某的特意安排！」

又有人在黑影裡問：「什麼意思？！」

蘇良斌說：「死心踏地的意思。要出事，一個跑不了！」

喬管帶說：「玩這一手？那，要幹就十一月七號！」

有人立即應和著，「奶奶，看什麼都疑神疑鬼，我耗不起了！」

正這時，門被敲響了。

屋裡立即鴉雀無聲，卻是掏槍的掏槍，拔刀的拔刀。

蘇良斌讓屋裡的人避到後院，這才頭貼著門一番盤問，知道是鎮江那邊派來的。

鎮江來人進屋說：「四天後十一月八號鎮江起義，我是來約南京一齊動手的。」

喬管帶聽見，第一個從外面推門衝了進來。

鎮江來人嚇得拔刀要戳他，被他一把抓住了手腕。

喬管帶說：「老子只問一句，起事怎麼又八號了？七號！奶奶的，定了，我說七號就七號！」

門外的人一大串，都哧溜哧溜跟了進來，紛紛堅決要求，七號，必須是七號！

唐明亮見狀怕要壞事，就說：「鎮江起事先放一邊。南京城裡城外動手，卻一定要聯絡好！」

見眾人都說「對！」便又說：「各位，先幫我搞些彈藥出城，讓新軍第九鎮七號約好的時間，一定趕到！」

於是這黑屋裡吵得快，好得也快，時間既已定好，各路神仙說散也就散了。

起事時間依舊是七號，唐明亮便急著要出城。

誰知正要走，卻被一直沒走的喬管帶攔住了，「你不能走！」

唐明亮愣住了，問：「為什麼？」

喬管帶反問：「城門洞裡進進出出，你被抓住的機會太多了！」

唐明亮說：「你不放心我？我還不放心你呢！對，你，總督府衛隊的管帶，嫡系中的嫡系啊！你為什麼要反？張人駿哪點虧待你了？」

喬管帶說：「哪點都沒虧待！但現在天下大亂，造反了！圖個升官發財不說，我還圖它個把大清國數一數二的大官打翻在地，也嘗嘗叫他一見到我，就狗一般跪地請安的味道！」

唐明亮咧咧嘴，「懂你了，」他問一旁的蘇良斌，「我不出城，城外怎麼辦？」

蘇良斌說：「送信送彈藥都是跑腿的事，有人。」他拍了拍唐明亮的肩，「唐都督，你只管在城裡坐鎮中樞好了！」說完他一拉喬管帶，頭也不回就走。

唐明亮追過去，門外已有幾條大漢將他堵住了。

唐明亮急得大喊，「蘇良斌，蘇良斌！你這個渾蛋啊！」

〇二

新軍第九鎮雖然離城而去，卻像支曲子，一直都還在兩江總督張人駿的耳畔餘音嫋嫋……

餘音之一，就是糧草給養的供應問題。既然新軍第九鎮還沒反，那麼飯還是要給吃的。但，飯又不宜給吃得太飽，溫飽思淫欲啊，吃飽了是容易惦記造反的。所以，這其中要拿捏的分寸，學問就大了。所以，這糧草的供應，應是時斷時續的，他以為斷了，你又來了；他以為要來了，你又斷了。要搞得徐紹楨一日三次地來公文催討。如此，最妙！

餘音之二，就是離著秣陵關以北一二十里，張人駿還派了七八個巡防營監視著新軍第九鎮，派去的偵探，更是絡繹不絕。徐紹楨對此深惡痛絕，有次氣得竟將抓到的化裝成和尚尼姑的探子，割了耳朵，連同催要軍糧的公文一齊送來了。張人駿為此竊喜，特覆一文，申明他對徐紹楨與新軍第九鎮還是信任的。當然，如果為和尚尼姑的事過於計較，反會把清水攪成了濁水，水一渾，就有人會渾水摸魚了。此信一去，徐紹楨關於探子的事，就再也沒有聲音了。

這天張人駿正在津津樂道地處理著這類公務，當差的來報，說捉到個探子，是出城與新軍第九鎮聯絡造反的！

張人駿問：「招沒招？」

當差的說：「沒打就招了。他們將於兩天後晚上十一點，裡應外合造反攻城。攻哪座城門，不知道，因為城裡城外早就約好了。」

張人駿讓這人走後，他就陷入了沉思。

如果順藤摸瓜，他能兩天內將城裡的造反者一網打盡嗎？如果摸著摸著，反而像武昌城一樣摸出個全城大造反，那他就中彩了！他想到了一步險棋。索興將此事秘而不宣，那麼兩天後的造反，就只有裡應而無外合了！一造，城裡一切的不利就徹底暴露，大亂大治，那麼南京城裡的亂黨就徹底肅清，而南京城的防守，豈不就堅如磐石固若金湯了？

因此，張人駿決定，此事絕不能通報張勳。

這匹夫自恃身處亂世手握重兵，說話做事，已然不把他這個兩江總督放在眼裡了。不通報也死不了他，正好讓這廝吃點苦頭好了……

○三

唐明亮被扣在蘇良斌的住宅裡「坐鎮中樞」，已經整整一個白天了。

唐明亮知道他遇到了一群膽大妄為的人。

膽大妄為怎麼了？唐明亮想，他和老查都是膽大妄為的人，不然他們就不敢造這個天下的反了。同是膽大妄為，感覺中他們和他們卻又不同。他與老查，為了反清，是不惜以命相搏的……而這些人，不過是趁著天下大亂，以為機不可失，時不再來，下手賭一把，來分它一杯羹罷了。一旦真的把這天翻了過來，而這些人的願望如果沒有達成，那麼他們那顆造反的心就會像出籠的猛獸，再難回頭了！現在他唐明亮以「江寧大都督」的身份，且揮手之間就被他扣下來「坐鎮中樞」，到那時又有誰能勒住他們的龍頭？有誰又能收住他們的心呢？

唐明亮對這個「江寧大都督」，原來還是有著些許遐想的，現在看來，幼稚了……

天全黑了下來，蘇良斌回來了。

蘇良斌說：「好消息！出城聯絡的人回來了，徐紹楨答應，造反就在今晚！」

唐明亮問：「憑據呢？」

蘇良斌說：「你還不相信我？」

唐明亮急了說：「相信你，不等於我就相信他！」

蘇良斌說：「你這樣疑神疑鬼，今晚的反還造得成嗎？今晚不造，喬管帶他們就自已造，我也管不著！」

唐明亮說：「出了事，殺你的頭！」

蘇良斌說：「出事？你為什麼不說成功呢？」說完他一甩袖子要走。

唐明亮一把拉住他說：「今晚起義，我現在就跟你走。」

○四

唐明亮和蘇良斌登上旱西門城頭時，整個一座南京城也都是黑燈瞎火的。

常管帶讓他們先在箭樓裡喝酒，只等著夜裡的十一點。

唐明亮不喝，蘇良斌也只敢邊小喝著，邊聽著城頭上打更的梆子聲，不時地問：「幾點了？」十一點了。南面的水西門果然傳來了一陣槍聲，接著又是一聲轟隆隆的炮響。

蘇良斌一聽就跳起來大喊，「常管帶，放火燒箭樓啊！快，快！再把城門打開來！」

常管帶望著城外，「舉火為號，城外怎不見動靜啊？！」

蘇良斌拔出槍就說：「放火燒箭樓啊！督署衛隊看見，才會攻打總督衙門的！」一把火點著了，旱西門上的箭樓就像一隻巨大無比的火炬，在夜空中熊熊燃燒著，半邊的天也被映得通紅通紅……

接著蘇良斌與常管帶打開了城門後，就帶著一個營近三百人向東，朝著兩江總督府的方向一路鳴槍殺了過去！東邊很快也傳來了應和的槍聲……

唐明亮沒走，他強留下了一個排的兵守著旱西門。

唐明亮想，但願能迎來新軍第九鎮，迎不來，這也是為城裡的造反者留下一條後路了……

〇五

摟著鄒樂樂睡得好好的，半夜裡一聲炮響，把張勳驚得從床上蹦了起來。

自從鄒樂樂被找回來後，曹琴這個大夫人就一心要讓他張勳度度「蜜月」了。而鄒樂樂卻又是反過來，她叫勁，堅決地不讓他上床。張勳想想，兩頭都顯得特別地沒面子，於是只好拼了。他要拼得鄒樂樂口服心也服，拼出這婊子的一個自覺自願來。以此，也好叫大夫人曹琴看看，他張勳是怎樣的堅韌不拔了。

於是張勳硬是在鄒樂樂床前的地板上，打地鋪睡了五天……

這一睡，讓鄒樂樂從了不說，並且徹底地讓曹琴、鄒樂樂對他張勳刮目相看，再也不敢把他看成是個只會動刀子殺人的「丘八」了……

又是「轟隆隆」一聲炮響，鄒樂樂一把抱住了張勳，嚇得大哭了。

張勳擺又擺不脫鄒樂樂的抱，索興就抱著鄒樂樂跑到院子裡來看動靜。

小院高牆，四方方的一個夜空，這時有一小半被旱西門那邊的火光映紅了，還夾雜著槍聲……

張勳納了悶了。殺不怕啊，又有人造反了！可怎麼事先一點點徵兆也沒有呢？

這時小院的門猛地被推開，大太太曹琴站在門口喊一聲，「張大帥！」她看見了他抱著她，就說：「都殺頭的時候了！」

鄒樂樂聞聲就從張勳的懷裡一滑，滑了下來。

曹琴又說：「事急。我和你一同守城！」

張勳說：「你們在，我守城，還是守你們？！」他想了下，「大太太，你領二太太從旱西門方向出城。」

曹琴說：「旱西門？……那邊城頭正燒著呢！」

張勳說：「燈下黑，越燒越好走！你們從那邊翻城牆出城！」

曹琴一聽就說：「行，我聽你的！」說著就去拉鄒樂樂。

鄒樂樂卻一把拉住了張勳的胳膊。

張勳卻毫不猶豫，一把就將鄒樂樂推給曹琴了。

兩個太太一走，張勳守城就心曠神怡了。

自從江防營進駐南京後，張人駿就要張勳把南京十四個城門的防務接了。

張勳沒接。不接，江防營一萬多人的主力，就等於還是一隻緊緊握著的拳頭！

小院門口又是一陣人聲亂哄哄，來了江防營副將王有宏。

王有宏向張勳報告說：「南面、西面六七個城門造反了，旱西門還放了火！還有，總督府的衛隊營也反了！」

張勳遲遲不吱聲，他聽著心裡的確有點興災樂禍。張人駿永遠都是副明察秋毫的樣子，這回好，連自家的嫡系衛隊，都在他的眼皮底下造反了！

王有宏提醒說：「張大帥，再不救就晚了！」

張勳說：「要是連自已都不保，張人駿這總督，還有什麼好救的？」

著？」

王有宏問：「不去救總督，那我們還救哪個？」

張勳說：「救火！哪個城門鬧得慌，就先滅掉哪個！」

王有宏要走，卻被張勳喊住了，「打仗殺人，你還穿著黃馬褂幹什麼？」

不去救總督，王有宏憋著了一口氣，他說：「我高興！打仗穿它，我就是要顯擺顯擺怎麼著？」

張勳說：「匹夫，二桿子！你昏了頭！」他指指天說：「明晃晃的半個月亮，你這黃馬褂十里八里外就能看見！槍法好的，你想叫人家一槍一個點你的名啊？」

王有宏一聽愣住了，抬手要脫。

張勳見了說：「你不是牛逼嗎？今天有種，你就不要脫！」

王有宏就說：「不脫就不脫！老子今天快馬機關槍，我掃他們去！」他見張勳看著他反而有點發愣，又說：「我要好好地回來了，你又怎麼說？」

張勳「呸！」地一聲說：「那我就算看見活鬧鬼了！」

○六

曹琴帶著鄒樂樂和親兵，出一枝園走雞鵝巷，沿著幹河沿朝西跑到了五臺山。

五臺山丘陵起伏，四野很靜，槍聲聽來就顯得格外地清脆……

那夜月色不錯，雖不敢點燈籠，走得深一腳淺一腳，曹琴還是對鄒樂樂說：「你一雙小腳，逃起命來倒也利索。」

鄒樂樂回一句說：「我大腳，只是長得小了些。」

於是再無多言，這支小隊伍很快就穿過了這片小山丘，來到了旱西門北邊的城牆下。

南京的城牆依地勢而建，裡低外高，在槍聲和不遠處旱西門衝天的火光中，曹琴一聲令下親兵們疊羅漢轉眼就上了城牆，而後扔下了繩子。親兵牌長要曹琴先上，曹琴卻讓士兵們先上去，而後這才拉住扔下的繩子，對眼巴巴望著的鄒樂樂說：「我上去看看，確定保險了，而後再拉你。」說完她就抓著繩子被親兵們拉上了城牆。

漆黑的夜裡，身後是樹，只有城牆上那一方天是亮的。

鄒樂樂抬頭望著城牆，那上面傳來了大太太曹琴的聲音，「二太太，你應一聲，我好扔繩子。」

鄒樂樂就朝城牆上壓低嗓子喊了聲。

城牆上曹琴說：「都像貓叫春！你大聲點！」

鄒樂樂就放大了又喊一聲，曹琴聽了也不再廢話，說：「好，你接繩子！」

鄒樂樂聽見了粗繩子扔下時打在城牆上的聲音，伸手摸過去，摸到了，就對上面說：「摸著了！……」

曹琴在城牆上說：「繩子繫腰上，拴緊點兒！」

鄒樂樂繫好了繩子，又朝上問：「好了，而後呢？」

而後城牆上的曹琴就笑了說：「傻，而後一拽繩子，你不就上來了？」

有微風吹來，月光浮動，鄒樂樂一拽，繩子就動了，感覺中她在慢慢地朝上攀動著，拽了幾下，她發現好像是被月光映在城牆上的雲彩在動，她並沒有動。又用力拽，拽來拽去她才明白，是掛在城牆上的繩子動了，而她卻還在原地一動不動。

鄒樂樂愣住了，又用力一拽，城牆上的繩子就一股腦兒全掉了下來……

鄒樂樂明白，她又一次被人耍了。

鄒樂樂孤獨一人站在這漆黑的城牆下哭了……無聲地，卻又是嚎啕著大哭了……

○七

天已濛濛亮了，在一片散亂的槍聲中，蘇良斌夾雜在造反的士兵群裡朝旱西門奔逃而來。

蘇良斌一見守在城門口的唐明亮，就一邊跑一邊喊，「機關槍就架在路口掃呀，人就像秋風掃落葉一樣的啊！」

唐明亮眼疾手快，一把揪住了秋風掃落葉樣的蘇良斌，「你不能跑！」

蘇良斌說：「不跑不行了，江防營就在後邊殺過來啦！」

唐明亮用槍頂住他說：「要麼你給我帶人衝回去，要麼就去秣陵關！」

蘇良斌說：「秣陵關，當然秣陵關了！」他一把甩開了唐明亮抓著他的手，「蘇良斌，這點漢子的脾氣還是有的！」

○八

深更半夜槍炮齊鳴地造反，兩江總督張人駿知道，但總督府衛隊營的造反，卻是他做夢也沒想到的。

好在總督府衛隊兩營，內衛營沒反，而警戒週邊的外衛營卻行事慌張，才造反就虛張聲勢地放起槍來，以至於進攻兩江總督府時，被內衛營和他的貼身衛隊頂在了大門之外。

雙方激戰時，張人駿在煦園的高樓上一邊憑欄觀戰，一邊在身邊的桌子上準備好了鴆酒。

這也是一場賭，不對勁，張人駿就要服毒殉國了！

張人駿一心盼著張勳帶著江防營前來救援。

果然，來了，而且來的是風馳電掣般的馬隊，他們在兩江總督府門前縱橫馳騁了幾個來回，只見一將身著黃馬褂騎馬抱著機關槍一路狂掃，打得總督府外衛營如同秋風掃落葉一般……

終於槍聲零落了下來，張人駿一直都緊繃著的心，也終於為之一鬆，他贏了！

張人駿在兩江總督府裡慰問江防營馬隊時，對身著黃馬褂的王有宏說：「王將軍，張提督派你來，真得力呀！」

沒想王有宏聽了莫名一笑，接著就顧左右而言它了。

張人駿的心裡就什麼也明白了。

但張人駿現在還必須揣著明白裝糊塗，他決定天一亮，就去慰問張勳。

張勳是在旱西門的城頭上，和兩江總督張人駿見面的。

張人駿把旱西門上被燒毀了的箭樓望過一回，就把王有宏對他的救援之功，安到了張勳頭上好好地一番誇讚。

張勳正不知是在誇他，還是在罵他，這時葉公覺來了，向張人駿報告說：「鎮江昨夜造反了，總督大人！」說著他從懷裡拿出一封電報，「這是通電！他們宣佈獨立了！」

張勳說：「據報，昨夜新軍第九鎮已開到雨花臺下，見事不好，便又不聲不響退回去了。」

張人駿說：「現在新軍第九鎮三十五、三十六標在鎮江造反，你的意思是說，這回滅掉新軍第九鎮，理由更充足了。」

張勳說：「對！總督大人要真誇我，不如一鼓作氣，我這就去滅掉他們算了！」

張人駿想想說：「好！休整一天，明夜你就率隊偷襲，打新軍第九鎮一個措手不及！」

張勳得令後告辭，興沖沖地去了，葉公覺卻意猶彷徨並沒有走的意思。

張人駿問：「葉道有話？」

葉公覺看看左右無人，這才說：「總督大人，你好像稍許有點匆忙了……」

張人駿問：「何以？」

葉公覺說：「一舉解決新軍第九鎮問題，理由是充足；偷襲一著，也是妙不可言……但，總督大人就不怕張勳率江防營出城，一去而不返？」

張人駿連忙問：「此話怎講？」

葉公覺說：「唐，安史之亂，張巡為死守睢陽，把大小兩個老婆，都親手殺了給守城的官兵吃！」

張人駿似有所悟地「哦哦」著。

葉公覺見了接著說：「張勳呢？昨夜槍一響，就把大小兩個老婆送出了城！」

張人駿瞪大了眼睛問：「真的？！」

葉公覺說：「當然是真的！喊死守，有這樣守的嗎？」他又看了張人駿一眼，「明天你叫他出城，隨便找個理由，他就不回來了怎麼辦？」

張人駿點點頭說：「是啊，他的老營早就在浦口做著伏筆呢。鎮江造反了，如果反賊從東邊來襲，我就要在南京唱起空城計了！再者，放著我這兩江總督不救，他卻跑到旱西門來救火……」

葉公覺說：「若南京城有失，以這匹夫的實力再殺回來，一點都不難。那樣，他對大清國就有再造之功，他就成大清國的擎天一柱了！」

張人駿試探著問：「我想請葉道，去把張勳偷襲新軍第九鎮的消息，透給徐紹楨。」

葉公覺故作驚訝地問：「我？！」

張人駿說：「非你不可！我估計徐紹楨反擊不敢，最好的選擇，就是領著新軍第九鎮朝鎮江一跑了之……那樣，我收回偷襲的成命，也就理所當然……」

葉公覺一笑說：「如此，徐紹楨那二十萬冊古籍，也只能棄之不顧了……」

張人駿說：「心有靈犀啊！事成之後，徐紹楨那本宋版的《金石錄》就是你的獎勵，切切不要推辭了！……」

葉公覺說：「那就，恭敬不如從命了！」

○九

半夜裡得探馬來報，說南京城裡造反了！

而張人駿派來監視新軍第九鎮的那幾個營，得到消息後已經一跑了之。

這是一個意外，一個絕大的意外！

南京城裡造反的時間一點沒動，而他們城外的動了，現在背動的就是他們，更明確的就是他徐紹楨，因為楊國棟們得悉後不問究裡，已經激動鼓噪了起來。

徐紹楨遂緊急集合，率全鎮向南京開去。

全鎮急行軍快到雨花臺時，就已看到了南京方向隱隱的火光，又得報，說這是餘火，張勳的江防營已把城裡造反的火頭撲下去了。

徐紹楨便又急令全鎮調頭，撤回秣陵關。

明知是白跑，但他徐紹楨不得不跑。

跑不跑是個態度問題，否則他就過不了楊國棟們這一關。但現在又坐到了秣陵關的帳篷裡，卻並不是句號，並不是劃了一個圓，又簡單地回到了起點，他徐紹楨不得不想到，新軍第九鎮全鎮開拔直撲雨花臺這麼大的動靜，城裡的張人駿張勳們，是不可能不知道的。

細想之下，徐紹楨便準備給張人駿寫封信，解釋糊弄一下。提筆寫了幾個字，寫不下去了。主動解釋，豈不就有心虛之嫌？正為難，就想到南京城裡之所以如此，最大的可能，最壞的情況就是唐明亮出事了……

剛想到唐明亮，就有人進來報告說：「唐明亮回來了！」

天已大亮，起大霧了。

徐紹楨立即迎出帳篷，就看見回來的唐明亮身邊，還站著個蘇良斌，心裡就一沉。

進了帳篷後，徐紹楨沒開口，蘇良斌倒先問：「徐統制，你是把昨晚造反的時間，忘了吧？」

徐紹楨問：「唐明亮，我們更改的時間，你沒通知城裡？通知蘇良斌？」

唐明亮說：「他們不同意，我被蘇良斌扣在城裡了！」

蘇良斌說：「不對，唐都督！都督就要在城裡坐鎮中樞。信，我另派人送來了！」

徐紹楨又問：「人呢？信呢？」

蘇良斌說：「問你們啊？你們人毛都沒少一根，少的是我的人！」

楊國棟說：「你的人？城裡這下要死多少人？」

徐紹楨說：「交不出那個送信的，你就是奸細，殺無赦！」

眾人一齊嚷，「殺！殺了這狗日的！」

蘇良斌說：「徐紹楨殺我，」他一指楊國棟，「但，我最恨的是他！屢屢聯繫造反，你楊國棟硬是把我拒之門外啊！你造反，為什麼我就不能造？多少次絕好的機會啊，不是你楊國棟，南京城的天早就翻過來了！」

徐紹楨說：「昨夜你把南京城的天，翻過來了嗎？」

蘇良斌說：「但我翻了，只是沒翻成！我操，這個反，我造了！造過了！……」

徐紹楨說：「天生一根攪屎棍啊，諸位！」

眾人一齊說：「殺！殺了他！」

眾人一擁而上，就將蘇良斌死死按在了地上。

蘇良斌大聲喊著，「死我也要問一聲，徐紹楨，這個反，你究竟造不造！」

徐紹楨說：「造！殺！這個反，我就先從你的身上造起了！」

楊國棟帶著幾個人，拎起蘇良斌就朝外走去。

接著遠處響起了幾聲槍聲後，一切便都歸於了沉寂……

隨著槍響有人跑來說：「雨兒回來了！」

雨兒回來了，她走進了賬篷就說：「我是聽見槍聲找過來的。諸位同志，上海那邊，光復成功了！」

徐紹楨問：「好極！彈藥呢？」

雨兒說：「大批彈藥已到鎮江，林述慶正在轉運。另外，『江寧大都督』一事，上海那邊意在徐統制。」

唐明亮楊國棟一齊說：「那就徐統制！」

徐紹楨說：「行！」

眾人出去後，徐紹楨留下唐明亮說：「你先睡一覺，而後代表我到兩江總督府去裝裝呆，就問昨夜城裡究竟發生了什麼事？說我們昨夜開到雨花臺準備救援城裡。又退回去，是怕生誤會了……」

唐明亮說：「你？你還？……」

徐紹楨說：「還不懂？爭取時間，鎮江轉運的子彈，就要來了嘛！」

○十

張勳從旱西門回到提督府，剛進門就一頭撞見了曹琴。

張勳愣住了，「你怎麼反倒先回來了？」

曹琴說，她率人墜城而出，乘船從外秦淮河入長江，剛到三岔河口，就聽說城裡的造反被撲滅了。於是她帶人從下關上岸，又乘小火車回來了……

張勳說：「城裡打仗，你們女人半夜翻城牆過大江，生離死別啊！」停停他問：「就你？」

曹琴說：「你問鄒樂樂？」

張勳問：「人呢？」

曹琴說：「這麼好的機會，不跑她傻啊？」

張勳忍了下，問：「她，跑了？」

曹琴口氣這就不對了，「把我們哄上了城牆。上去，我們就下不來了嘛！」

正好有人來報告軍務，張勳就匆匆出門去了。

出門的張勳心裡清清楚楚。曹琴若說鄒樂樂翻出了城，上船後黑燈瞎火不小心掉江裡淹死了，那還真是一點脾氣沒有了！但她說的是沒翻上城牆，那鄒樂樂就還在城裡。活要見人，死要見屍，那我張勳就有辦法了！

忽地他想到了春華院。

○十一

春華院的老鴇一見到張勳就說：「幸虧你來了。晚一步，我就要滿城貼告示找你了！」接著她就對著裡面喊，「鄒樂樂，我的兒！你家張大帥找你來了！」

話音才落，鄒樂樂就被幾個人簇擁著出來了。

鄒樂樂一見張勳，喊一聲，「張大帥！」眼淚就往下直掉，人也撲過去了。

有幾個婊子見了，偷著笑。

老鴇就訓斥她們，「笑？笑什麼笑？我們夫子廟大石壩街，為什麼大名鼎鼎？固然是因為這裡出婊子，但歷朝歷代，這裡猶其出的是名婊子！在這裡做，你們千萬千萬，不要把自已看輕了！」

有婊子插嘴問：「這一說，我們好像千把斤都不止，我們好像還要很開心了？！」

老鴇說：「實事求是地說，這地界，太平盛世可以不開心，因為你們沒份量，輕得連屁都不是。但世道一亂，就要大開心而特開其心了！大明朝出了李香君、董小宛不算，還出了個白門柳、馬湘蘭等等的等等……現在是大清，二百多年才一回啊！有張大帥在南京砥柱中流，這不就出了咱們的鄒樂樂？！地道的英雄美女，又是一段風流千古的佳話啊！……」

張勳卻急著問昨夜的事，「樂樂，昨夜裡到底怎麼了？」

鄒樂樂「哇！」地一聲哭了說：「我還以為是永別了呢！」她看了眼周圍，「有話，出了大門我再說……」

張勳就對老鴇說：「那我閒話少說，有情後補了。」

老鴇只好說：「只要你派兵來護著我春華院，就大補了！」

出了春華院坐上馬車，鄒樂樂就把昨夜的事一五一十跟張勳說了。

編不出來的，張勳全信了。

不錯，曹琴與他固然是患難夫妻，但這患難夫妻，也不能登著鼻子上臉，把他這個大丈夫當成二百五耍啊！生死關頭以事相托，你曹琴竟然放了我的鴿子?！

於是張勳對鄒樂樂說：「有我撐著。回府，你就和曹琴當面鑼對面鼓地敲一敲！」

鄒樂樂問：「敲過以後呢？」

張勳說：「殺人的心，我都有了！」

○十二

在提督府裡小桃子正掃著地，突然看見鄒樂樂走進來，後面還跟著張勳，她丟下掃帚就跑，邊跑邊喊，「不好了，這回動靜大了！」

小桃子跑到第三進敲開廂房的門，曹琴伸頭一看，只見張勳和鄒樂樂過來了。

曹琴愣了下，「喲，鄒樂樂，二太太？」

張勳問：「奇怪不奇怪？」

曹琴說：「奇怪。昨晚不見了，這又是從哪裡冒出來了？」

張勳黑著臉望曹琴一眼，就問：「鄒樂樂，是不是從城牆縫縫裡冒的啊？」

鄒樂樂說：「天太黑，城牆上扔下的繩子，我就再也沒摸著……」

張勳「咦?！」地一聲，他盯著了鄒樂樂。

曹琴笑了，她問張勳，「你，還想問什麼？」

張勳看著眼前的兩個女人，口中喃喃道，「有意思，這回真的有意思了！」

曹琴說：「當然有意思了！哦?要是我把二太太搞不見，依你架式，是要把我剁剁，做成肉餡了？」

這時有親兵從大門口一路狂呼而來，見了張勳就報告說：「張大帥！麒麟門，我們把鎮江運給新軍第九鎮的子彈攔到了！」

張勳說：「太好了！快！我們看看去！」說著他就跟報信的逃也似地走了。

張勳走了，曹琴就問鄒樂樂，「明明是我對不住你，你卻為我瞞了？」

鄒樂樂說：「你說過，進了張府，『我們還要共事呢』……」

○十二

唐明亮和幾個同行因公務，大明大白地進了南京城。

在兩江總督府門口，唐明亮迎頭撞見了從裡面出來，正領命要去秣陵關的江寧兵備道葉公覺。

葉公覺知道唐明亮的來意後，將他們一行拉到了旁邊的小巷裡說：「此去，只能越描越黑！再說，小營撤軍時，所有人都認識你！」他指指唐明亮的同行，「讓他們去，你不能去……」

同行深以為然，於是唐明亮同他們分手後，就想到了鄒樂樂。

在通賢橋，唐明亮正愁怎麼找鄒樂樂，就看見小桃子拎著個菜籃子從一枝園裡走出來了，而後站在一家屋簷下逗八哥。

唐明亮站在一家麵館門口低聲喊，「小桃子，小桃子。」

小桃子走過來低聲問：「你怎麼認識我？」

唐明亮說：「你，提督府裡大名鼎鼎小桃子，誰不認識啊？」

小桃子笑了說：「你。送鄒樂樂來時，我也在門縫裡與大太太偷偷看見過。」

唐明亮說：「哦，那我們進去，先請你吃碗雞汁餛飩再說！」

小桃子進去了，唐明亮要了雞汁餛飩，又買了把籌子。

小桃子看著碗裡說：「什麼事？說了我再吃。」

唐明亮說：「先吃，吃了我再說。」

小桃子說：「是來找二太太的吧？」說著向四周看了眼，無人，走過來抓起調羹就吃，邊吃邊說：「膽子真大。都私下議論過你，說你是探子！」

唐明亮一笑說：「不是。真是，我就不敢來了。」

小桃子說：「鄒樂樂都恨死你了！數數，你放了她多少回鴿子？」

唐明亮說：「我冤枉！就是要請你偷偷喊她來，我要當面說清楚！」說著就遞過了那十幾碗餛飩的籌子。

小桃子接過籌子說：「也不全是為餛飩……我相信，你對二太太也不是有意……」

唐明亮說：「那好。我就在這邊雅座裡等著？」

小桃子說：「好。張府後花園西牆上有個窗子，我就住在裡頭的披子裡。下次你就到那邊找我好了。」說完小桃子走了。

○十四

唐明亮看見鄒樂樂穿得像個傭人樣的來了，也不進雅座，只倚在門框上說：「你還有臉來？」

唐明亮說：「那天我也難，一露面，我就非得把曹琴給殺了！」

鄒樂樂說：「那她要是殺我呢？」

唐明亮說：「你進來說。」

鄒樂樂進來，一屁股就坐在了椅子上。

唐明亮關上門，為她倒上了茶問：「他們沒把你怎樣吧？」

鄒樂樂說：「人家對我，比你好上一百倍！」

唐明亮說：「人家？張勳？」

鄒樂樂說：「你說呢？直說，你又來找我幹什麼？」

唐明亮說：「順便想問問，張勳這兩天又要幹什麼？」

鄒樂樂說：「你的臉皮真厚！」說著她拍拍桌子，「就不想想？我已是張勳的二太太了！吃香的喝辣的，被張勳捧在手裡怕摔著，含在嘴裡又怕化了，我二五啊？我還吃裡扒外，挖我自已丈夫的牆角？」見唐明亮從桌前站了起來，她也站了起來，「你想怎麼著？」說著脖子一梗，「殺啊你！怕死，我今天就不來了！」

忽地下，雅座的門被推開了，曹琴出現在了門口。

唐明亮和鄒樂樂都呆住了。

唐明亮問：「就你一個？」

曹琴問：「你還想幾個？」

鄒樂樂反而鎮定了下來，「心不偷，涼颼颼，反正我對得起張勳張大人！」

曹琴說：「我還沒說你呢。這兒沒你的事，你先走！」

鄒樂樂站起來走到門口，停住了問：「你呢？」

曹琴輕輕地一拍桌子，「為你揩屁股！你走不走？」

唐明亮見鄒樂樂走了，問：「你？什麼意思？」

曹琴說：「不廢話了。張勳今夜，要劫你們的營！」

唐明亮吃了一驚，說：「……你為什麼告訴我？」

曹琴說：「快走吧，時間不多了！不信，你現在就把我殺了！」

○十五

江寧兵備道葉公覺在兩江總督府大門口，撞見唐明亮確實是個意外。

葉公覺認為張人駿已深知唐明亮擔當的角色，把他支走，光讓那幾個兵去，那麼徐紹楨與張人駿之間達成最後一點點諒解的可能性，都沒有了……

葉公覺於是手持兩江總督府的令牌，騎馬一路就直奔南京城南六十里外的秣陵關而去。

到了秣陵關，一輪紅通通的太陽正在向西沉淪著。

在大帳裡葉公覺對徐紹楨說：「今夜張勳要來偷襲！」

徐紹楨問：「偷襲，有人證明嗎？」

葉公覺說：「我，狂奔六十里來通風報信，你卻要我證明？」他急得一拍桌子，「這事能證明嗎？」

楊國棟說：「探子都宰了好幾撥，怎麼又冒出你個欠殺的？」

徐紹楨說：「行，也不為難你。你就在這裡過一夜，明天天一亮，清者自清，濁者自濁！」

葉公覺爆發出的一聲喊，便就直上九霄了，「明早張人駿點卯！見不到人，就等於殺了我全家啊！」

徐紹楨冷笑著說：「你完，完一家。我完，完掉一個鎮，七八千人啊！」說完臉色一變，悶悶地喝一聲「押出去！」

沒想這時唐明亮回來了，徐紹楨一見就說：「回來得正好，唐管帶！」他指指葉公覺，「他說，今夜張勳要來偷襲！」

唐明亮說：「徐統制，一點不錯！」

葉公覺一下就向唐明亮拱手作揖了，「唐管帶！你可把我救了！」

唐明亮與葉公覺客氣時，徐紹楨說：「葉道，你要多多體諒我。那麼請問，現在我們何去何從？」

葉公覺說：「撤，一走了之！」他抬手向東北方指指，「此去鎮江不過二百里，與三十五、三十六標會合後，吃喝給養全有了不說，正好共舉大計！」

唐明亮說：「我的消息是，鎮江正在朝這邊轉運子彈，在麒麟門被張勳劫住了，去鎮江的路不好走。再者，張勳來襲的方向並非從聚寶門南下秣陵關，而是從東南面繞道抄襲，出其不意！」

徐紹楨咬牙切齒地對眾人說：「手也太狠了！那我們也不客氣，就此趁虛北上奔襲聚寶門（中華門）！」

所有人都高呼一聲，「好！好啊！」

徐紹楨說：「全鎮所剩子彈集中馬標，以騎兵突襲雨花臺聚寶門，大隊隨後跟進。我也出其不意，打它個措手不及！」

楊國棟說：「傳令各營各標，緊急集合！」

○十六

葉公覺要回城，因為有了信任，徐紹楨他們也沒攔。

回程的葉公覺換了馬，在月色下一路狂奔。此時他必須要趕在新軍第九鎮突襲聚寶門之前進城！

葉公覺騎在馬上想，唐明亮的消息是從哪來？跑不出就是那個婊子鄒樂樂了。但是事先說好了，在他出發秣陵關報信前，兩江總督張人駿肯定會下令暫緩偷襲新軍第九鎮的。而張勳這廝居然根本不聽，照樣偷襲。更沒想到的是，這回徐紹楨骨子裡硬得很，不但不慌並且沒跑，反而玩起了逆襲南京的這一手。有誰會想到全鎮新軍七八千人，幾乎是背著空槍，出其不意，攻其不備，偷襲聚寶門呢？

葉公覺在一片高低起伏的丘陵間側馬飛奔，耳畔是呼呼作響的風聲。

天上雖沒有月亮，上面卻綴滿了星星，夜空是那麼一種影影綽綽半透明的……閃過了一處樹林一拐彎，葉公覺分明是看見遠遠的路上一片人影在晃動，瞬間卻又消失在了這路的兩邊！

葉公覺以為是幻覺，一勒馬韁，馬在一聲嘶鳴後，前蹄高懸剛落地，路兩邊的一片墳地裡就竄出幾個黑影，勒住馬頭就將他撲倒了，鋼刀隨即就壓在了他的脖子上。遇著鬼了？鬼是用不著刀的……葉公覺的心剎那之間就透心地涼了。

若深夜遇上了剪徑的土匪小毛賊，僅僅只為了幾個零花錢啊，這些人是會不問青紅皂白，揮手就給他一刀的！

葉公覺於是厲聲大叫了起來，「君子求財，不能動刀啊！」

黑影們住手了，「葉道？」有人拉下了蒙頭的汗巾說：「我，王有宏！」

葉公覺的聲音依然顫抖著，「哦喲喲，王將軍！……」

王有宏揮了揮手，路兩邊和墳地裡立即豎起了一大片黑影。

葉公覺問：「你們？怎麼沒聲音？」

王有宏讓身邊士兵從嘴裡吐出了一枚銅錢來，「這叫銜枚疾走……」

葉公覺終於緩過一口氣來，「哦，哦，哦……」

王有宏說：「銜枚疾走遇見人，殺無赦！葉道，你晦氣了！」

葉公覺說：「殺我？我是為張總督去秣陵關公幹的！」

王有宏說：「人熟理不熟，葉道。我不要你命，張勳就會要了我的命！」

葉公覺說：「你們，不就是要偷襲秣陵關嗎？」他鎮定了下來，「新軍第九鎮根本就不在那裡了！」

王有宏說：「不在？在哪裡？」

葉公覺說：「我不說！除非你叫張勳來！」

張勳從後隊趕了過來說：「葉道，為你，我破一回江防營的規矩！」

葉公覺說：「那我就賭一回你的人品。」

張勳說：「你說！」

葉公覺說：「徐紹楨正帶隊，要去偷襲聚寶門！」

張勳倒吸了一口涼氣，想了想說：「我也賭一回。信，我信。」

葉公覺鬆下一口氣來說：「那我這就走了。」

張勳說：「慢！現在我們回防雨花臺。葉道，你得跟我們一起走！」

葉公覺道，「走，我們一起走！」說著就要翻身上馬。

沒想張勳卻突然「呵呵呵」地笑了說：「算了。」說著他一揮手，「來人！將葉道扶上馬，再派人送一程！」

葉公覺上馬由人護送著走了，王有宏問張勳，「你還真信了葉公覺？」

張勳說：「他有膽子隨軍行動，我信。天意呀！說不定就是這人救了我江防營，救了南京城，救了大半個大清國啊！」

○十七

新軍第九鎮逆襲雨花臺，行動才開始，失敗的命運就已註定了。

第二天淩晨兩三點鐘，新軍第九鎮馬標首先開到了雨花臺南邊的花神廟。

馬標統帶（團長）先派幾騎試探雨花臺，並無阻礙，於是便催馬通過。

誰知這就一頭便撞到了南牆上，雨花臺東峰兩個碉堡裡的機關槍突然響了，殺得馬標人仰馬翻敗退了下來。

馬標退下後，唐明亮帶著步兵趕到，將槍彈集中給衝鋒的士兵每人五發，朝雨花臺東峰上攻擊又被擊退後，唐明亮就率數百騎兵猛衝東峰碉堡兩翼的戰壕，衝鋒的騎兵紛紛中彈落馬。

座騎被擊中後，唐明亮一頭從馬上栽了下來，好在都沒慌，騎兵們一邊不顧死傷舉槍就地還擊，一邊已有十幾人躍進了敵方戰壕一陣砍殺，殺退了敵人卻不見自已人跟上來，正要原路退回，卻發現敵軍丟失戰壕後，已然大亂了。

唐明亮便趁機手持馬刀帶著一干落馬的騎兵，沿戰壕殺上了雨花臺東峰這座不高的崗丘，奪得機槍兩挺。

打了一會，見槍彈無幾後繼無人，唐明亮帶人只好退了下來。

天漸明，起了大霧。

唐明亮帶著人與大隊會合後，全鎮空槍無彈，處境極危，徐紹楨遂下令撤退。

第九章　去鎮江、到上海

○一

新軍第九鎮奔襲南京聚寶門，經雨花臺要塞時攻擊失利，犧牲數百人。

西元一九一一年十一月八日晨，大霧瀰漫，據守雨花臺要塞的江防營沒敢貿然追擊，新軍第九鎮遂得以撤向雨花臺南面的花神廟，而後向東北經湯山、句容，朝著鎮江方向退去。

行軍近二百餘里，新軍第九鎮於十一月十日到達鎮江南門。

敗退下來的官兵又累又餓，來到光復後的鎮江，便紛紛進城去找三十五、三十六標熟悉的兄弟相聚去了。

徐紹楨沒有進城，他帶著衛兵在鎮江城邊的萬全樓旅館住了下來。

吃過飯，雖累，徐紹楨躺在床上卻了無睡意。

鎮江現在是林述慶的天下，此人過去僅為新軍第九鎮三十六標一營的管帶（營長）。光緒二十八年徐紹楨在福州當福建武備學堂總辦時，二十歲的林述慶就是該學堂的學生。徐紹楨是他正宗的老長官。現在老長官到了鎮江城下，他林述慶按說是要給個面子，前來接他一下的。老長官其實是等在這裡，已經有點尷尬了……徐紹楨轉而一想，畢竟林述慶光復鎮江成功，而自已卻是新敗，年輕人氣勢薰薰再所難免啊。

於是徐紹楨就拿出了張名片，讓楊國棟給林述慶送過去。

楊國棟接過這張尺把長的名片，似笑非笑地問：「去了怎麼說？」

徐紹楨說：「就說我，一會兒前來拜會林都督。」他頓了下又說：「這樣，唐明亮和林述慶有點交情，讓他和你一起去更好。」

〇二

楊國棟來找唐明亮，見雨兒也在，就相約著一起去見林述慶。

林述慶對於唐明亮他們三人前來的遊說，回答得乾脆利索。

林述慶說，不是不給老長官面子。前者，我在鎮江屢次派員去南京約請老長官起事，不理，人微言輕啊，是老長官看我沒面子。到如今言稱要來拜見，實則是要我去迎他這個敗軍之將進城，簡直豈有此理！至於你們說光復南京，還要仰仗徐紹楨之力，更加滑天下之大稽！不信試試，由我來整軍攻打南京如何？林某新軍不過二千，鎮江城內的滿藉旗軍約有萬餘，起事，照樣成功。滿清又從武漢浩浩蕩蕩派艦隊前來鎮壓，我林述慶不避生死親自上艦，曉以大義，感以赤誠，至使「鏡清」、「保民」、「楚觀」共十四艘兵艦投向我革命黨人。天下事，向來做比說重，做了再說。你們問我南京起事怎麼做？舉措有二，無非是智取在前，強攻在後。我昨天就派人混進了南京，現在勸降的告示恐怕已貼滿南京城了，攻城，理當攻心為上！另外，我又密派敢死之士今晨攜炸彈再赴南京，這年頭不但攻心，還要玩炸彈，攻人！炸死張人駿，南京城不攻自破，炸不死，我就發兵西進，強攻！滬寧鐵路到南京，火車不過一頓飯功夫。怕我兵力不足？你們不是來了嗎？來了就足了！哦，要我幫助收攏人員？還聽徐紹楨的？還要我和他合照一張相片登在報紙上？是他提出來，還是你唐明亮楊國棟幫他想出來的？呵，呵，呵，都現在了，都快搞成個光桿司令了，你們還怕他這個老長官不造反啊？……不妨明說，我已在鎮江四門設了收容站，凡被我收容的新軍第九鎮的兄弟，重新整編，叫鎮軍，鎮江之軍，先去去南京新敗的晦氣再說！……

唐明亮說：「林管帶，不林都督，難道一點餘地你都不留？」

林述慶問：「殺了蘇良斌，他徐紹楨留餘地了嗎？」

雨兒說：「是蘇良斌一手把南京的造反，給搞砸了！……」

林述慶說：「蘇良斌不過替死鬼，該殺的究竟是誰？」

唐明亮說：「如此，那我們只好告辭了。」

〇二二

徐紹楨看見唐明亮他們回來的樣子，心裡就有數了，他端坐在椅子上只望著窗外。

徐紹楨不問，楊國棟卻氣洶洶地上前說：「不幹了！徐統制，我這就到林述慶那裡去！」

徐紹楨詫異了問：「你？為什麼？！」

楊國棟說：「還問我為什麼？」他忽地下激動了起來，「為了讓你造他娘的反，我低聲下氣，我委曲求全，求著你，哄著你，在眾人眼裡，我他媽就像你的三孫子！」

徐紹楨說：「胡說！武昌起義後，是你白天黑夜地監視著我！我是你的老長官啊，進我府邸你如入無人之境，還屢屢用槍逼著我這啊那的！威嚇我時，你就磨刀！把全鎮的刺刀都磨短了，磨禿了！」

楊國棟說：「對！都這樣了，你反了嗎？好，兵敗鎮江，林述慶連面都不見，就把我們新軍第九鎮給收了！」見唐明亮要開口，他就說：「唐明亮，我說了，講了，這叫明來明去！老子一吐為快，我告辭了！」言罷一轉身，楊國棟頭也不回地就走了。

屋子裡靜極了，人們作不出聲來，都望著徐紹楨。

徐紹楨口中喃喃，「此時此地，此情此景，情何以堪？情何以堪吶！不但被林述慶拒之於城外，活了五十大幾，我還領教了一個叫楊國棟的老部下，禮送的胯下之辱！……」說著他的眼淚已汨汨流了下來，「我流淚了……我當著眾多下級晚輩的面，哭了。都說，男兒有淚不輕彈啊……」他看著了唐明亮說：「樹倒猢猻散，你也別撐著了，該投奔林述慶，就投奔那個林大都督去！出去，你們統統給我滾出去！」

雨兒說：「徐統制，你冷靜些，千萬別太激動了。」

徐紹楨說：「好，雨兒，你也出去。我要靜一靜，我是該把自已好好想想了……」

眾人不再吱聲，靜悄悄地出去了……

雨兒出門走了兩步，她突然轉過身對著門問：「徐統制，你要幹什麼？」

回答她的是門上的西式「司派靈」鎖「咔答」一聲，鎖上了。

唐明亮愣了下，便用身子猛地向門撞去。

門被撞開了，唐明亮看見徐紹楨正在握著手槍把槍口朝嘴裡送。

唐明亮撲過去雙手死死握住了槍管，一擰將手槍搶了下來。

徐紹楨說：「我意已決，你能攔得住？」

唐明亮就對著門外的人說：「全都進來吧！我勸說過了，徐統制還要咬槍自殺，我們就全體立正，向老長官致以最後的敬禮！」

門外的人就紛紛跨進了屋。

徐紹楨見了冷冷一笑說：「連送葬的都來了。說！」

唐明亮說：「這個自信我還有！楊國棟和你老長官都是局中人，我有你們看不到的地方！」

徐紹楨說：「你說。」

唐明亮說：「袁世凱的北洋新軍第一第二鎮（師），為什麼代朝廷去鎮壓武昌，卻是打打停停，坐觀時局？一是看著孫文孫先生回國途中遍訪列強，與西方列強究竟說了什麼，列強又會答應他什麼？第二，就是在看著我們呢！新軍第九鎮如在你徐紹楨手中倒向清廷，那麼清廷就可抽調出凶悍的江防營，從長江南岸西征，夾攻武昌。袁世凱那時就會被逼於勢，不得不叫北洋新軍一鼓而下武昌了。但你徐紹楨卻反了朝廷，這就是大功！第三，新軍第九鎮在全國的新軍中是為姣姣者，不是嗎？手中有槍無彈，食不果腹且還敢強攻雨花臺，雖亡命數百人而敗，以張勳江防營之凶悍，卻不敢來追！第四，雖說敗退鎮江給林述慶收編了一部分，但沒有投敵！將來反攻南京，他們還是反清光復的虎狼之師！」

徐紹楨問：「你為什麼這樣說？」

唐明亮說：「把拙見貢獻給老長官，這是我必須的！曾記否？最困難時，老長官禮送過我。老長官徐統制的名聲在外啊，被你禮送過的，不少就在武昌，在全國各地造反了……」

徐紹楨淚流滿面了，他說：「對不住啊，過去小看你了……沒被收容，不願被收容的，還有多少人？」

唐明亮說：「不少。徐統制，此處不留爺，自有留爺處。我們還可去上海……」

徐紹楨連說：「上海？……對，對！你真還是旁觀者清！」

雨兒聽著釋然一笑，她說：「去上海，這回就要考考陳其美的見識了……」

○四

徐紹楨一行趁夜坐火車，第二天一大早就到了上海。

在滬軍都督府大門外，徐紹楨坐在一家茶館裡，請雨兒先去面見滬軍都督陳其美。

滬軍都督陳其美近來每天忙得通宵達旦，成果確實斐然。

在上海除了李燮和的商團，淞滬巡防隊、偵探隊、衛兵步隊、衛隊騎兵、訓練處、敢死隊、海軍處、兵工學堂、巡警教練所、硝磺局衛隊、炮臺守軍、江南船塢護勇營、巡警隊、國民軍、學生軍、新募防營、炮隊營、海軍陸戰隊以及艦艇多艘等等等等，數十支各色各樣的武裝，都被他統統整編成了精悍的廿多個營，還有政權、財權、兵工廠集於一手，實力蔚然可觀。

內務初定，外務卻是紛繁。

十一月四日上海光復，蘇州、無錫、常州、鎮江繼之，可武昌那邊每日炮聲轟隆隆依然震天作響。十一月九日，清廷任命袁世凱為內閣總理大臣後，攻打武昌的炮聲卻突然停止了。

袁某讓一個叫楊度的人，攜鉅款到武昌議和。

上海同盟會中部總會得悉後以為，一旦此時議和成功而清廷未倒，轟轟烈烈的光復便可能半途而廢！於是決議，要陳其美負責組織江浙聯軍，刻不容緩統籌攻打南京事宜。

南京若光復，便徹底切斷了南北交通，使東南這片全國的首富之區獨立成局，且光復大軍屯兵江南，就可隨時揮師北伐，武昌之圍不援自解，袁世凱之議和，就必須以倒清為前題了……

然而攻打南京事出盤雜，千頭萬緒，滬軍都督陳其美為此又是一夜未眠……

就在天剛剛透出曙色時，有護兵報告說，雨兒來了，聽說同來的還有徐紹楨。

陳其美聽後，急忙將昏昏然的頭，先伸進洗臉銅盆的水裡浸一浸，而後就抓緊時間吸了幾口鴉片煙，好讓這顆被冷水刺激過的頭顱，徹底地變得鮮活靈動起來。

一切搞完，又將頭髮倒背著向後梳了梳，一個神清氣爽的陳其美就出現在了雨兒的面前。

雨兒見面就說：「又抽鴉片煙了吧。」

陳其美說：「不為你，是為徐紹楨。人呢？」
雨兒說：「他先讓我來看看。」
陳其美說：「長話短說。上海同盟會中部總會決定，組織江浙聯軍攻打南京。我意推舉徐紹楨為總司令。」
雨兒說：「可徐紹楨新敗，幾乎已是兩手空空。」
陳其美說：「不！徐紹楨一鎮的統制（師長），官居從二品，慈禧太后也接見過。此人為江浙聯軍總司令，仗沒打，就已先聲奪人了！」
雨兒說：「他並沒打過仗。」
陳其美說：「你打過？一打，不就打過了？」
雨兒說：「在鎮江，林述慶拒不面見徐紹楨。」
陳其美說：「他不見，我見！人呢？」
雨兒說：「就在對面的茶館裡。」
陳其美說：「請，快請！」

○五

徐紹楨剛跨進陳其美辦公室，就一個軍禮，「拜見滬軍陳大都督！」
陳其美迎上去說：「不敢當，不敢當。徐老前輩，有失遠迎了。」
進來的雨兒、唐明亮也見面禮畢，都坐了下來。
徐紹楨說：「陳大都督，南京新敗，我是來負荊請罪。」
陳其美說：「不然，南京情形非別處可比。」

徐紹楨說：「這是為我緩顏了……既然如此，陳大都督，初初見面我有一請。」

陳其美說：「請說。」

徐紹楨站了起來，說：「兵敗，非我所願也！在鎮江，我欲求與林述慶都督合兵一處，部下大多反被其收編。一不為權，二不為錢，是為光復大業，我沒話說。又請與林都督合照一張相片，卻又被斷然拒絕。嗚呼！奇恥而大辱啊！現在老夫再請與陳大都督合影登報，煌煌天日，昭告天下，以宣示我反滿之決心……」

陳其美說：「老前輩！一照何區區？」他起立上前一把扶住了徐紹楨，「乾脆不繞圈子。同盟會中部總會決定會攻南京，我正擬請徐老前輩擔任江浙聯軍之總司令！」

徐紹楨說：「這……老夫？何德而何能？」

陳其美搖搖手說：「德能二字不是問題。但江浙聯軍來自各方，你將如何駕馭？」他示意都坐下來說。

徐紹楨坐下想想說：「聽令行令，心中唯有大局。老夫有一好，忍人之所不能忍也。」

陳其美問：「如遇林述慶，不聽令怎麼辦？」

徐紹楨沉默了下說：「只要前面還有南京城要打，還有滿清朝廷要推翻，想他這個大義，總還是要顧的。另外，在他面前，我既無老長官的架子，也不擺新長官的譜子，我代同盟會中部總會行令，這個大體，想他也是該識的。」

陳其美說：「行！事急，你們這就準備回鎮江。江浙聯軍總司令之委任狀隨後就到，同時在報紙上發表。」說著他「呵呵呵」地就笑了，「這頭版頭條的消息震動天下，比拍一張合影相片如何？」

徐紹楨說：「誓覆滿清，光復中華，老夫唯命是從！」

陳其美說：「好，徐總司令，我和雨兒唐管帶再多敘兩句。」見徐紹楨告辭後，他就向唐明亮伸出了手，「唐明亮。用徐紹楨，有些虧待你了。」

唐明亮上前握住了陳其美的手，「談不上，陳大都督。」

陳其美說：「你說談不上，我還是要多談談。當大官做大事，人之常情，誰不想青史留名呢？唐明亮，雨兒一直在為你鳴不平，我今天把事說開了。在上海，我比李燮和強，所以我爭當大都督。這於我，於同盟會，於光復都有利。而你離開新軍第九鎮多年，在南京你比不過徐紹楨……」

唐明亮說：「這我知道。」

陳其美說：「回去後多多扶佐你的老長官。眼光放遠點，年輕的畢竟是我們……」

雨兒說：「陳其美，在鎮江徐紹楨要自殺，就是唐明亮勸來上海的。」

陳其美說：「唐明亮，如此，我更高看你一頭！」

唐明亮說：「陳同志，通過老查和為南京光復死去的人，我想通了。此次造反成功，即便當不成大官，但做成了大事，對得起自已，也對得起後人！既死，也死而無憾了！」

第十章　圍城

一

江浙聯軍西元一九一一年十一月十三日，正式宣佈成立。

在第二天舉行的第一次軍事會議上，鎮江都督林述慶就發難了。

本來鎮江都督林述慶，也並不是想發難的。

林述慶看到了上海同盟會中部總會一聲令下，江浙聯軍成立，徐紹楨當了江浙聯軍總司令後，便有各路人馬日夜兼程向著鎮江彙集，而滬寧鐵路上的軍列往來不斷，不幾日鎮江火車站月臺上的槍炮彈藥，就已堆積如山了。

只短短的幾天，林述慶親眼見到了形勢的大逆轉，形勢比人強啊！

林述慶這時充分地意識到，先前他對徐紹楨這個老長官，確實是過份了。

林述慶想借江浙聯軍總司令部設在鎮江之機，來緩和緩和關係，他想讓出自已的鎮江大都督府，給江浙聯軍當總司令部。

誰知被徐紹楨以本司令部組織龐大人員眾多為由，給客客氣氣地拒絕了。

於是江浙聯軍總司令部，便格外顯眼地設在了大觀樓，鎮江江邊上的一座旅館裡。

這是一口氣，林述慶心想，這就不能怪我了。

在這江浙聯軍召開的第一次軍事會議上，首先由總司令徐紹楨宣讀陳其美寫的《檄南京文》。

此文慷慨激昂，歷數清廷封建專制之種種惡劣，表示「本軍政分府（上海）擬上溯長江，恢復江寧（南京），克日會合武漢皖浙光復軍，共伸天討。誅鋤野蠻之滿政府，建立共和之新國家。」

徐紹楨接著宣佈了司令部的組織機構與人員組成，其中唐明亮為司令部警備部長，襄助總司令的軍事決策與指揮。雨兒統領淞軍中的女子敢死隊，同兼司令部軍事參謀。

林述慶此時坐會議長桌之一側，報以數下之掌聲。

徐紹楨總司令將話轉入了軍事正題，「目前來江浙聯軍司令部報到的計有：滬軍、淞軍、蘇軍、浙軍、淮軍、鎮軍等，總兵力一萬四千之眾。而南京城守敵，計一萬八千有餘……」

各路將領聽得聚精會神，鎮江都督林述慶發問：「如果張勳以逸待勞，請問，徐總司令有何方略？」

徐紹楨說：「的確，我最怕張勳抱定一個『拖』字，一個『守』字。」

林述慶說：「敵方人數占優，更有堅城可恃，張勳不但一拖二守，他一口吃掉我們之心，也是有的！」

等眾將領議論紛紛告一段落，徐紹楨便就宣佈了江浙聯軍的進軍佈署，並特別說明這只是「進軍方案，大軍一動，敵變我變。」

林述慶這便就請問了，「聽佈署，我們成了鎮軍？當起總預備隊來了？鎮軍何來？原先不就是新軍第九鎮麼？全國新軍中少有的勁旅啊！現在卻等而閒之了？」

徐紹楨說：「徐某之考慮，是攻堅城，總預備隊亦不可能等而閒之！」

林大都督說：「既不等而閒之，又是攻打堅城。那徐總司令有無雅量當即宣佈，誰先攻進南京城，誰就為『江寧大都督』呢？」見所有人都愣住了，他就大聲問：「知道嗎？現在徐總司令，還兼著『江寧大都督』呢！」

會場一片譁然，唐明亮站了起來說：「這事我清楚。」

林述慶也站起來說：「這事我也清楚！『江寧大都督』是為公器，黃興危急之中封的是你，你卻私相授受！」

唐明亮說：「不能想當然，林大都督，有誰證明？」

林述慶說：「從武昌來時，有人與你同船。」

唐明亮說：「同船？同船的人都死掉了！」

林述慶也不說話，一屁股重新坐下來，只用手指敲了敲桌子。

側門被推開了，蘇良斌昂首挺胸從那裡走了進來。

唐明亮一見，眼睛就直掉了。

蘇良斌卻立在屋中央左右環視著，問：「沒嚇著吧？有人看見我，是不是以為大白天，撞到鬼了？」說著他就放縱盡情地「哈哈」大笑了起來。

徐紹楨揉了揉眼睛，嘴唇卻在直哆嗦。

蘇良斌朝徐紹楨的面前走，唐明亮急步攔住了蘇良斌，「原來，那天楊國棟放的是空槍！」

蘇良斌說：「空槍，槍那也是槍斃！我已經死過一回了！我怕誰？與你從武昌同船來南京的，是我；能證明黃興封你為『江寧大都督』的，也是我！」

林述慶說：「蘇良斌，不激動，我們講的是理！」他轉而面對眾人，「清楚了？公器不能私相授受！因此，大敵當前，誰先攻進南京，誰為『江寧大都督』，將士才會用命的！此為公信，也是公理！」

徐紹楨說：「林都督的提議，對我軍多有激勵！對攻堅城南京，多有鼓舞！此事向上海同盟會中部總會備案，把它當作攻下南京的彩頭！本司令我，不持異議！」

林述慶說：「徐總司令此言，叫人刮目相看了！」

徐紹楨問：「那麼，是不是把鎮軍總預備隊的位置調一調，行軍攻城，都在儘先？」

林述慶答曰，「不必，不必了。」

徐紹楨說：「好！攻城事要，公敵在前，林大都督識大體了！那麼，進軍方案一字不變，我們這就向南京進軍好了！」

○二

張勳守城的心事，還真讓林述慶說中了。

江浙聯軍人數不過一萬三四，張勳還真不太放在眼裡。只是對前些天淩晨新軍第九鎮有槍無彈，還向雨花臺發起衝鋒攻擊，感到有點不可思意，這才對從東開過來的江浙聯軍，取了種審慎的態度。

江浙聯軍十一月十五日從東開過來，張勳十一月二十日夜，就對江浙聯軍之浙軍，發起了攻擊。

那夜浙軍剛到南京城東三十里外的麒麟門，人困馬乏立足未穩，張勳便組織敢死隊數千人分三路抄襲，火燒連營。好在浙軍很快就從被打得暈頭轉向中清醒，且戰且退，後來竟然穩住了陣角組織反擊，一氣反攻十幾里，打到了南京城東的孝陵衛。

這時天已將明，浙軍遭紫金山上天堡城炮臺居高臨下的轟擊，便後撤到了麒麟門。此戰本身就是試探性質，浙軍雖損失上千人，卻讓張勳掂出了對手的份量。另外，張勳還從受傷被俘的浙軍士兵口中，得知江浙聯軍總司令徐紹楨，就隨浙軍行動。張勳勃然大怒了，回城後就領人去抄徐紹楨的家。

城裡的家不用抄了，徐紹楨早有準備，空空如也，剩下就是他在玄武湖洲上夏園裡用來會客、雅聚、藏書度假的攬勝樓了。

誰知才出玄武湖門，張勳就又被兩江總督張人駿的親兵衛隊攔住了。張人駿帶話給他，徐紹楨總還算在玄武湖的洲上留著一個家，這裡的一切不抄、不燒，且不殺，便如下著的一盤棋，留著餘味了……張勳聽了氣得破口大罵，「老子血戰一夜，倒好像是在為徐紹楨看家護院了！」但徐紹楨的家隔著二里多寬的湖面，罵也沒用，張勳只好望湖面，一聲興歎了……當然張勳也曾想在湖邊架起大炮，轟它個娘的！但轉念一想，大炮一轟，張人駿說的「餘味」，還真是一點沒有了……

張勳乾脆撤兵回家睡覺，畢竟鏖戰了一夜，太困了。

張勳南柯一夢直睡到第二天的半夜裡才醒，醒來眼一睜，這「餘味」不想也來了，放嘴裡品品，禁不住嘴一咧，他就躺在床上「嘿嘿嘿」地放聲大笑了起來。

睡一邊的鄒樂樂卻從床上一下子坐了起來，大口喘著氣說：「睡好好的，你說笑就笑，怪聲怪氣地，嚇死我了！……」

張勳說：「這『餘味』還沒說出口，就已嚇著人了！好好，好！」

○三

在兩江總督府煦園的書房裡，張人駿今天讀的是一張宣傳造反的《民立報》。這《民立報》是剛剛有人用半塊磚頭包著，從兩江總督府高牆外扔進來的。親兵護衛將報紙拿來請示，要不要查？

張人駿以為查也白查，就先拿來看了。看過一閉眼，他就浮想聯翩起來。為守城，前些天他已下令將南京七座城門用土封塞堵死，只留下儀鳳門、水西門、旱西門、聚寶門、通濟門、朝陽門、太平門七座城門通行。這樣為守城省下了兵力不說，也省心了，免得提心吊膽總怕有人會獻城門投降了。所以，對昨天張勳只派人來打了聲招呼，就擅自帶兵出朝陽門打的這一仗，張人駿也沒多吱聲，先殺殺江浙聯軍的銳氣也好嘛！但打一仗後就去抄徐紹楨家，明顯讓人感覺到你是打敗了仗的嘛。抄了家，出出氣，無利於大局嘛……

正想著親兵進來報，說是江寧兵備道葉公覺求見。

張人駿說「見」，他知道葉公覺這一大老早是為什麼來的。

轉眼葉公覺就進來了，見禮畢，張人駿對剛坐下的葉公覺說：「不急，不急。來來來，有人向我總督府裡扔了張《民立報》，我們正好『奇文共欣賞』一下。」他將報紙遞給了畢恭畢敬，半個屁股坐在椅子上的葉公覺說：「我瞄了一眼，你再讀給我聽聽最好。」

葉公覺接過報紙看看，便讀，「本報即日接孫君逸仙（中山）自巴黎來電曰：『今聞已有上海議會之組織，欣慰。總統自當推定黎（元洪）君，聞黎有請推袁（世凱）之說，合宜亦善……』主筆于右任加按語曰：『孫君不以總統自居，自繫謙讓之美德，惟現在共和國第一任總統，必以國民公意選舉……』」

張人駿說：「總統？不就是皇帝麼？皇帝還能公選？滑天下之大稽！」

葉公覺說：「總督大人，滑天下之大稽，就隨他去了……」他目不轉睛地盯著張人駿說：「南京城，徐紹楨已反了……」

張人駿說：「曉得了，有約在先嘛。」說著他起身從書櫥裡拿出了個木匣，放在了葉公覺身邊的茶几上，「《金石錄》，過過目吧。」

葉公覺連說：「對總督大人還不放心？不了，不了。」說著他捧起那木匣向張人駿打一恭，「那，卑職告辭了？」

張人駿一點頭，葉公覺匆匆離去了。他看見他的身影在拐出院門時，似乎還被什麼絆了下，差點跌倒。此人也太失態了嘛！天下造反的正在大兵壓境，守城萬端都在統籌，他卻來討《金石錄》，簡直明火執仗趁火打劫了！……正想著親兵進來又報，「葉道台，又回來了。」

葉公覺又出現在了門口了，他對親兵說：「有要事，我只對總督大人說……」見親兵退下後，就說：「大人，您是不是忙中出錯了？」

張人駿一搖手，「本督忙中，向例不出錯！」

葉公覺說：「大人，卑職可是古籍收藏之頂尖行家。」

張人駿一臉的詫異，「你？什麼意思？《金石錄》？」他理味了過來，一拍桌子，「放肆！你乾脆就說，老夫給了你贋品好了！」

葉公覺說：「可……我捧著書，確實還沒出兩江總督府的大門啊？」

張人駿沉下一口氣來，想了想說：「大了，那問題就更大了！」

葉公覺說：「問題不大。亦只在這一室之內，你我之間……」

張人駿說：「不！事涉本督之人品啊……除了你，我還可請更頂級的行家。問題在於，如果鑒定為假，你明明出了這門，卻又沒離開我的兩江總督府，真的到哪裡去了？分明是我這裡有你的同謀嘛！一本破書事小，心懷有二事大！總督衙門喬管帶率衛隊造反，就在前幾天！查，水落石出，勢在必查！」

葉公覺一聽，愣住了，他有點失聲了，「張，張大人……這，還不至於吧？」

張人駿冷笑著說：「還不至於扯上造反吧？但訛人，你還訛的是你上司呀！這樣，本督一向寬宏。也許……不一定是你的錯，兩江總督府裡天未明，而路燈又太暗了……」

葉公覺終於緩過了一口氣來說：「對，對，總督府大門口的電燈，是太暗了……」

張人駿又說：「那就是你太魯莽了嘛！你再當我面看看？」

葉公覺說：「不，不看了。」

張人駿說：「不，看，一定要看！免得你再起疑惑，而讓老夫遭受不白之冤。」

葉公覺就只好打開那匣子看了看，說：「真的，的的確確是真的，一點點都錯不了啊！……」

張人駿說：「好！這就對了嘛……」

葉公覺從張人駿的書房裡出來，就全然是種落荒而逃的感覺。

葉公覺急步走到兩江總督府大門口，便又下意識地看了看手中捧著的木匣子，就覺得自已剛才是被張人駿活活地強姦了一回……張人駿和他玩的豈止是一本書？此時此刻，人家那邊在選總統，他這邊分明是在玩著一個大清國了！

正這時有幾騎飛馬而來，被兩江總督府門口的衛兵攔住後，就勒住馬韁大喊，「快快快！急報總督，張勳帶兵搶銀行了！」

葉公覺一聽就笑了，慘慘地笑了……

〇四

張勳要搞的「餘味」，就是搶銀行。

實業銀行座落在土街口（新街口附近），離著兩江總督府西南不遠，是座用花崗岩條石砌成的英式建築，有點類似於西洋中世紀的古城堡。

非常時期銀行重地，兩江總督張人駿早就派重兵在此把守。張勳天濛濛亮的到來，恰如攻城掠地，不但領兵包圍，而且還拉來了兩門大炮，就頂在了銀行的大門口。

昨天忍著沒用大炮轟徐紹楨的家，今天不忍了。

總督府衛兵不懂事，竟然上前問：「你們想幹什麼？」

張勳說：「搶銀行！」說著一招手，他身後的兵一排槍打過去，立即就把這兩個衛兵放倒了，總督府剩下的二十來個兵一見，扔下槍拔腿就跑。

張勳覺得太不像話，就喊他們拿起槍再跑，喊也喊不住，就只好指著地上躺著的兩個教育他的士兵，「江防營打得屍橫遍野了，槍也不能丟！」接著就派兵向守金庫的要鑰匙，人家才說沒鑰匙，江防營的兵就已一槍托砸過去，把人家的嘴砸扁，滿地找牙了。

守金庫真的沒鑰匙，張勳明白了後就吩咐用大炮轟，當兵的說太近，一炮下去會傷到自己人。張勳又明白了後，就問已被押在街邊站著的銀行職員，你們的董事長呢？職員說在三樓，張勳就朝三樓大吼一聲，「下來！還要請嗎？」樓上居然還敢沒動靜，江防營的兵不用吩咐就用大炮對準了三樓，而後仰起脖子齊刷刷地朝著樓上一聲吼，「大炮一響，那是張大帥的咳嗽！聽著，一！二……」聲音才了，三樓上的窗子嘩拉一聲就推開了，有人探出半個身子手抓瓜皮帽拼命地朝下搖晃著，「且慢！張大帥先不要急著咳嗽啊！我們董事長這就下來了！」

董事長下樓交出了鑰匙，早有人飛奔去董事那裡拿來另一把鑰匙和密碼。

張勳讓他們打開了金庫那一道道鋼鐵的大門，而後一揮手，他的兵們就餓狼一般向地下金庫撲了進去。

江防營的弟兄們，衝進金庫還是出了娘胎後的第一次，全以為金庫金庫，就是裝金子的庫，大門一開金光燦爛，金銀元寶滿地打著滾呢！於是衝進了金庫後就用火把一個勁地亂照，有人打開了電燈，他們這才看清金庫裡陰森森的連一扇窗戶都沒有，像座巨大的墓穴！它的四壁更可怕，居然從上到下堆滿了類似裝炮彈的箱子！他們全傻了！

弟兄們忙死忙活，要炮彈幹什麼？憤怒是不可避免的，管它炮彈不炮彈了，舉起槍托就砸了。

箱子被砸開，神奇出現了。白花花的銀元像瀑布，帶著清脆悅耳的響聲飛瀉而出了！於是這地下的金庫裡立即槍托飛舞，銀光四瀉，雜亂人群的腳下，銀元一堆一堆的被踐踏著，發出了金屬脆生生清泠泠的聲音……

一個巨大的矛盾轉眼出現了，箱子不砸最好，抬出去方便。但狂喜之下瘋狂地砸箱子，本身就是一種不可遏制的狂歡與享樂。享樂之後銀子怎麼拿？他們想得就同問飯怎麼吃一樣簡單，是銀子，朝自已身上裝就是了！口袋裡裝不下就更好辦，有褲子！脫下來把兩條褲腿一紮，裝滿銀元後再把褲腰一紮就行了。

於是一個脫褲子，個個脫褲子，裝滿銀元後扛上了肩，顛一顛，一溜煙就鑽出了這墓穴般的地下金庫。

出了金庫的情形就不那麼美好，張勳已讓親兵架好了機關槍，正堵在門口等著他們呢！兵們一見，全傻了。

張勳問：「扛哪去？」

兵們說：「大帥？老規矩，誰搶歸誰啊？！」

張勳說：「誰說搶了？」說著他一擺手，兩挺機槍的子彈就擦著兵們的頭皮飛了過去……隨著槍聲，兵們肩上扛著的褲子便就一條條的落地開花了。

和著銀元從炸開的褲襠裡飛迸出來的音樂，一陣急促的馬蹄聲傳來，眾人扭頭一看，是張人駿帶著一百多人的親兵衛隊飛馬趕到了。

人馬一到，張人駿就在馬上喝一聲，「張提督，你在幹什麼？」

張勳回答得直接了當，「搶銀行！怎麼著？」

張人駿說：「我們不是土匪！我們不能自已搶自已呀！」

張勳回答得更加振振有詞，「江浙聯軍圍城了，我不搶誰搶？八十萬兩銀子，要把它留給反賊嗎？」

張人駿從馬上跳了下來說：「當然不給反賊，但也不能給你！」

張勳說：「我？我是誰？我人都是大清的！你還要給我分公私？」他奪過大兵手裡的機關槍，就對著了張人駿，「昨天不抄徐紹楨的家，我讓你；今天不行！」接著又一招手，「大炮！」江防營的兵們立即將大炮對準了張人駿與他的親兵們。

張勳說：「走不走？不走，我就大炮了！」話音才了，江防營的兵們就將一顆黃燦燦的炮彈塞進了炮膛。

張勳手拉發炮的牽繩大喊著，「一、二……」

張人駿和他的人面對炮口，不由自主一步步向後退著，退了幾步他仰面一聲喊，「生死存亡之際，皇上！你怎麼偏偏派個土匪來守城啊！」

〇五

張人駿從張勳的炮口下跑出來心裡就明白了，如此情形還要「守一城而捍天下」，妄想了！現在只有從最壞處打算，朝最好處努力。張人駿想到了洋人馬林。

於是張人駿經青石街向西拐到估衣廊，過北門橋後就直奔鼓樓崗。

到了鼓樓教會醫院，張人駿萬萬沒想到馬林院長已經笑容可掬地迎候在大門口了。

馬林向張人駿拱手作禮道，「總督大人此來，是為南京實業銀行被搶的事吧。」

張人駿邊回禮邊感歎著，「還是你們外國人的斥候（探子）厲害呀！」

馬林說：「不。是張勳搶銀行，一槍托把人家嘴巴砸扁，送醫院來了。」

在院長辦公室，馬林與張人駿雙雙坐下後，讓人為張人駿倒上了茶，而後問：「總督大人愛民，是看望病人來了？」

張人駿說：「的確是為一城的百姓而來。馬林院長，本督想請你代表我出城議和。」

馬林說：「你知道，城外江浙聯軍總司令是誰？」

張人駿說：「徐紹楨。」

馬林說：「你把人家的書，都從我這兒搶了。」

張人駿說：「一個『搶』字多難聽？是保管，妥為保管。」

一句話就把馬林說笑了，「那張勳也不是搶，是保管。」

張人駿歎息了一聲說：「看來你對中國文化，還是皮毛而已……」說著他好好地喝了口茶，「本督這就先給你上一課。南京，六朝之古都，當年也出了個和徐紹楨一樣的叛將，叫陳伯之。他反了朝廷本是要滿門抄斬，可朝廷不但不為難他，還保護了他的家人、田園、房舍以及祖墳，就連門前的石獅子每天都要派人去代他擦一擦。如是數年，這才讓一個叫丘遲的人給他寫信，告訴一切。聽聽，『暮春三月，江南草長，雜花生樹，群鶯亂飛。』連這封信裡的閒話都是情真意切，文彩斐然，成為了千古之名句了……陳伯之因此而感動，而思念故國，便重新又歸順了朝廷。」

馬林說：「張總督也想叫我做一回丘遲了？」

張人駿說：「徐紹楨在玄武湖的家夏園，我早已派人妥為守護；書，我也保管得一本，不，是一頁都不少。」

馬林不作聲了，他仰靠在椅背上，把眼睛微微閉了起來說：「我要長考。」

張人駿覺得問題不是太大了。

張人駿站起來俯視著馬林，見馬林的眼睛珠在眼皮下直動，又擔心讓這個洋鬼子「長考」得太久，反而不好，便就干擾他，說：「『長考』你也懂？中國只有下圍棋時，才用『長考』一詞的……」見馬林不為所動，便咳嗽一聲又說：「你想想，西醫，白刀子進紅刀子出，使出渾身解數，不過救人一命。而你此去一旦成功，那就是南京城數十萬之生靈啊！以你對耶穌基督修練的道行，救普世於血海，這還要長考？……」

馬林睜開了眼說：「關鍵在於議和的誠意。如將《金石錄》讓我帶去奉還徐紹楨，總督議和的誠意，不說也足了……」

張人駿站起身來面對著窗外。

窗外藍天曠野，浮雲奔湧，遠處的紫金山，近前的北極閣，遠山近嶺，波瀾起落……張人駿想，這個洋人的確名不虛傳，這麼多年，自已這還是第一回被人，而且是個洋人，言來語往死死地逼到了牆角……奈何？奈若何？罷，罷罷，《金石錄》就《金石錄》，本想還留點一已之私，現在也算為了大清國，盡盡老臣的一片忠心了……想到這裡，張人駿再看看天邊之紫金山，也就遠山秋色，白雲飄逸了……忽地心又一抖，覺得真懸，幸虧今早咬著牙把葉公覺打發了，否則這會兒豈不壞了大事了？

於是張人駿慢慢地轉過臉來說：「馬林院長，就這麼著！拜託，拜託了。」

馬林說：「那就再請坐，你得把議和的條件，先跟我細細地說，說一說……」

〇六

就像在做夢。

日近中午，鄒樂樂以為她忽地做起了白日夢。

因為她看到一群漢子穿短褲赤裸著上身，每人脖子上都卡著條沉甸甸的褲子，魚貫而入了。到得第二進院子，聽見一聲「到了」，那些人便頭一縮，肩一聳，就把那褲子顛摔到了石板的地上。瞬間鼓鼓的褲筒摔炸了，帶著悅耳的音響，白花花的銀元從裡面飛濺而出，如同一朵朵奇異的花在綻放著……

院子裡所有的人都驚呆了。

鄒樂樂閉上了眼，呼吸也變得急促了。

她的耳邊仿佛盡是山泉奔湧迭落石崖時「叮叮噹當」的音響，宛若飄渺的仙樂……

鄒樂樂努力睜開了眼，眼前卻又尤如天降大雪，雪落荒原，一片白晃晃，銀裝素裹……

鄒樂樂如癡如醉了。

在麵館裡與唐明亮見面被曹琴撞到後，鄒樂樂就惶惶不可終日，度日如年了。

自那天起鄒樂樂就儘量躲著曹琴走，躲過後一轉身，她又總喜歡扒在窗角後面偷偷地窺望著。可無論你怎麼著，這位大太太就像沒事人一樣，總是不動聲色的了……

打碎只瓶子，你也總得聽見個響呀？一點聲響都沒有。
鄒樂樂反而膽戰心驚了！她想，革命黨就革命黨，找個機會，把這一切都掀開，要死，不就是一刀嗎？！
機會沒等來，鄒樂樂卻把這如山一樣堆著的銀子等來了。
如果有了這銀子，她早就不在窯子裡幹活，早就遠走高飛了，更不用說現在過著這膽戰心驚的日子了！
正如癡如醉得入神，鄒樂樂看到張勳出現在面前，她情不自禁問：「這銀子，都誰的？」
曹琴出現在了張勳的身後說：「你的！」
鄒樂樂說：「至少也是你和大帥的！」
曹琴說：「如想私吞，張大帥還要派人招搖過市般地扛得來，堆在這光天化日之下？豈不犯傻了！」
鄒樂樂說：「那？它還能是誰的？」
曹琴說：「你個豬腦子。八十萬現大洋，兩萬人大半年的軍餉啊！這事傳出去，都知道姓張的從不克扣軍餉，愛兵如子，當兵的心定啊！」
張勳由衷地感歎一聲說：「還是老妻懂我！」
這時有親兵報告，「大帥，張人駿去鼓樓醫院，要洋人馬林出城議和了！」
張勳吃了一驚，「真的？！」他對兩個女人說：「你們先聊，飯就別等我了！」

〇七

張勳和親兵騎馬，風馳電掣般地向著鼓樓醫院奔去。

江浙聯軍雖然圍了城，張勳想的卻是憑藉兵力優勢出城，突襲殲滅江浙聯軍的司令部，生擒活捉徐紹楨，那樣就什麼都不要煩，一戰定了乾坤！

但幾番派人出城偵探江浙聯軍司令部的下落，卻誰知對方防諜甚嚴，有的一去就如白雲黃鶴，有的卻是被人家捉住後割了耳朵，抱著顆血淋淋的腦袋回來了。

在鼓樓教會醫院，馬林院長與張人駿對於張勳的出現，顯然始料不及。

張勳當面質問：「你們在這兒幹什麼？」

馬林說：「張大帥有什麼意思，請直說。」

張勳說：「爽氣！你不是要出城議和麼？我想請你回來時，順便再把徐紹楨的駐地告訴我……」見馬林一聽就笑了，又說：「當然，能順便再帶幾個人出城偵探，就更好了！」

張人駿說：「一露馬腳，馬林院長就回不來了！」

張勳說：「議和與決戰，各幹各事，我們大哥不說二哥！」

馬林說：「但，張提督，我對你信不過！」

張勳問：「張某忠義耿直，為什麼？」

馬林說：「因為你殺人太多！」

張勳反問：「我殺一個洋人了嗎？中國通？中國的事，你還是不懂！多事之秋，中國人又多，不殺，那人人都想當皇上，翻天了！」

馬林說：「翻天？你以國家之軍隊搶國家之銀行，還有天嗎？」

張勳先不理馬林，眼一翻就對張人駿說：「才守城，你就議和？有你當兩江總督，看來老子搶銀行，絕對是搶對了！」接著他又轉向馬林，「好聲好氣請你辦點事，行就行，不行就去他媽的！」

馬林說：「不行！」

張勳說：「那我也要告訴你！本帥，以國家之軍隊搶國家之銀行，是為國，是補天！這也是叫你們洋鬼子，開上一回眼了！」

〇八

張勳在鼓樓教會醫院碰了一鼻子灰，晚上就讓廚子搞了一桌子菜，和他大小兩個老婆坐一起喝酒，以此來消消這個氣了。

開飯伊始，鄒樂樂為張勳與曹琴斟酒，又為自己倒上了。

張勳端起酒杯，喝了。

曹琴卻端著酒杯看看，不飲，又把鄒樂樂的酒杯與自己的換了。

鄒樂樂眼光發直，問：「什麼意思？」

曹琴說：「你懂的。」

鄒樂樂端起杯一口就把酒灌進了嘴裡，問：「有毒嗎？心裡有鬼，我就不敢喝！」

曹琴說：「心裡有鬼沒鬼，這話可怎麼說？……」

張勳對曹琴說：「不必多說。鄒樂樂不就是徐紹楨派來，想讓她當探子的嗎？」

鄒樂樂嚇得一口，又將喝下的酒吐了出來。

張勳見了說：「但那是唐明亮徐紹楨一廂情願。放著江南提督的二夫人不當，她要來做探子找殺頭？」

鄒樂樂一屁股坐在了椅子上，「哇」地聲哭了。

曹琴說：「鄒樂樂，張大帥早看出你是個探子，但為什麼偏偏這會兒才說？」

鄒樂樂問：「為什麼？」

曹琴說：「因為炮聲轟隆隆啊，造反的江浙聯軍就在南京城外了！既然那邊還等著你的情報，這邊張大帥就不想將計就計了？」

張勳說：「徐紹楨成了他們的司令官。出城你去和徐紹楨見一面，再知道見面的村名就行了。」

鄒樂樂兩眼流著淚，「反正我不去！還有……去了，要是我回不來呢？」

張勳笑了說：「會讓你回來的。他們還指望著你，再來探聽我的情報呢！」

〇九

馬林院長一天後的早晨，就擠在難民的人流中出了朝陽門（中山門）。

出城後馬林一行用竹竿挑起面小白旗扛在肩上，走到馬群就與兩江總督府護送的士兵分手了。而後越過清軍的最後一道防線，向東邊六華里遠的麒麟門走去。

在麒麟門，馬林一行就被江浙聯軍的人給攔住了。

馬林說明來意，領兵的軍官把馬林與隨行的人分開後，就用綁腿布蒙住了馬林的眼睛，再讓五六個士兵押送，還算客氣，叫他坐上獨輪車由農民推著，一路在小車「吱兒嘎嘎嘎……」的響聲中走了。

到了地方，馬林被帶進一座有院落的堂屋，這才解開了蒙在眼睛上的綁腿布。

有個年輕的姑娘站在他面前說：「我是莫雨，代表徐總司令。」

馬林說：「馬林，南京城裡有錢無錢的人都認識我。我代表兩江總督張人駿。」說著他遞上了議和的文書。

雨兒接過文書沒看，把它丟在了桌子上，「我們不議和。」

馬林說：「我和徐總司令是好友，見一面，敘敘舊也可。」

雨兒說：「徐總司令不在。」她指指馬林腦後那條黃燦燦的大辮子，「你把它剪了留下來，徐總司令一見就知道了！」

兩個士兵聞聲而動，馬林院長一把捂著了辮子說：「士可殺，不可辱！你們不能對一個外國人公然動粗！」

雨兒說：「我們都剪了，你個洋人還留著？再說……中國人的事，怎麼老要你們洋人來參和？」

馬林說：「我不要參和，張人駿非請我參和的！他說是為著一城數十萬人的性命啊！」他忽地回過神來，放聲大叫著，「徐紹楨，出來吧！你敢攻城，有人就要燒你那二十萬冊的書！」

堂屋一側的門被推開了，徐紹楨笑盈盈地走了出來，「馬林院長。辮子一剪，你豈不就是我們革命黨了嘛。請坐。」

馬林望望他說：「我知道，你當總司令了，就有意要嚇唬嚇唬我……」坐下後他說：「快，弄口涼茶，渴死了！」

茶上來了，馬林喝過放下杯，一笑，「牛飲，見笑了。」

徐紹楨說：「牛飲也是為了一城百姓，馬林院長辛苦。你來議和，怎麼和？」

馬林說：「張人駿的意思，雙方先行免戰三天，期待朝廷與武昌談判結果，自可參照。」

徐紹楨說：「停戰不可能，立即出城投降，性命應可保全。你說呢？」

馬林說：「個人之見，雙方勝負，真的還在兩可。」

徐紹楨問：「每日逃難，城裡如今所剩百姓不多了吧？」

馬林說：「張總督以為，沒有百姓爭糧，守軍更可死守。何況，城裡軍力還稍許占優。」
徐紹楨說：「張人駿是想以談代打，坐觀時局。英國、米國是什麼意思？」
馬林說：「城裡各國領事館希望，聯軍進城後，外國機構與外僑生命財產，能有確實保證。」
徐紹楨說：「列強宣佈中立了，當然保證！」
馬林說：「那我的使命完成了，這就告辭。」
徐紹楨說：「慢，還有我的書……你告訴張人駿，他是讀書人。我的二十萬冊書歸誰無傷大雅，善待為佳。」
馬林一笑就拿出了那本《金石錄》，「張人駿為表和的誠意，托我把它帶來了。」
徐紹楨說：「張人駿想它多年，居然能從嘴裡吐出來，說明他對守城的情行並不看好啊……」他拿過書在手裡翻翻，「這樣，書你還帶回去。」他將書又遞給了馬林，「你就對張人駿說，如果他能順應潮流，投向革命，這本書我送他了！」
雨兒插嘴說：「徐總司令，請馬林院長把話帶到，書可不必。」
徐紹楨一笑說：「馬林院長人是好人，但背後總歸站著米國，站著列強。如果張人駿收了書而不反正，在列強面前他就人心盡失；如果不收，由馬林院長保管，我也放心嘛……」
馬林說：「看來，徐統制歸向共和，已是義無反顧了！」他接過了那本《金石錄》裝進木匣子裡說：「告辭。」
徐紹楨和雨兒將馬林送到了門口，馬林對徐紹楨說：「還是蒙起我的眼睛為好。不過，千萬別再用綁腿，薰死了，一股的腳汗臭！」
徐紹楨笑了說：「去時不比來時，馬林院長現在是我的客人了。」
馬林說：「來時，張勳確實要我打探情報，你蒙上我的眼，回去我有話說。」

徐紹楨說：「不就是打探我們的虛實，打探我這個總司令的行營在哪裡嗎？這裡，麒麟門北六里，名曰上莊。我們邊走邊說。」

馬林說：「你要我說，我也絕對不會說。外國人恪守中立！」

徐紹楨說：「看看也無所謂嘛。在鎮江車站，從上海運來的槍炮子彈堆積如山，上海的洋人也睜一眼閉一眼的嘛……」說著他哈哈大笑了起來。

在村裡走著說著，一拐彎就看見了一大片打穀場。

打穀場上已排滿了隊伍，軍旗獵獵隨風飄揚，見有人來，軍官一聲口令，「立正！」打穀場上「刷」地一聲腳步響。

馬林問：「這是幹什麼？」

徐紹楨說：「你來時受了虧待，老朋友了，走時理當列隊相送！」

馬林說：「用心良苦啊，知道了。」

馬林剛走又有士兵報告，說從馬群那邊難民的隊伍裡跑來個女人，口口聲聲要見徐總司令。

雨兒叫把人帶來一看，是鄒樂樂。

鄒樂樂說：「雨兒，我找唐明亮有事。」

雨兒說：「有事，你跟我說。」

鄒樂樂說：「你又不是唐明亮。或者，讓我見見徐總司令也行。」

徐紹楨從裡屋走了出來，「鄒樂樂。」

鄒樂樂上上下下打量著徐紹楨，「喲，乾爹！果然一當總司令，威風八面了！」

徐紹楨說：「有話，你就對我說。」

鄒樂樂搖搖頭，「唐明亮關照過，有話，只有對他說！」
徐紹楨說：「那你還口口聲聲要見我？」
鄒樂樂說：「不見你，我到哪去見唐明亮？快去喊，不然，就要耽誤大事了！」
徐紹楨有點憒憒，「雨兒，快喊唐明亮！」

〇十

唐明亮正在南京城東北方的堯化門，林述慶鎮軍的司令部裡。前天浙軍剛到南京城東外廓麒麟門，就遭到張勳江防營的襲擊。徐紹楨讓唐明亮來，是要向林述慶婉轉表達，如果當時鎮軍能南下側應一下，浙軍所受損失或許會小些，今後還需加強配合的意思……

林述慶聽了唐明亮的婉轉，「呵呵」一笑說，唐明亮你放心，我也剛剛到，今天我就兵出紫金山之東北，把浙軍的右翼掩護起來。但浙軍不順，恐怕還和他們的炮兵有點關係吧？安營紮寨先紮炮兵，那晚他們的炮兵在哪裡？……徐司令判斷，大戰將在東線之馬群展開？這對！不過，以我之預計，最後的惡戰，恐怕還在紫金山上天堡城。天堡城炮臺攻不下，南京城攻也白攻，光等著吃人家德國克虜伯巨炮的開花大炮彈好了！

唐明亮向林述慶告辭後，他又去看了楊國棟。

一見到楊國棟，唐明亮就說：「幾天不見，你好像變了一個人！」

楊國棟也很開心，說：「在南京我是被徐紹楨搞懵了，殺人的心都有！現在跳出來看，一切清清楚楚。」

唐明亮問：「大戰在即，你怎麼看？」

楊國棟說：「南京必下，大勢所趨。」
唐明亮說：「那就要感謝老查，讓我意外的來到南京，做一回反清的功臣了。你我都將是功臣！」
楊國棟說：「功臣雖好，子彈橫飛啊。我有不測，唐明亮你能記住我嗎？」
唐明亮說：「記得住。捨命以求共和，我們做了我們該做的……」
楊國棟依然不依不饒地問：「別人呢？以後的人呢？」
房門響了兩下，推開後雨兒進來了。
雨兒說：「唐明亮，鄒樂樂來了。據她說是找你送情報來的……」
唐明亮說：「鄒樂樂？不！在城裡她就躲著我……」
雨兒說：「人就在司令部。不見到你，她打死了什麼也不說。」她看見楊國棟正在盯著她，就說：「楊國棟，你出去一下。」
楊國棟說：「我的房子，幹嘛我出去？」
唐明亮說：「雨兒……或者，我們出去？……」
雨兒猶豫了下說：「不……多一個人，讓楊國棟聽著也好……」她抬眼目光爍爍地盯著唐明亮，「知道嗎，唐明亮，在夫子廟救我的那回，你握住我的手，我就像觸了電一樣……」見唐明亮呆住了，她接著說：「你緊緊地攥著，我的手都發麻了！可那是在逃跑，沒命的逃，騰雲駕霧般的狂奔啊……那，那又是一個男人握著我的手，第一次，那是第一次！停下來後，我矜持，我不好意思，我使了好大的勁才掙開了你的手……你是真怕我跑丟了啊！」
唐明亮說：「太緊張，我真的不是有意的……」
雨兒說：「就是有意，又怎麼著？」她瞄了眼楊國棟，「後來每次想起，我的手和心，都有種觸電一樣感覺，唐明亮，這你不知道……」

唐明亮說：「那回拉著你的手，我，我也……」

雨兒說：「唐明亮，你是不是以為我今天不正常，突然莫名其妙說這些，瘋了？是的，本來這個秘密，將要永遠埋在我的心裡。但在上海攻過打江南製造局，我不了。我帶著女子敢死隊衝上去，許多好姐妹就倒在了我身邊，都來不及吭一聲。曾有流彈擦著我的頭皮飛過，事後梳頭，被子彈劃過的地方就像被犁過一刀，頭髮掉了一大簇。我捏著我的那撮頭髮，手抖了，接著我哭了，放聲大哭了！我想，當時要是倒下去，再也爬不起來……我心裡的這個秘密就永遠也沒人知道了！這秘密，也許別人看沒什麼，但對我這個和死神擦肩而過的姑娘，又是多麼懾人心魄，多麼的美好，魂牽夢繞啊……不要這樣看著我，我沒瘋！就要攻打南京，生死惡戰了！生死不過一瞬間，就像在上海，子彈只要再低一點點，那今天我連向你唐明亮說出來的機會，都沒有了！」

唐明亮說：「雨兒，雨兒……」

雨兒說：「唐明亮，我終於把我的秘密說了，說出來了，我輕鬆了！我不願把這麼一份美好，就這麼永遠地被埋沒……」

唐明亮說：「雨兒，其實我心裡也同樣的，都被你說了……」說著他張開了雙臂想要抱住雨兒，卻被楊國棟一把拉開了。

楊國棟說：「雨兒，我也有話要對你說……」

雨兒說：「你？！」

楊國棟說：「記得嗎？雨兒，我和唐明亮第一次去你家要手槍，打起來了，你一個大背就把我摜在了地上……等爬起來時，我只想，要是有我那枝德國馬利亞式步槍在手，哪怕先讓你跑出三百碼啊……可我忽地下臉紅了，明明打不過人家一個嬌小的姑娘，還這麼想，你有意思嗎？」

雨兒說：「的確，你有意思嗎？」

楊國棟說：「有！雨兒，明白嗎？就在那一瞬間，我喜歡上你了！」

雨兒說：「你？原來你暗戀！」

楊國棟說：「暗戀不暗戀，反正我說了！我心裡輕鬆得就像要飛起來，自由自在地在天上飛啊飛，飛翔了！雨兒，你反對不反對，反正我說了，我心裡從此再沒有遺憾了！……」

唐明亮說：「楊國棟，你橫著插進來，還有完沒完？」說著上前要抱住雨兒。

沒想雨兒卻用兩手撐著了他的雙肩，「不，不！」

唐明亮愣住了問：「為什麼？」

雨兒說：「那次太美好，太完美了，那次的驚險無法複製，已經無法複製了……我們，還是先在心裡記住這段美好，我們，還是等著以後吧……」

唐明亮說：「以後？雨兒，萬一，這就是最後呢？」

雨兒說：「那我的第一次，就更純潔，更完美了。還有，第一次你拉住我時，我並不知道這天下，還有個鄒樂樂。」

唐明亮說：「鄒樂樂？還有個鄒樂樂？」

雨兒說：「對，回司令部去，鄒樂樂還在等著你……」

○十一

一開始鄒樂樂歇在農家小院裡，被兩個持槍的士兵看守著也沒覺得什麼。

慢慢初冬的太陽西下了，把天映照得彤紅，院門口那兩個士兵身上，先像被鍍了金，後來就漸漸像被染上了血，她這就感到了害怕與孤獨。

剛出城時那種久違了的自由自在的心情，便也就蕩然無存了……

心情一變，鄒樂樂就有些後悔見著徐紹楨後的種種，是不是太過份了？姓徐的要是根本就不在乎她的所謂情報，要是根本就不喊唐明亮來呢？而是叫她在這裡白白地傻等著，只等著一旦攻城，就拿她開刀問斬，祭旗了呢？那她鄒樂樂的這條命，豈不就像扔進爛泥汪裡的石子，一點聲響都沒有了？

還指望什麼聲響？你以為你的一條小命有多值錢？你也把自已看得太重了！

正在一會兒天上，一會兒地下地想著，門忽地被推開了。

鄒樂樂看見唐明亮明晃晃的一個大活人，進屋後就站在了眼前。

鄒樂樂竊生生地喊一聲，「唐明亮。」她看見雨兒也進來了，就站在他身邊。

鄒樂樂鎮定了下，她為他們倒了茶端上說：「上次，張府就在旁邊，我確實害怕了！」

唐明亮問：「這回呢？」

鄒樂樂說：「城裡亂了，是張勳放我出來。金銀細軟我都帶上了……」她看見徐紹楨走了進來，就說：「徐總司令，唐明亮一來，你們怎麼問，我就怎麼說。」

徐紹楨問：「城裡怎麼亂？」

鄒樂樂說：「炮聲一響，逃難的人就差把城門都擠破了。」

徐紹楨問：「城門晚上也開？」

鄒樂樂說：「不，晚上開，怕你們趁夜衝進來。另外，張勳再把銀行八十萬大洋一搶，更亂了！」

徐紹楨問：「有意思。他搶的大洋，藏哪兒了？」

鄒樂樂說：「沒藏，都明晃晃堆在一枝園提督府的院子裡！」

徐紹楨說：「他在穩定軍心啊。此人不可小視，南京惡戰免不了！」

鄒樂樂說：「張勳還要抄徐總司令的家，張人駿沒讓。」

徐紹楨問：「江邊烏龍山、幕府山和獅子山炮台怎樣？」

鄒樂樂說：「長江裡的兵艦不是投了你們？向他們開炮了。獅子山炮台最慌，天天求援！煩了，人一來，張勳恨不得一腳就把他踢出去！」

徐紹楨問：「為什麼？」

鄒樂樂說：「張勳好像說，江邊打不了大仗。還有，鐵良天天來，要和張勳一起向京城求援。」

雨兒說：「鐵良，是來探探張勳的動靜。他們求援了？」

鄒樂樂說：「張勳不求，他只給裕隆皇太后請安。還說求援有滿人，有鐵良就行了……」

徐紹楨問：「援軍求到了嗎？」

鄒樂樂說：「鐵良說，山東已發救兵。所以張大帥一見鐵良就問救兵，還說，如果等鐵良求來了救兵，只能給守城的抬棺材出殯了！」

三人一聽，全都笑了。

唐明亮想想問：「他給太后請安，發電報嗎？」

鄒樂樂說：「不發。是京城派太監來，走後門。」

唐明亮「哦」地一聲又問：「他們的城防司令部在哪兒？」

鄒樂樂說：「不知道。」

唐明亮問：「江防營、綠營、舊軍巡防營是不是聯合防守？對，是不是合在一起辦公？」

鄒樂樂說：「這就不知道了。哦，聽張大帥說，只要紫金山天堡城炮臺在手，他就不怕。

用開花大炮彈，城裡城外，反正都是轟！」

徐紹楨說：「這就是張勳！鄒樂樂，乾女兒，你立大功了！」

鄒樂樂說：「立了功，那我就不走了！」見都不吱聲，她就說：「吱聲呀？唐明亮！整天把心提到嗓子眼兒上的日子，我不想再過了！」

徐紹楨說：「鄒樂樂，你知道嗎？哪怕是張勳每天吃了多少飯，發沒發脾氣，對誰發？什麼時候睡覺，說夢話了嗎？說的什麼？對我們都很重要……」

鄒樂樂說：「對我不重要！哦，說來說去，你們還想叫我回去呀！」

雨兒說：「回去了，恰恰說明患難中你捨不下他，他會很感動！」

鄒樂樂問：「唐明亮，戰火紛飛中我為你跑來，不走了，你感動不感動？」

唐明亮說：「感動，確實感動，不過……」

鄒樂樂大聲說：「不過？我不要不過！」她停了停，聲音忽地變得柔軟了，「唐明亮，你說過，攻下南京城，你做大都督，我就是大都督的夫人了！」

唐明亮說：「不提『江寧都督』了！現在我用我的命，賭的是共和！」

鄒樂樂哭了說：「好，好，唐明亮，不當大都督夫人，那我只跟著你，好不好？」

唐明亮說：「這……」

鄒樂樂說：「你又這？咗，你們都是豬腦子！」她用手指點著所有的人，「你們能派我做探子？張勳就不能派我來做探子？」

徐紹楨歎息了一聲說：「鄒樂樂要留下，就留下來好了。」

唐明亮說：「鄒樂樂，你就留下來好了。」

鄒樂樂止住了哭聲，「留下來？我終於留下來了！是我求著賴著，這才留下來的！我，我是先前當婊子，後來當探子。是你們骨子裡怕我回去，又做了張勳的探子呀！」說著她苦苦笑了笑，「不！這太勉強，也太沒趣了……即便當過婊子，我也有自尊！我走，我一定得走！不然你們就把我殺了！」轉而她又對唐明亮說：「放心，這一次回去，我還給你送情報就是了。連張勳睡覺打了幾個呼嚕，我都會記著的……」

第十一章　激戰馬群

〇一

正要吃午飯，曹琴看見鄒樂樂從提督府的大門口步履翩翩地走進來了。

曹琴揉了揉眼睛，真像大白天遇到了鬼，她問：「你？怎麼又回來了？」

鄒樂樂反問：「不是約好的？我當然回來了。」

曹琴給噎住了。

在曹琴看來鄒樂樂乒荒馬亂中這麼一走，就像只放飛的鴿子，早該沒影了。可讓她想不通的是自已明明睜一眼閉一眼，讓鄒樂樂偷偷帶走了那麼多金銀，然而她偏偏一點不少，又帶回來了。

想想曹琴忍不住還是問：「還好吧？」

鄒樂樂聽懂了她的意思，就動動胳膊伸伸腿說：「連一根汗毛都沒少。」

曹琴試探著，「那肯定是帶回情報了？說件聽聽？」

鄒樂樂四周看了下說：「不能亂說的。等張大帥回來，我再一起告訴你。」

曹琴看著鄒樂樂，點點頭說：「看來，出這趟城，你是長足本事了。」

有門衛神神秘秘地跑過來，對著曹琴的耳朵低低說了幾句。

曹琴聽後站起身，來到大門口，就聽一進院子的廂房裡有人在喊她，「姐姐。」

曹琴一望就愣住了，是她的堂房弟弟曹大貴。

曹琴說：「你怎麼來了？」

曹大貴是個壯漢，身著青布長衫像個商人，他說：「昨天下午就來了，在姐夫那邊……」

曹琴壓低了嗓子問：「浙江新軍，你不已經炮兵管帶了？開小差了？」

曹大貴說：「朝廷花錢編練新軍，這時統統造反，養條狗也不致這樣吧？」

這時後面傳來了鄒樂樂的聲音，「姐姐，是張大帥回來了嗎？」

曹大貴說：「我特地冒險來看一眼姐姐……」

曹琴對曹大貴說：「兄弟，等等，我去去就來。」說著她就出門，在二進堂屋與鄒樂樂撞了個正著。

鄒樂樂還伸頭朝前邊看著，「聲也不吱一個，好像不是張大帥？」

曹琴說：「張不張大帥，你也別太急吼吼呀？餓，你就先吃好了。」

鄒樂樂只好回去了，曹琴跑回前面一看，曹大貴已經不見了。

曹琴問門衛，「咦，人呢？」

這時卻見張勳從門外走了過來，他問曹琴，「人呢？聽說鄒樂樂回來了。」

曹琴說：「出鬼了，我問的不是她。」

張勳說：「那他你就別多問了。」他自顧走進門去，一眼看見了鄒樂樂，攔腰就把人抱起來親了口，「人一走我就後悔了！我，是怕你一走，就成了放飛的鴿子！」

大夫人曹琴從後面跟了過來，「他們又讓鴿子飛回來，是探聽情報的吧？」

鄒樂樂瞬間就從張勳的懷裡掉到了地上。

鄒樂樂說：「這就要看鴿子是把哪一邊，當作家了。」

張勳說：「當然是這邊。徐紹楨那廝見到了？」

鄒樂樂說：「見到了。就在麒麟門向北六里的小白龍山邊的上莊村。」

曹琴問張勳，「你信不信？」

張勳說：「信。馬林不肯說，他的隨從被蒙上了眼睛，回來只能說個大概。樂樂一說，應證了！」

○二

辛亥年（一九一一年）十一月二十日起，袁世凱的北洋新軍強渡漢水，武昌的革命軍抵擋不住，退守三眼橋，由是漢陽門戶洞開。

接著武昌革命軍又遭內奸叛變，至使漢陽要塞失守，黃興將剩餘兵力集中在十里鋪一線固守待援。

戰至將要彈盡糧絕時，革命軍抵擋不住袁世凱北洋新軍的猛攻，紛紛通過浮橋撤向武昌。衛兵架起黃興也要過江時，黃興大聲疾呼，「誓不南渡！投江不成，到時我唯有咬槍自殺而已！……」

從那時起，武昌方面形勢急轉直下，格外地風雨飄搖風聲鶴唳，求援的電報，已是一日數封了。

為盡速救援武漢，徐紹楨命令，江浙聯軍粵軍和浙軍遊擊營於十一月廿四日夜，乘軍艦拿下長江南岸江邊上的烏龍山炮台後，接著軍艦與烏龍山炮台的大炮轉而向西，朝著幕府山猛轟。激戰一夜，攻下了南京城北江邊的幕府山炮台。接著江浙聯軍繼續水陸並進，促成了南京下關清軍水師十三營四十艘戰船與下關東西兩座炮臺的起義。

起義炮臺調轉炮口，又向下關獅子山炮台和興中門展開了炮擊……

敵獅子山和興中門的守軍，在得到張勳千餘人的援軍後出城反擊，在下關寶塔橋附近的蘆葦灘上，遭到江浙聯軍淞軍的埋伏，死傷數百人後退回城裡，便就誓死固守，再也不越雷池一步了。

這是激戰的一夜。

這一夜，徐紹楨與浙軍都督朱瑞、唐明亮等，為誘敵城東決戰，而徹夜謀劃著。既然已將浙軍主力與江浙聯軍司令部的位置，通過馬林院長或者他的隨從以及鄒樂樂看似無意地透露給了張勳，那麼他們決定二十五日早晨再接再厲，由唐明亮率浙軍精銳五百人在城東突破馬群防線，進擊孝陵衛，攻張勳之必救，促使其做出大動作，出城決戰。為此，江浙聯軍方面還擬將派出一支約五個營兩千餘人的生力軍，先南下而後繞道北上，從背後攻擊孝陵衛，以切斷被誘出的張勳人馬的退路。同時要右翼的江浙聯軍的鎮軍在馬群孝陵衛之戰打響後，就從北面進攻紫金山主峰與天堡城，牽制住這兩處對張勳的增援。

計畫設想不為不周全，問題是這繞道偷襲孝陵衛的五營人馬從哪來？現在細算下來，朱瑞的浙軍早已撤出去，佈置到了馬群前線。有，也就是老新軍第九鎮作為江浙聯軍司令部警衛兼預備隊的五個營。

當斷不斷，反遭其亂，徐紹楨咬牙一跺腳，便要將他們派出去。

朱瑞一聽就說：「你是以江浙聯軍總司令部作釣餌的，司令部不能空了！」

徐紹楨愣了一下，說：「真真假假，虛虛實實，張勳也未必知道我就空。」

朱瑞急了，沉下了臉說「如果人家反擊後，就是衝著你來的呢？請總司令三思，三三思！」，徐紹楨說：「捨不得孩子，打不得狼！那老夫聊發少年狂，就唱他一回空城記又如何？」

朱瑞說：「這是孤注一擲！司令部一旦有失，圍城的部隊就一盤散沙，我們就全盤皆輸了！」

徐紹楨說：「那這一夜籌劃來籌劃去，全是紙上談兵！朱大都督！上海、武昌一天來幾個電報催戰啊，就像用鞭子在抽！我這個總司令他不好當！」

朱瑞歎了口氣，緩和了下來說：「那就少派兩個營……」

徐紹楨說：「抄後路，人少了不行，我豁出去了！」

於是一切依計而行，率五營繞道包抄孝陵衛的人選，徐紹楨與朱瑞倒是一致認為雨兒最合適。當即就派人向雨兒傳令去了。

可是要找唐明亮率精銳五百人會同前線浙軍去突破馬群防線時，卻找不到人了。

在果斷地另派人率五百精銳去突破馬群防線後，徐紹楨掀開帳棚的門簾走了出來。奇怪，唐明亮人到哪能去了呢？

軍營裡的號角響起了，在遠遠近近的山巒間迴盪著。

徐紹楨看見太陽隨著號角聲，正從東邊那丘陵的後邊一躍一躍地升起，而西面遠處的紫金山，已是沐浴在一片朝陽的輝煌裡了。

徐紹楨心想，今天已是辛亥年十一月二十五日的早晨了。

徐紹楨聽見轟隆隆的炮聲從西邊似有若無地傳來，徹夜未眠的他在帳棚前徘徊著，薄薄的晨霧似乎正在從地面上飄飄蕩蕩地漫延升騰著……透過晨霧，他相續聽到了雨兒與朱瑞部下帶隊出發時吹響的號角聲。他百思不得其解，唐明亮關鍵時刻到哪兒去了？剛剛還在司令部裡的，只是一轉眼啊，會有意外嗎？對了，好像記得天濛濛亮時，在帳棚裡憋了一夜，唐明亮是掀開門簾朝外看了看，深深地吸了一口氣，而後他就鑽了出去，以為是去小解了，誰也沒在意，他這就不見了……

徐紹楨走著想著，剛回到帳棚裡，唐明亮卻一頭闖了進來。

唐明亮氣喘噓噓地說：「不好，浙軍炮標二營要叛變了！」他對身後跟著的人說：「你快說！」

那人說：「炮標二營曹管帶，這兩天盡和幾個軍官竊竊私語。」

朱瑞問：「你是幹什麼的？」

那人說：「我是上海江南製造局的，技工，來安裝新到四十磅大炮。還有，這個曹管帶前天偷偷進過城，第二天下午才回來。」

朱瑞說：「進城，是我暗中所派！」

徐紹楨說：「朱都督，二十日晚，我們就吃了炮營遲遲不開炮的虧！」

朱瑞說：「那時大軍剛到人困馬乏，炮兵根本來不及展開……」

徐紹楨不作聲了。

朱瑞說：「曹，在日本學的炮科，為人精悍，他應算得上是我嫡系……」他突然問上海技工，「你恐怕還不單單是技工，誰派來的？」

上海技工說：「陳其美。我還是同盟會的偵探。」

朱瑞勃然大怒，「偵探我？」

上海技工說：「不。陳都督是怕新舊更迭，下情多變！」

這時西面突然響起了猛烈的槍炮聲。

徐紹楨說：「馬群，那五百精銳和浙軍已經動手了！」

朱瑞拔出手槍對著上海技工，「正要命時，你來離間？你就是奸細！」說著他手上的槍響了，上海技工轟然倒在了地上。

唐明亮渾身突然擅抖起來，「朱都督！你眼睛眨都不眨？」

朱瑞說：「大戰在即，有疑必殺！」

徐紹楨說：「朱都督，你炮營的曹大貴呢？」

朱瑞說：「決不護短，如有異動，格殺勿論！」

唐明亮說：「那好，我去浙軍炮營！還請朱都督給我全權。」

朱瑞從衛兵肩上拿下一枝日本三十年式步槍說：「他們認得，這槍就是全權。」他遞給了唐明亮，「仔細，曹大貴和他手下軍官不好惹。」

唐明亮說：「我也不好惹！」

朱瑞向躺在地上，頭還在潺潺流著血的上海技工的屍體說：「兄弟，對不起了！不怕錯殺一萬，就怕漏掉萬一！」

這時外面槍聲格外地密集起來，馬群方向還傳來了猛烈的炮聲……

〇三

浙軍都督朱瑞聽見槍炮聲往帳棚外面跑，徐紹楨見司令部裡空了，就也跟著跑。

朱瑞停，徐紹楨也跟著停。

朱瑞停下問：「你跟著我跑幹什麼？」

徐紹楨愣了下，「那你好好的跑什麼？」

朱瑞說：「我去馬群，那邊打得急！」
徐紹楨說：「我也去馬群，那邊有我們的人在突擊！」
朱瑞說：「不，你不是我們浙軍的都督！你是江浙聯軍總司令！」說著他一跺腳，「你要坐鎮中樞，處理緊急！」他用手指指腳底下，「這裡，小白龍山就是我們最後的防線！」
徐紹楨猛醒過來，一拍腦袋，「該死，一時情急，我懵住了！」
朱瑞手下的人說：「總司令發懵，這戰還怎麼打！」
朱瑞急得大吼著，「怎麼打？該怎麼打就怎麼打好了！」他指著徐紹楨，「別跟著我，現在只有拼命去了！」說完他帶著他的人衝著槍聲的方向狂奔而去。
在馬群方向不斷傳來的槍炮聲中，徐紹楨帶著他的人返回到江浙聯軍司令部的帳棚前，忽地問：「看我找不著北，你們都在笑話我？」
眾人說：「笑話來不及了，總司令！」
徐紹楨左右望望他們，「……司令部還在多少人？」
隨從答，「文職、後勤、警衛加起來，不足兩營。」
徐紹楨大喊一聲，「那就集合！緊急集合！」
緊急集合的號聲響起了，在這曠野中恣肆地喧揚著。
江浙聯軍司令部的人聽見了，紛紛提槍從四面八方跑了過來。
徐紹楨站在一土坡上，望著下面黑壓壓一片的士兵和文員說：「弟兄們！前幾天剛到就被人家打了個措手不及，剛才一聽見槍聲，我就知道我還沒徹底緩過神來！是我慌了！」
士兵們說：「什麼意思啊？就要散夥嗎？」
徐紹楨拔出手槍舉在手中說：「誰散夥，我就槍斃他！因為現在我已不慌了！」

見所有人都在目不轉睛地看著他，徐紹楨又說：「諸位，實話實說。和你們一樣，打仗我也第一次！我沒經驗，是我剛才把預備隊整整五個營，一把頭全派出去了！在這裡，我們沒有後援，我們是孤軍，同時我們也是最後一道防線！」

隊伍裡沒有任何聲音，死一般地沉寂著。

徐紹楨說：「我有預感，今天我們江浙聯軍司令部會遭騎兵突襲，因為我瞭解張勳！現在散夥嗎？張勳的騎兵一到，我們也是一個跑不了！但，只要我們頂住張勳騎兵的衝擊，只要我們總預備隊五營在張勳身後發起攻擊，我們就贏了！現在我們全軍只有放手一搏，死裡求生！挺過了這一關，我們就海闊天空，戰無不勝了！」

徐紹楨依舊望著下面，下面還是一片沉寂。

徐紹楨說：「該說的不該說的，我都說了。如果死，那是我耽誤了大家，兄弟們現在就可以打死我！弟兄們，一切由你們定奪！」

眾人忽地舉起手中的槍高呼著，「有進無退，我們擰成一股繩，我們拼了！」

這聲音猶如冬季炸響的一個個驚雷，在這山巒間和著槍炮聲久久地迴盪著。

西邊馬群傳來的槍聲越來越近，徐紹楨一聲令下，江浙聯軍司令部的人就迅速奔向麒麟門上莊村外，小白龍山預設好的陣地。

小白龍山說不上是座山，它是如海一般波瀾壯闊的丘陵高地中，較為高起的一瀾，它與四面的山地一道連綿起伏著。

江浙聯軍司令部的人剛剛進入陣地，浙軍已有散兵朝這裡退了過來，緊隨而來的是響成一片的槍聲，和追趕在他們身後炮彈不斷的爆炸聲。他們在這裡被收容了好幾百人。帶來的消息是，好像張勳的江防營在馬群早有準備，江浙聯軍五百人突擊馬群被擊退後，被人家正好趁勢一個反擊，將浙軍的正面防線突破了。於是浙軍被打散了，都督朱瑞正帶著人往突破口的兩邊撤呢！還沒說完，已有零星的炮彈落在了陣地上，接著就聽見了一陣陣隱約的，卻又如波瀾裂岸般一浪一浪傳過來的，江防營衝鋒時的呼吼聲……很快，小白龍山頂上江浙聯軍的兩挺機關槍響了，接著就看見緊追而來的張勳江防營的士兵在佔據有利地形，與江浙聯軍的人對射起來。

江防營的攻勢暫時被阻於小白龍山下，雙方在這片大起大落的丘陵山地裡對峙了起來……

忽地飛來了數發炮彈落在江浙聯軍白龍山陣地近前爆炸，所有人都驚呆了。

炮彈是從已方炮兵陣地上飛過來的！……

○四

浙軍炮兵陣地發炮的響聲剛過，唐明亮帶著一個排飛奔而至，他看著遠處的彈著點吃了一驚。

浙軍的炮兵陣地上彌散著一層發炮後的硝煙，硝煙裡瀰漫著一種詭異的氣息，除了操炮的士兵，每兩門炮後還站著一名軍官在提槍督戰。

見突然有人闖來，曹大貴提槍一躍而出。

唐明亮問：「你打誰？」

曹大貴說：「在試射。」

唐明亮說：「再打一炮我看看？」

有炮兵要動，曹大貴立即對空放了一槍，「誰動？！」

這時唐明亮帶來的士兵已撲上去，二對一，用槍頂住了炮營那些督戰的軍官。

唐明亮同時用槍頂著曹大貴，他問炮營的士兵，「我是司令部派來督戰的。怎麼了？都說話！」

沒人說話，氣氛壓抑得令人窒息。

有炮兵忽然拿起炮彈填進了炮膛，曹大貴抬手一槍，那士兵一頭栽倒在了大炮前，他在唐明亮猶豫的一瞬間，槍口一轉，頂在了唐明亮的腦袋上。

唐明亮說：「果然你反了！」

曹大貴說：「是你們反，反朝廷了！叫你的人放下槍！」

「乓」地一聲槍響，曹大貴的頭上血花一閃，他一頭撲倒在了地上。

唐明亮見狀大喊著，「開槍，開槍啊！」

隨著一陣槍聲，浙軍炮營的軍官們紛紛栽倒在地。

唐明亮對不遠處工事裡站起來的一個工人說：「江南製造局的？」

那工人說：「我是！」

唐明亮說：「一來就看見你，你把我們都救了！」接著他對士兵們說：「弟兄們，你們也反水了嗎？」

士兵們一齊喊了起來，「沒有，我們反的是朝廷！」

唐明亮說：「那就聽令！向著江防營，開炮，開炮！」

○五

浙軍炮營向江防營陣地猛烈地轟擊著，江防營跟進的大炮很快作出回應，雙方的大炮隔空對話，炮戰進行得轟轟烈烈。

江浙聯軍司令部的不到兩營和潰散下來的浙軍士兵，在預先挖好的戰壕裡頑強地抵抗著敵方的進攻，槍聲和投拋炸彈的爆炸聲在這片丘陵山地裡響成了一片。

突然有疾風暴雨般的馬蹄聲從西南邊的山凹裡傳來，緊接著便看見一彪騎兵揮舞著大刀朝陣地上衝了過來。江浙聯軍的人拼命地開槍阻擊著，可是騎兵的速度風馳電掣，氣勢鋪天蓋地，一陣槍響後，雖有幾騎栽倒下來，其餘的卻轉眼就衝到了跟前，江浙聯軍毫無應對騎兵的經驗，他們勇敢地衝出戰壕迎戰，立即就被騎兵從馬上居高臨下地把他們砍了個七零八落，沒被砍著的立即滾進了戰壕裡……

好在這是一瞬間，江防營的騎兵已如旋風般地衝過了戰壕。

徐紹楨立即組織幾個槍法好的，臥在戰壕裡，向著馬隊的身後一槍一槍地射擊著。

江防營騎兵馬隊是在張勳和副將王有宏的率領下，從正面突襲江浙聯軍司令部的。速度太快在衝過陣地幾百米後，這支龐大的騎兵馬隊才得以收攏調過頭來，又向江浙聯軍的小白龍山陣地後身衝了回來。

江浙聯軍的文員與士兵這次一個也沒衝出戰壕，只是在不斷地向馬隊射擊著，在騎兵紛紛的落馬中，馬隊又飛快地從陣地上掠過，江浙聯軍又有幾十人倒在了騎兵的刀槍之下。好在馬上的江防營騎兵用兩挺機關槍開路，雖氣勢磅薄卻並不太準確。就在他們放慢速度又要返身時，徐紹楨這回已看清楚了揮舞著大刀，騎在馬上正一路率隊衝鋒砍殺的是王有宏。

王有宏身著的黃馬褂是一個光點，來時迅速由小變大，去時又飛快地由大變小，但黃燦燦的顏色始終耀眼奪目。

徐紹楨命令槍手們瞄準王有宏，就是那個鮮明的黃色光點，射擊！

紛亂的槍聲響了，可惜槍手們臥在戰壕裡的視野並不開闊，一槍也沒打中。

徐紹楨見了不顧一切跳上戰壕，急得用手槍對著王有宏射擊，結果徒勞無益。這時江防營的馬隊又調轉過頭來，加速，開始進行著第二波的衝擊。

江浙聯軍的幾個槍手也跳出戰壕，舉槍向王有宏射擊，沒打中，都沒打中，正要拉槍栓頂上第二發子彈時，對方又衝上了這陣地的高坡，槍手們紛紛臥倒時，刀光閃閃之中有幾顆頭顱與身軀分離了，似被輕捷地拋向了空中，而槍手們的身體卻沉重木然地撲倒在地。

徐紹楨臥在戰壕裡，等著頭頂上的刀光一陣陣閃過，一把奪過身邊士兵的步槍，忽地又從戰壕裡跳了出來瞄準……王有宏的身影，那個鮮明耀眼的黃色光點卻在徐紹楨的眼前跳躍不定地迅速變小了，遠去了……

徐紹楨迅捷地退回戰壕，對戰壕裡的士兵們發一聲感歎，「要是楊國棟在，就好了！」

江防營的馬隊第二波衝過去，返回時戰術起了變化。他們分成了兩路，不再正面迎著火力，而是向著江浙聯軍陣地的南北兩翼作包抄狀，撲了過來。

徐紹楨看出了變化，但他抱定「擒賊先擒王」的想法，提槍不顧一切地又爬出戰壕，取跪姿全神貫注地瞄準北翼的王有宏，一槍打過去，王有宏沒有倒。他發現了問題，一拉槍栓大聲說：「射人先射馬，瞄準馬前打！」又是一槍，王有宏沒有倒，依然在氣勢恢宏地衝擊著，這時徐紹楨只覺得頭頂上一涼，他的帽子被不知從何方飛來的子彈打得騰空而起了，不由自主他縮縮頭，而後又搖了搖，證實他沒有倒，便依然半跪著又一拉槍栓抬起了槍口，瞄準，瞄準，一扣扳機，王有宏的馬一頭撲倒了……

江浙聯軍的陣地上響起了一片歡呼聲「打中了！打中了！」就在歡呼的瞬間，他們看見王有宏在地上打了個滾，又爬了起來，而隨後的幾騎圍了上來，有人讓出了坐騎，王有宏一躍上馬，就縱馬向呼喊著的這邊奔殺過來。

徐紹楨立即將槍口又瞄了過去，一扣扳機，彈沒上膛。緊拉一把槍栓後，王有宏已衝到了跟前揮手一刀，徐紹楨迎著刀仰倒了下去。在王有宏的馬縱身躍過的瞬間，徐紹楨就地橫滾了兩下，以臥姿抬槍打了過去。打中了，這回是肯定打中了！王有宏頭上迸出一團血，就像突然綻放的一朵花，他在馬上雙手一揚，刀騰空了，而身子卻仰倒在了馬背上，接著又被顛到了馬的一側，他的腳依舊被緊緊地掛在馬蹬裡，被戰馬拖著飛奔而去……

指揮著騎兵反覆衝擊的張勳，看見了王有宏的中彈，知道不好，正要帶領南翼馬隊不顧死活地沿著戰壕一路衝殺過來，他忽地明白，馬隊沿著戰壕的衝殺守軍無可抵抗，用馬刀，不用馬刀光是用馬蹄的一路奔跑踩踏，對方也死定了，王有宏的死，也死得其所了！

突然身後響起了激烈的槍聲，立時南翼馬隊像炸開了鍋般的亂作一團。

張勳只有折而往西，與北翼幾近崩潰的馬隊合為一處奔逃而去。

在張勳南翼馬隊後方衝殺出來的一彪人馬，簡直就是神兵天將啊！

徐紹楨臥在戰壕邊上看了半天這才看清，這彪人馬顯然有備而來，他們橫掃衝鋒著的馬隊，將這馬隊一片片排山倒海般地打倒，殺得江防營馬隊人仰馬翻慘不忍睹。

徐紹楨對天放了兩槍，大聲喊著，「吹號！衝鋒！我們衝鋒啊！」

衝鋒的號角吹響了。在這一片浩大的丘陵山地之間，到處都吹響著迴盪著激越的衝鋒號聲。號聲中徐紹楨看見在南邊的遠處，一面血紅血紅的鐵血十八星戰旗在高舉著，在奮力地舞動著……看清了，看清了，舞動這戰旗的是雨兒！

徐紹楨激動得不顧一切地高呼著，「雨兒！雨兒！你把我們救了！你扭轉了整個戰局！」

在這江浙聯軍司令部所在的小白龍山頂，江浙聯軍士兵都揣著上了刺刀的步槍，在四面遠遠近近的丘陵之間響起的號角聲中，從戰壕裡挺身而起，對向西退去的江防營的騎兵馬隊追殺過去……

看著向西衝殺的士兵，徐紹楨沒有動，他立在戰壕邊反而愣住了。

雨兒不是帶著江浙聯軍司令部總預備隊的五個營，去抄襲江防營的後路，去偷襲孝陵衛了麼？她怎麼來了？

〇 六

雨兒是在天剛濛濛亮突然接到命令，要她帶江浙聯軍司令部總預備隊五營往南繞道洪武門（光華門）以東之石門檻，從身後攻擊孝陵衛的。

命令緊急，雨兒接令後就帶隊出發了。她準備帶隊穿過青龍山，而後向西過南京城外廓滄波門，再轉向西北抄孝陵衛的後身。這是因為孝陵衛南邊滄波門一帶，是鐵良綠營與舊軍巡防營防區的相接處，防衛稀疏指揮也不統一。

雨兒只要帶隊悄悄從這裡鑽過去，不用繞道石門檻，就可以突襲孝陵衛了。

初冬的清晨，地氣微暖，淡淡的薄霧在飄飛著，江浙聯軍司令部總預備隊五營約二千三四百人都顯得有些興奮，驅炮走馬開動起來疾行如飛。出青龍山走到滄波門附近霧色漸濃，遠遠的濃霧背後傳來了隱隱的馬蹄聲。

雨兒命令部隊隱蔽，這支預備隊訓練有素，立即就消失在了這片荒野之中。他們從路邊高坡上那一人多高的荒草背後，窺見到的卻是驚心動魄的一幕，一千多江防營的騎兵由西向東滾滾而來，就在他們前面不足半里處折而向東北，卷起的漫漫煙塵和大霧混在一起，攪得荒野一片昏暗迷濛……

雨兒和她的隊伍，目送著這支浩大的騎兵絕塵而去，轉眼就消失在了大霧煙塵的背後。幸虧躲避及時，幸虧他們的動靜小於騎兵，幸虧他們為了隱蔽圈子繞得大了些，剛出的是青龍山口，而對方因是騎兵，選了一條稍稍好走的青龍山的西麓……否則就迎頭相撞，狹路相逢了！如在這丘陵坡地遭遇敵方騎兵，又無防禦工事，人家一個衝鋒你連拉開槍栓都來不及，就被對方砍瓜切菜般的了！……

才為幸運而擦去一頭的冷汗，雨兒自問，這麼一支強大的騎兵繞了這麼大一個彎子，向著他們來的方向去了，幹什麼？一想到這，雨兒頭上的冷汗就又下來了。誰都不笨，每個統兵的都想著要比對方更聰明些，你想抄人家後路，人家就不想抄你的？更何況，這去的方向，還不僅僅是抄後路，好像就是直奔麒麟門江浙聯軍的司令部而去！徐紹楨為了抄襲敵方後路，已把全部預備隊交給了自已，而他與整個江浙聯軍司令部卻即將遭到恐怖的襲擊！

雨兒想立即就打這支江防營騎兵的身後！但，如此已方所有的計畫前功盡棄不說，自已手裡的這五營總預備隊，很可能很快也就要灰飛煙滅了！

雨兒作出了決擇，她讓三個營繼續迂回抄襲孝陵衛，而自已親自帶著兩個營，悄悄地尾隨著敵方的騎兵。

騎兵速度快，轉眼就叫雨兒他們跑得人仰馬翻，卻連人家的馬蹄聲都聽不到了……很快，從麒麟門江浙聯軍司令部那邊傳來了激戰的槍聲驚心動魄。

尾隨的部隊尋聲狂奔過去時，江防營偷襲的騎兵馬隊已對江浙聯軍司令部的陣地，展開了好幾個來回的衝殺。這兩營立即展開，出奇不意地殺了出去……

江防營的騎兵剛剛損失了北翼的指揮王有宏，這時又被人從背後敲了一悶棍，頂不住了，張動率領著他的騎兵馬隊只有直接向西一路退去……

在衝鋒的號角聲中，戰爭的情緒轉瞬之間便由低谷躍上了高潮。

西面馬群前線被打散的浙軍士兵聽見了已方的衝鋒號聲，精神為之一振，便都朝這邊匯攏過來，遭遇張勳潰逃的騎兵，便就地展開阻擊，這就大大遲滯了江防營騎兵馬隊西撤的速度，以至於張勳率隊撤到馬群時，江防營守軍為了要放過已方的騎兵，反被緊追而來的浙軍一鼓而衝破了防線。

江防營的騎兵馬隊過了馬群，張勳準備在得到接應後，就把防線在孝陵衛穩定下來，正盤算著鬆下了一口氣，孝陵衛的西邊突然響起了槍炮聲，張勳一勒馬頭，他愣住了……

江浙聯軍司令部總預備隊另外那三個營，繞道成功，適時向防守孝陵衛的江防營駐軍發起攻擊，南京守軍城外的第二道防線頃刻崩潰。

好在孝陵衛北紫金山主峰與天堡城一線，還在守軍江防營手中。雖有江浙聯軍之鎮軍與滬軍的猛攻，守軍還是將大炮口轉向山南孝陵衛方向，轟擊起了江浙聯軍的追兵，後又兇悍地衝下山來側應，張勳這才得以從朝陽門退回南京城裡。

十一月二十五日一戰，江浙聯軍在麒麟門、馬群、孝陵衛一帶浴血搏殺，雖沒有全殲江防營主力，卻將整個戰線從東向西推進了近二十餘里，直抵南京朝陽門（中山門）。

此日大決戰，在天色將晚時雙方都殺不動了，遂匆匆結束，只有零星槍聲響了一夜，餘音嫋嫋算是個尾聲……

第十二章　炮打司令部

一

為了報復馬群決戰之敗，第二天張勳就向城北幕府山，城東孝陵衛實施反擊，均被擊退。江浙聯軍就勢全線出擊，結果除雨花臺，紫金山主峰與天堡城等少數幾個城外的戰略支點，他們已將南京城的守軍全部打進了城裡。

於是轟轟烈烈的隔空炮戰，從此成為常態。

炮戰進行得轟轟烈烈，卻叫徐紹楨心裡頗不是滋味。

不打吧，守城的不斷打你，不還手有損士氣；還擊吧，就如兩個婦人喋喋不休的對罵。婦人對罵，口水而已。炮戰卻不同，一枚開花大炮彈打出去，就是好幾兩金子。對於南京城裡的炮彈儲備，徐紹楨清楚，再加上城南金陵製造局的不斷生產，城裡來日方長，就能有條不紊地耗下去。而江浙聯軍的炮彈，能否從六百里外的上海源源不斷地運來，滬軍都督陳其美已在不時地向他告急了……

畢竟，上海才剛剛光復不久啊。徐紹楨想，如果炮戰就這樣日復一日地拖下去，攻守在這炮戰中不知不覺地易位，就只是個時間的問題了。

徐紹楨對唐明亮說：「若能用幕府山的巨炮猛轟張勳的司令部，事情就簡單得多……張勳的司令部又在哪裡？」

唐明亮說：「總司令想到了鄒樂樂？」

徐紹楨說：「不全是。我更想到了葉公覺，他有知道的條件。另外，此人和天堡城守將張奎仁交厚，讓他動員張奎仁反水，那就最好不過！」

唐明亮問：「我去，不成功呢？」

徐紹楨說：「你就把葉公覺策動張奎仁反水的事，添油加醋地透出去！大戰之際，大敵當前，內部最容易多疑……」

唐明亮感歎一聲說：「徐總司令幾仗打下來，老謀深算了！」

徐紹楨淡淡一笑說：「豈止這幾戰啊，是官場摸爬滾打了這麼多年。去後，你還可找找鄒樂樂，或者也能從另一條線上，覓到張勳司令部的蛛絲馬跡……」

○二

十一月二十七日，唐明亮扮成商人，混在進城賣米送菜的人群中進了城。

進城後走上城北的北門橋，唐明亮的肩就被人從身後一拍，一回頭，他嚇得連氣都憋住了，蘇良斌！

蘇良斌卻笑了說：「沒嚇傻吧？」說著他指指橋北魚市街上的「三元茶館」。

「三元茶館」二樓的窗戶大開著，唐明亮看見好多胳膊上紮著白毛巾的江浙聯軍士兵，都在興高采烈地從裡面伸出頭來張望著，更有人探出了半個身子，手舉一面白旗左右揮舞，「叛變了，老子反水又歸順朝廷了！」

蘇良斌見唐明亮的手要動，就笑了說：「你沒帶槍，動什麼動？」說著他壓低了嗓子，「我歸我的順，你辦你的事，互不相妨各歸各。走，到我們樓上喝口茶去。」

唐明亮趁蘇良斌不備，揮拳就打，蘇良斌就殺了般地叫喊，不知從哪就鑽出了幾個叛變的兵，用槍指住了唐明亮。

蘇良斌邊揉著被打的臉，邊指著唐明亮說：「我朋友，請他喝茶。不喝也要喝！」那些兵一聽，就不由分說把唐明亮押進了「三元茶館」。

在「三元茶館」樓上，蘇良斌為唐明亮倒著茶說：「我批評你多少回了。動不動就發急，一急就揮拳頭。不成熟，沒風度，很不好很毛糙的嘛……幸好我有點老底子功夫，不然你這一拳上去，不把我臉砸扁啊？……喝茶喝茶，趕巧不如碰巧，作個見證，請你看看我們投降的熱鬧嘛！」說著就問：「人來了嗎？」

茶樓上那個江防營擔任投降聯絡的小軍官說：「還沒來。」

蘇良斌說：「我只認張奎仁張管帶說話！」他拍拍桌子，「我來不只就是這幾個人幾條槍，主要還是為重大情報嘛！因此，除了張奎仁，老子一概不認！」

唐明亮吃一驚，「天堡城？張奎仁？」

蘇良斌說：「當然張奎仁了！所以，他講要喝茶，我們來茶館；茶館不開門，我們就砸門，我要顯擺的，就是一個誠！」臉一轉，他就對聯絡投降的發起了脾氣，「張奎仁再不來，我們就不降了！投降，我他媽還求人啊？」

聯絡投降的小軍官突然指著窗外說：「你看，來了，來了！」

所有人都朝樓下看去。

樓下街上有七八個兵列成了一隊，被一個江防營管帶模樣的軍官領著，操著洋操的步伐

「一二一，一二一」地朝「三元茶館」走來了。

江防營來聯絡的小軍官指著說：「那個，大名鼎鼎張奎仁！」他看看蘇良斌，「你不認識啊？」

蘇良斌笑著調侃一句，「看來帶兵有進步，也會列隊操洋操了。」說話的功夫這一隊人進了茶館，緊接著樓梯就「咯吱，咯吱」地響了，一個頭戴軍官帽的腦袋，就一步一步地從樓下升了上來。

蘇良斌迎過去，對那登上樓來的軍官哈哈一笑說：「張副將，奎仁兄，你還真的來了呀！」那個軍官一抬頭，蘇良斌頂頭一槍就打過去，那人應聲而倒了。

緊接著亂槍齊發，樓上江防營的人全被放倒了。

樓下聽見槍聲一片大亂，幾個江防營的人一邊瘋狂地逃跑，一邊喊著，「詐降，果然是詐降！」

樓上的機關槍響了，「突、突、突」一陣子彈追過去，立即叫江防營的人四仰八叉地躺到了大街上……

隨著槍聲驟起，江防營的人好像一下就從四面八方的街巷裡冒了出來，好幾挺機關槍同時對著這茶樓掃了過來，鎮軍的機關槍啞了。樓上的蘇良斌們有隔著樓板中槍倒下的，有朝樓下開槍還擊的，也有從窗口跳到房頂上，跑著跑著中了槍，一頭栽下去的……

茶樓上子彈橫飛，唐明亮推倒桌子蹲下躲子彈，蘇良斌厚道，弓腰跑過來拉起他就跑。出了一道門，拐了一個彎又進了一道門，這是一間雅座，窗外就是這茶樓後面一片黑鴉鴉的房頂了。他們雙雙從窗口跳下去，又深一腳淺一腳地在房頂上飛跑著，踩得瓦片翻飛「咔喳咔喳」一片亂響……

在槍聲中跑過一片片屋頂，見沒人追來，就雙雙跳了下去。

落地後，他們背靠在牆上大口喘著氣。

唐明亮說：「你的人一個也沒跟上來！」

蘇良斌說：「老子死娘嫁人，只好各人顧各人了！」

唐明亮說：「行，我們就此分手。」

蘇良斌說：「分手？你要丟下我不管了？我，我們可是生死之交啊！」

唐明亮說：「生死之交？差一點，我的命就送在了你手上！」

蘇良斌說：「不對！是我救了你一命！」

唐明亮摘下蘇良斌的槍，對著他腳邊就是一槍，「你走不走？滾！」

蘇良斌一蹦老高，「滾？我朝哪兒滾？滾回去我也不好交待呀！」他站穩了又說：「我，多好的一個幫手啊！放心，我保證聽你的！」

唐明亮想想說：「那也好。」

蘇良斌脫下軍裝隔牆就扔進了巷邊的院子裡，說：「親兄弟明算帳。你此行立下了蓋世奇功，定要分我一隻角。」

唐明亮說：「小器了，一家一半沒話說！」他一拍蘇良斌的肩，「走。」

蘇良斌問：「去哪？」

唐明亮說：「去找葉公覺！」

〇三

唐明亮和蘇良斌從張家菜園住家的後門，穿堂過屋到了唱經樓西街，走出都司巷就到大石橋了。

葉公覺家住在大石橋，進香河的邊上。

敲門三兩聲，門開了，一個小廝伸出頭來。

唐明亮說：「拜訪葉道台。」

那小廝問：「你們是哪個？」

唐明亮說：「我姓唐。快，剛剛響過槍！」

那小廝進去，轉眼又出來了，「葉道台有請！快不快？」

那小廝領著唐明亮、蘇良斌朝裡走，到了第三進的天井裡那小廝說跑就跑了起來，唐明亮和蘇良斌正要追，只見頭頂上影子一晃，一張大魚網從第三進的樓上撒下來，把他們給罩住了，接著從屋裡鑽出幾個人，把他們按住後拖出來就捆了，並且不由分說將他們帶到了後花園的一間偏房裡。

這間偏房不大，窗外樹影綽約，屋裡陳設清雅。

葉公覺坐在書桌條案的後面，看見被押進來的唐明亮和蘇良斌就冷笑了說：「來殺我，至少也應該翻翻牆頭吧？」

唐明亮說：「要殺你，朝你家後院扔炸彈，豈不更好？」

葉公覺說：「沒扔炸彈，但每天你們扔的是恐嚇信、必殺書！」他從抽屜裡拿出了一疊紙，「說你們造反是我告的密，才有雨花臺之敗。叫我留心，要算總帳，遲早而已云云……」

唐明亮一聽就笑了說：「原來你一直都疑神疑鬼，戰戰兢兢，被嚇得度日如年啊！對，我們是懷疑過你。但那晚在秣陵關我們與你前後腳出發，就算你告密，張勳佈防雨花臺也沒那麼快呀？」

葉公覺愣住了。

唐明亮又說：「再說，那天你去秣陵關，是告訴我們張勳要來偷襲，是在救我們！」

葉公覺聽了臉上便是一派似笑非笑，像哭又不是哭的表情，「明白，是我中了奸計了！」說著他就捶胸頓足地哭了起來，「鬼嚇人，嚇不死人；人嚇人，嚇死人啊！張人駿，你就是人間的活鬼呀！不就是為了幾本破書嗎？革命黨朝他兩江總督衙門後花園裡扔信扔報紙，他學了，居然就假江浙聯軍之名，天天朝我家後花園扔恐嚇信！……」說著他吩咐給唐明亮和蘇良斌鬆綁，而後讓下人退了低聲問：「找我什麼事？」

唐明亮問：「張勳的司令部在何處？」

葉公覺說：「近來魂三倒四不是心事，真是不知道。」

唐明亮又問：「聽說，你和張奎仁張副將很熟？」

葉公覺說：「張奎仁？明白了……」

唐明亮說：「說動張奎仁起義，此事成，功在千秋。張人駿污蔑你的那些謠言，也就不攻自破了。」

葉公覺喃喃道，「唐管帶一語中的……這樣。辦成，辦不成，我都親自去趟天堡城。說得動，你我的大功；說不動，大不了就……」

唐明亮說：「說不動，張奎仁與你交厚，總不至於吧……」

葉公覺嘴咧了下，沒吱聲。

唐明亮說：「說不動，你就寫信揭發張奎仁通敵，也是大功！」

葉公覺立即搖搖頭說：「這事我不能做。」

唐明亮說：「行，就依葉道。」

葉公覺說：「怎麼聯絡？」

唐明亮指指蘇良斌說：「這位仁兄和張奎仁也熟，就讓他待在你家聯絡。」

蘇良斌說：「不！唐明亮，玩笑不能這麼開，太大了！」

唐明亮對葉公覺說：「人就交給你了。」接著他又對蘇良斌說：「留下來有心情，就說說你對張奎仁辦的那些事，讓葉道也好站在明處。」

葉公覺問：「什麼事？」

蘇良斌說：「什麼事，打死我也不說！」

唐明亮說：「反正剛才好大一陣亂槍，葉道已經聽到了……」說著他向葉公覺拱拱手，「告辭了。」

○四

離開大石橋的葉府，唐明亮就去了一枝園的張府。

在張府後院敲了敲西牆那扇高高在上的小窗子，就找到了低低在下的小桃子。

請小桃子去約鄒樂樂見個面，地點就定在一枝園巷口的茶館裡。

唐明亮先到了茶館，但他沒敢進，而是鑽進斜對面的估衣店裡瞄著。

好一會兒，沒見到鄒樂樂的影子，卻看見曹琴來了，唐明亮不得不大吃一驚！

唐明亮看見曹琴進了那家茶館，又出來了，站在街邊左右望望似乎很著急，而後就走了。

奇怪的是她沒回府，而是沿著網巾市過大街穿小巷，一直朝南走。

唐明亮就遠遠地跟著。

跟著跟著，唐明亮的心就拎了起來，曹琴居然去了內橋齊開城的刻字店。

見門沒鎖，一推門曹琴就進去了。
曹琴一進門就和坐店堂裡的齊開城臉對著臉，兩個人目光炯炯地望著對方，都愣住了。
沉默了下曹琴說：「不繞彎子，我找唐管帶。」
齊開城嘴一咧，笑了，又用手一指，「你啊，背後為什麼不長雙眼睛？」
曹琴猛地轉過身，見唐明亮已悄無聲息地站在了身後，嚇得渾身一哆嗦，「你！」
唐明亮問：「你！你想幹什麼？」
曹琴說：「你，不是找鄒樂樂的嗎？」
唐明亮問：「鄒樂樂呢？」
曹琴說：「你不就是跟她要情報的嗎？」她不經意輕蔑地一笑，「事到臨頭，那婊子不敢來了。」
唐明亮見齊開城出門望風去了，就說：「你敢？姑且一問，張勳江防營的司令部在哪兒？」
曹琴說：「北極閣。江防營、綠營和兩江總督都在那裡連署指揮守城了。」
唐明亮說：「果真？」
曹琴說：「哪一回我假過？」
唐明亮點點頭，「是沒假過。可，可……」
曹琴笑說：「可什麼可？沒假過，那你們就開大炮轟啊？轟跑了張勳，也好讓一個南京城早點安生啊？」
唐明亮問：「炮打司令部，那要是轟死了張勳呢？他可是你丈夫！」
曹琴笑了說：「你不就為這個想不開嗎？」

唐明亮說：「是，你好像倒是想得開。」

曹琴說：「想得開想不開？轟死他，就算你們的本事好了！……好，不多囉嗦，我先走了。」

曹琴走後，齊開城進來就伸著舌頭說：「心太狠，這女人肯定有二心了！為情乎？都這麼大年紀了……為財乎？」

唐明亮說：「我想，張勳搶銀行，八成是給那八十萬兩銀子鬧的！」說著他一拍腦袋，「對！既然她要借我們的刀殺人，那刺殺張勳的機會，豈不就在眼前了？！」

唐明亮出門後，就遠遠跟著了曹琴。

穿街過巷，唐明亮邊跟就邊對刺殺張勳作著種種的設想，眨眼的功夫一晃神，卻不見了曹琴的影子。正一頭的霧水，有人在身後拍拍他的肩。

唐明亮一回頭，見曹琴正望著他在冷笑。

曹琴問：「不去炮轟北極閣，你鬼頭鬼腦跟著我幹什麼？」

唐明亮說：「你爽快，我也爽快，直話就直說吧。我想，既然都用炮轟了……那你還不如乾脆帶我去，一槍就把那丘八崩了！」

曹琴說：「你敢！」她抬手就給了唐明亮一個大嘴巴，「動他一根汗毛，你找死！」

唐明亮被抽懵了，瞪大了眼睛問：「那，那你還炮轟？為什麼？」

曹琴說：「張勳這廝一根筋……」她長歎一聲，「為他看不清天下大勢啊！大清敗亡，早晚的事。假如有天他落到你們手裡，還望看在我面上，饒他一條命。一根筋，也有一根筋的好處啊，他對我，還是個有情有義的好丈夫！……」

唐明亮問：「炮彈不長眼睛，轟死他怎麼辦？」

曹琴說：「這厮命大，轟死他，我不找你好了。走走，快去調大炮，別再耽誤時間了！」

〇五

北極閣又名雞籠山，座落在南京城北，它其實是紫金山伸進城裡的一支餘脈。

北極閣向北，與幕府山隔著玄武湖遙遙相望，從山上面南俯視，整個一座南京城也就盡收眼底了。

南京城的天空現在熱鬧得很。那時的大炮勁都不大，發出的炮彈就像拋出的一顆顆籃球，在空中南來北往東西交錯地橫飛著。落地後就騰起了一陣陣煙雲，沉悶的爆炸聲過了很久才會慢吞吞地傳來……這炮戰是在拼消耗，張勳要的就是拼消耗，以逸待勞，他正在不動聲色地把對方朝著一口其深無比的陷井裡拖……另外，聽鐵良說，朝廷向南京派出了援軍，誓師後即從京城出發，現在正沿津浦鐵路南下，已開到了山東的袞州，再過兩天就到南京了。

張勳的底氣就在這裡，到那時內外夾攻，造反的江浙聯軍，便就死無葬身之地了！

張勳十一月二十六日將兵力收縮進城後，兩江總督張人駿和綠營的鐵良就跑到北極閣，硬要來和他連署辦公了。先是不大情願，後來想想也好。過去在兩江總督府，他張勳是要看張人駿臉色的，現在的行情便就倒過來，他們都要看著他的臉色了。

十一月二十八日一大早，張勳剛走進北極閣的城防司令部，兩江總督張人駿就迎了上來，笑著臉對他說：「昨夜接太后電報懿旨，」他從袖筒裡拿出了一紙電報，「南京銀行的八十萬已賞撥給張提督作守城之用了。」

張勳只瞥了眼，沒接那電報，「張總督，你是秀才人情，紙半張啊。」

張人駿很有耐心地說：「太后良苦用心。名正，才能言順嘛……」

張勳說：「那你再把徐紹楨那二十萬冊書交給我！名正言順，我要用它守城！」

張人駿問：「用書守城？你把它當成開花大炮彈了？！」

話音才了，就有開花大炮彈飛了過來，「轟隆」一聲，落在北極閣半山腰上爆炸了。

張人駿四處望望，是想找個好躲的地方。

正望著，又有好幾顆炮彈飛來在山頂轟隆隆地爆炸了，震得北極閣城防司令部房頂直搖晃，屋頂上的灰也在一團一團地朝下直落。

張人駿慌了說：「怎麼炮彈今天盡朝北極閣山頂上打！張提督，我們最好躲一躲！」

張勳拍拍震落在身上的灰說：「我要書，你卻跟我談起開花大炮彈來了。」他望了眼外頭，「區區幾顆炮彈飛來就怕，何談『守一城而捍天下』？笑掉我大牙了！」話音剛落，就不是區區幾顆，而是成群的炮彈落在周圍爆炸，震得北極閣城防司令部搖搖欲墜，屋頂上就不止落灰，連瓦都「格格」直響著要朝下掉了……

張勳瀟灑，他連身上的灰也不拍了，乾脆就搬了張凳子堵在門口坐了下來，坐在山頭看風景了。

張人駿連連向張勳拱拱手說：「你狠！不就幾本書嗎？給你就是了！」

張勳就對親兵喊，「去，去，立馬跟張總督拿書去！」

○六

張人駿眼睜睜地看著那些書箱，在炮火紛飛中被江防營的兵們一車一車地朝外拉。

這叫什麼拿？簡直就是搶！搶到兩江總督府裡來了！

張人駿氣得與張勳拼了這條老命的心都有。

這時親兵來報，江寧將軍鐵良來了。

張人駿一聽就覺得好，張勳居然搶總督，將來在朝廷上鐵良就是個見證！然而張人駿的心又「咯噔」了下，「將來」一詞就現在而言，好像有些奢侈了……沒容細想，鐵良已急急地闖了進來。

鐵良說：「太后已有退位讓權的意思。」

張人駿臉色一正，「這話可不能亂講！」

鐵良說：「太后專派後宮的太監，特來向我報的消息。」

張人駿愕愕然了，「那就是說……大清一朝，就，就快要沒有了？」

鐵良一聽，「哇」地聲就嚎啕大哭了起來。

張人駿本以為他自已也要跟著放聲大哭的，可感覺中他哭的欲望並沒有那麼強烈，反倒是自武昌造反以來一直提在嗓子眼裡的那口氣，此時正在一點一點地朝外瀉著……不是嗎？滿人自已都要把江山讓出來，不要了，作為臣子，又是一個漢人，主子都不爭了，自已還爭什麼爭？因此，再自比唐朝「安史之亂」時的張巡許遠守睢陽，要「守一城而捍天下」，就有點不合時宜，就有點自作多情，就有點遺笑大方了。

瀉出了這口氣，張人駿就感到一種莫名的舒泰，通體舒泰了。

於是張人駿問淚眼婆娑並且抽噎著的鐵良，「你還有事？」

鐵良說：「有，有。有個日本領事館叫布目的日本人，要我為他引見張總督。」

張人駿說：「不見！我做兩廣總督，為南洋諸島事與日本人有過節。現在，他們來看笑話了？」

鐵良說：「好像不是……」

張人駿說：「是！去，去，去！你去跟他說，我這兩江總督就快要捲鋪蓋卷滾蛋，被這天下炒魷魚了！被天下人恥笑！我就更不怕被區區一個小日本笑話了！」

鐵良沉吟了一下說：「捲了鋪蓋卷，你要走得掉呀？此一時也，彼一時。布目說，日本的兵艦就停在下關碼頭，昨日升火後一直沒熄。」

張人駿說：「日本人？日本人最不是東西！那邊支持孫文造反，這邊又助你我逃跑？什麼意思嘛！」

鐵良說：「那就不見了？」

張人駿說：「不見！張某這點脾氣，還是有的！」

鐵良走了，外面的炮聲稀疏了，江防營大兵們拉書的忙碌也告一段了。

張人駿踱步來到煦園，他登上了不繫舟。

不繫舟，不繫之舟，它是條池塘邊動不了的石頭船。它與煦園，與這整個一座兩江總督府，都共同歷經了明清兩朝的四百六十餘年。

春花秋月，寒冬酷暑，王侯不算，單單大清一朝，它就迎來送往了幾十任的總督。黑雲壓城時的風雲決策，天塌地陷般的朝代興替，它都默默地經歷過。

時運不佳，碰到他張人駿當總督，天下造反，眼看著大清就要走到頭了。而他張人駿，從一介讀書人學而優則仕，官至兩江總督，大清待他不薄……那麼，此時他如若少了些許的故國之情，亡國之意，把那口提著的氣說瀉就瀉了，那他這大清的最後一任兩江總督，當得豈不徒勞，索然無趣味了？莫說於人，莫說於史，就連眼前這艘在煦園的池塘裡默默畔留駐守了四百六十多年的石頭船，也都要笑話他的了……作為封疆大吏在這天崩地裂的時候能夠與故國相始終，歷史之長河浩蕩，是會千古留芳的！

胸中之波瀾疊起了，張人駿盯上了不繫舟旁的那一池水。水能載舟，亦能覆舟啊，跳下去他也就殉國，一死了之，留芳千古了。

可此時，張人駿莫名其妙地想到了錢謙益。

明亡時東林黨領袖，禮部尚書錢謙益為大明殉節，就是要跳一塘池水的，結果是他的小妾，秦淮河邊的名妓柳如是跳下去了，他卻怕水冷，沒跳，而被後人整整恥笑了幾百年。

連死都不怕，還怕水冷？張人駿想不通。他不由蹲下身把手伸進了水裡，也就在這觸水的一瞬間，張人駿算是把明朝末年的錢謙益想通了，讀懂了……

初冬之際，冷，這水確實是冰寒徹骨的！且又正當是亡國之際啊，不但水冷，心也冷，後人對錢謙益的辱罵恥笑，看來不僅是沒有身臨其境，還有角色也不對，全都是隔靴搔癢了！

忽地有人在喊，「總督大人，查過了！」

張人駿有點發懵，「查過什麼了？」

那人說：「大人不是要查昨天江浙聯軍進城詐降的事麼？經查，是以投降為名，來刺殺紫金山天堡城守將，張奎仁的！」

張人駿在池塘邊一下子立起了身，「刺殺？」

親兵說：「對，刺殺！」

張人駿一聽就莫名地發起火來，「他們，為什麼不來刺殺本督？來了，本督迎刃而上，就不冷了嘛！那不兩全齊美，全都解決了？」

〇七

兩江總督張人駿從北極閣的城防司令部走了以後，張勳不敢久留，也下山了。

下山時從幕府山飛來的炮彈，一群群橫空出世，落地開花，北極閣上的司令部轉眼就被炸塌了。

眼看著司令部在炮聲中轟轟然倒下，灰飛煙滅，張勳渾身的冷汗也下來了。

十一月二十五日江防營馬隊偷襲麒麟門江浙聯軍司令部，本是他精心謀劃志在必得的，已殺得江浙聯軍人仰馬翻了嘛，可就在這節骨眼兒上，卻有奇兵一支，從背後敲了他一悶棍！

難怪江浙聯軍司令部決心那麼大，能夠不顧傷亡，血拼到底！

原來徐紹楨是把著了他的脈，比他心裡更有底了！

現在江浙聯軍炮轟北極閣，炮打司令部，這進一步說明他的內部，有奸細！

張勳騎馬帶著親兵剛出紗帽巷，一把就勒住了馬頭。

張勳老遠就看見了小桃子，她正從紗帽巷斜對過通賢橋口的麵館裡出來。

炮聲隆隆之中啊，她竟然還把兩個嘴巴子吃得油光光的，還用手抹抹，還用眼兩邊望望，這才像個小蟊賊樣的走了。

張勳放過小桃子，而後去麵館，一繩子就把老闆捆了。

在提督府，小桃子一見捆得像個粽子樣的麵館老闆被親兵推了進來，嚇得嚎啕一聲，大哭了，就不打自招了。

小桃子就把唐明亮要約見鄒樂樂的事，一股腦兒全說了。

全說了，張勳就喊來鄒樂樂問：「你怎麼說？」

鄒樂樂嘴還硬，「是你叫我做探子的。」

張勳罕見有耐心，糾正道，「是叫你做我的探子！說，炮彈怎麼都像長了眼睛，全朝著北極閣老子的司令部上飛？」

鄒樂樂說：「張大帥，昨天姓唐的是要小桃子找過我，我沒去，是我請大夫人去的。大夫人總不會出賣你吧？」

張勳說：「怎麼？大夫人？」他直眨著眼睛，「請大夫人！」站一邊的親兵們得著將令，齊齊地一聲喊，「請大夫人……了啊！」

曹琴從後面走了過來，「開花大炮彈還沒落進提督府呢，喊魂啊！」而後就站到了張勳的面前。

張勳問：「昨天，你去見了那個姓唐的？」

曹琴說：「是有這麼一回事。」她笑了一下，想想又笑了一下，問：「去了怎麼說，不去又怎麼說？」

張勳吼地一聲，「北極閣司令部，今天早八點，集中挨炮彈了！」

曹琴問：「炸死你了嗎？你不是還在活蹦亂跳地對我耍著威風嗎？」說著她就狠狠地望著了鄒樂樂，「是你說我去的？去了，你們怎麼著？」

張勳變了個口氣問：「大夫人。你去，姓唐的沒拿你怎麼著？」

曹琴說：「怎麼著？我去能把你的司令部告訴唐明亮嗎？呸！我去，是想把他抓起來！」

張勳問：「抓？人呢？」

曹琴說：「去後，連個鬼影子也沒見得著！」說著她轉向鄒樂樂冷笑著，「鄒樂樂你先已洩露了情報，再叫我去，是想叫我代你頂著……」說著她指指張勳，「你以為他糊塗？要糊塗，就混不到今天了！」

鄒樂樂大聲說：「張大帥，只求你私下再訪訪！」

曹琴說：「還私下？當面鑼對面鼓，小桃子！」

小桃子一指鄒樂樂，「她洩了機密，而後讓姓唐的找了我！」

張勳聽了，一把就從腰間抽出了雪亮的鋼刀來。

鄒樂樂高呼一聲，「冤枉啊！」

曹琴上來攔住了張勳說：「殺人不忙。還是先關起來，等細審了再說吧！」

這時東北面的太平門紫金山方向傳來了密集的炮聲。

張勳說：「也好，就聽大夫人的！」言罷他就急匆匆地帶著親兵走了。

〇八

鄒樂樂被關在提督府後院的柴房裡不久，曹琴就來了。

曹琴對看押的大兵說：「還傻站著？前邊吃飯去！」見兩個大兵不動，又說：「什麼意思？怕在我手裡跑了？」

兵說：「不，怕被你殺了。」

曹琴火了，一把奪過他手中的槍，一拉槍栓，「兩菜一湯不吃，那就叫你們吃顆穿心鐵丸子！滾！」

兩個兵滾了，曹琴一推門進去了。

柴房裡很暗，曹琴看見柴堆下的小桌上，一燈如豆，鄒樂樂正縮在柴堆下坐著。

鄒樂樂看了眼曹琴說：「你來殺我的？」

曹琴輕聲說：「我來放你的！」

鄒樂樂冷笑了下說：「一動腳，殺我你正好有了藉口。」

曹琴反倒有些急了，「殺你，白天幹嘛我還攔著？」

鄒樂樂問：「我跑了，那你呢？」

曹琴說：「有膽子放人，就有本事兜著。快，你走！」

鄒樂樂站了起來，卻對曹琴說：「我不走！」停停她又說：「其實，你我都清楚，這回吃裡扒外的，那不是我！」

曹琴說：「好，就算你清白！但你做了探子，就像做了婊子，說得清楚嗎？」

鄒樂樂說：「隨你怎麼說。但我知道張勳為什麼不殺我！」

曹琴說：「他對你還有情？」

鄒樂樂冷笑一聲說：「隨你怎麼猜，但這回至少你對張大帥，還沒吃得透！」

第十三章 天堡城

〇一

蘇良斌被留在葉宅過了一夜，除了不能隨意走動而外，葉公覺對之待若上賓。

第二天他們同坐在二樓的東窗下，也是該飲茶飲茶，該吃飯吃飯，該喝酒時喝喝酒，閒來就把窗外紫金山上的熱鬧看了一整天。

藍天白雲之下，紫金山上炮聲轟隆，硝煙升騰此消彼起，紫金山青黛色的山體也就時濁時清了……此情此景看得蘇良斌抓耳撓腮，茶酒不飲，老是一會兒要上茅房，一會兒要到院子裡去溜溜腳，總想找個藉口一跑了之。

葉公覺見狀便勸道，「走是走不掉的，這你明明知道，何必呢?……」他為蘇良斌斟滿了酒，「除非你把對張奎仁辦了些什麼事，說給我聽聽。」

蘇良斌迫於無奈，直到下午才把他自作主張，帶人進城詐降刺殺張奎仁的事說了。

葉公覺一聽就拍案叫絕，「大手筆!想人之不敢想，做人之不敢做!我說蘇良斌，你成了!」

蘇良斌說：「既然葉道惜才，那就把我放了。」

葉公覺看看天色將晚，就笑了說：「不，不，不……你不是要刺殺張奎仁嗎?容易，這我就帶你去！」

蘇良斌說：「到，到哪去？」

葉公覺說：「咦？紫金山，天堡城，張奎仁啊？」

蘇良斌說：「我不去！」

葉公覺說：「不去是不可能的。也沒那麼嚴重，去以後，也就是見機行事，你我同演一場戲……」

於是不由分說就一輛馬車，把蘇良斌押往太平門。

在車上，蘇良斌被身旁一邊一個大漢押著，惶惶不安，葉公覺只好不斷地寬慰他，「唐明亮把你交給我，我不會真的出賣你。這你懂。」

蘇良斌非常憤怒，「我不懂！押我去見張奎仁，等於是送我死！」

葉公覺說：「你進城玩詐降，不就是沒準備活著回去嗎？你怕死？別人信，反正我不信。」停了下他又說：「另外，唯有如此，才能顯示我去說服張奎仁反水的誠意。你去了，只管用力表現你的大義凜然好了，我們兩個，這演的是出苦情的對手戲。」

蘇良斌說：「對手戲？這明明是你死我活的對頭戲呀！」

葉公覺說：「不跟你說了，反正我又說不過你……」而後一笑了之，只管坐他的車。

到了太平門，趁葉公覺下車與守城的軍官交涉，蘇良斌跳下車拔腿就跑，結果讓人捉回來，便被毫不客氣地把他捆得像只粽子。

葉公覺有些生氣了，很不理解地對蘇良斌說：「你怎麼總不明理呢？道理簡簡單單，登上紫金山，到了天堡城，即使是死，那也牛呀？將來誰個不知道為了創造共和，而不惜一命的蘇良斌？」而後不多廢話，讓手下一隻臭襪子把蘇良斌的嘴堵了，又向太平門守軍多要了兩個人，押著蘇良斌出城後沿著城牆向東走一段，在一個叫龍脖子的城牆拐彎處登山，去了天堡城。

〇二

天堡城是紫金山的第三峰。

紫金山像條長龍，從馬群自東向西伸展了二十餘里，由低漸高，接近南京城就陡然高起聳立成了主峰，再向西忽地又降低，形成了紫金山的第三峰，天堡城。

天堡城是座炮臺要塞，起碼在太平天國時，這裡就爆發過殺得血肉模糊反覆爭奪的大戰了。現在上面裝了德國造的克虜伯巨炮，就更加是威風八面。它可以轟擊東邊二三里開外遙遙相對的主峰，而主峰太陡，無法將大炮運上去，所以對比它低一百多米的天堡城，反而無可奈何。

天堡城三面懸崖峭壁，餘脈向西逶迤與城牆相接。白天從三百多米高的天堡城俯視，藍天白雲之下若大一座南京城歷歷在目。換句話說，天堡城上的大炮如果調個方向，那麼整個一座南京城也都將在它的炮口下呻吟著……

葉公覺帶人押著蘇良斌來到天堡城，天已入夜。

好像是特意歡迎他們，東面紫金山主峰那邊突然響起了陣陣機關槍聲，天堡城上的數架探照燈驟然亮起，光柱像柄柄利劍劃破夜空。接著天堡城上的巨炮發吼了，將幾發炮彈毫不客氣地向著探照燈照射的目標打去。

天堡城的地堡裡很寬敞，燈火通明。

葉公覺進來後被燈光刺得半天才睜開眼睛，他看見身材高大，且一臉絡腮鬍子的張奎仁正目不轉睛地盯著他。

葉公覺拱手為禮，寒暄過後就直接說：「張副將，我來你沒想到。」

張奎仁說：「但葉道一來，我就明白了。」
葉公覺說：「我不白來，有個見面禮。」說著就有人將捆著的蘇良斌推了進來。
蘇良斌也是老半天才睜開眼睛，他聽葉公覺說：「還沒見過面吧？他就是大名鼎鼎蘇良斌！」
張奎仁聽了吃一驚，「哦？昨天為了刺殺我，詐降的？」他咂咂嘴，「膽子確實是個膽子！」他讓人把塞蘇良斌嘴裡的臭襪子拉了出來。
葉公覺問張奎仁，「死敵當前，就看你殺不殺？」
蘇良斌一聽就罵起來，「葉公覺，說好的！你他媽開口就問殺不殺！」
張奎仁問葉公覺，「殺了怎麼說？不殺又怎麼說？」
葉公覺說：「你要殺他，就當我是送上門來的。連我一齊殺。」
張奎仁說：「不殺呢？」
葉公覺呵呵一笑，「那就有話好好說了……」
張奎仁點點頭說：「好好說。坐，坐下邊喝茶，邊聽聽外面大炮吼吼地唱著歌，我們有話好好說。」而後吩咐手下將蘇良斌鬆綁。
蘇良斌被突然的鬆綁鬆得呆住了，一邊揉著被綁麻了的手腕，一邊對葉公覺伸出了大姆指，「葉道，要講牛，你還真牛！你最牛！」
張奎仁說：「蘇良斌，你最牛。你投降，又非要約我到城裡去投。如果去了，你就用機關槍掃我，牛不牛？牛！坐，坐下說。」
蘇良斌一屁股坐了下來，連忙拱拱手說：「張副將過獎，過獎了！」
張奎仁一笑說：「本來我也是要受騙上當的，三挺日本式機關槍，一門德國克虜伯退管式山炮，太誘人了，投降的誠意足足的了！不是進太平門時這山炮被扣下了，你就不用機關槍，你就要用大炮來轟我了嘛。可是你們在家分明是沒約好，我要下山進城跟你約會，而你們的滬軍卻在東邊攻山猛烈，我想走，也走不了了！」

蘇良斌一聽就呆住了，「真的？！」

張奎仁說：「當然真的。昨天，滬軍一千五百人攻山，我只好分兵支援紫金山主峰，並令他們在天堡城炮火支援下反攻，結果將滬軍打得一直逃到了堯化門。若不是顧忌再追下去會被你們鎮軍切斷退路，我定指揮人馬殺得滬軍片甲不留！」

蘇良斌對葉公覺說：「聽聽！我的奇謀只差一點點就成功了！自家人拆臺，是我蘇某曲高和寡了！……」

張奎仁說：「你的曲高和寡多著呢！城外沒聯絡好，你不照樣在旱西門放火造反？把督府衛隊都搭進去了？」

蘇良斌說：「原來你是罵我？罵我也要說，當時要聯繫上你，事情就成了！」

張奎仁說：「還來鼓動我？」他拉下了臉，「說！把你剁成肉餡？還是下油鍋？」

蘇良斌嘴唇哆嗦了下，「只要和葉道一起，隨他選好了！」

張奎仁問葉公覺，「你說呢？」

葉公覺說：「無所謂，那就一齊下油鍋！」

張奎仁指指蘇良斌說：「在天堡城，殺你個被捆著送上來的小痞子！我張奎仁也太沒名氣了！」

蘇良斌聽了直眨著眼睛，「我，小痞子？聽口氣，你還敢放了我？」

張奎仁說：「對。有膽子你帶隊像滬軍一樣再來攻，在天堡城下打死你，那才顯出我的威風！」

蘇良斌壯起膽說：「不來攻，我是你孫子！那？我走了？」

張奎仁點了下頭，蘇良斌一見，說走就走。

走到門口蘇良斌停住了，突然回過頭來問：「真走了？背後打黑槍，那就沒出息了！」

張奎仁低低吼一聲，「滾！」

蘇良斌一聽，便就連滾帶爬地跑了。

見蘇良斌走了，葉公覺對張奎仁說：「放他走，張副將實實在在是高看我了。」

張奎仁說：「蘇良斌被迫而來，你是欣然而來……」

葉公覺說：「我來是勸你造反的……千古以來，說客的大道理，還要我再說一遍麼？」

這回張奎仁望著他，沒吱聲。

葉公覺又說：「總而言之我就一句話。和人一樣，二百六十多年，大清國老了！生生死死，有生就有死，有死就有生啊……」

張奎仁說：「南宋死了，元朝生了，南宋留下個文天祥；大明死了，大清生了，大明留下了史可法……經史種種，你比我懂。」

葉公覺說：「懂了。歷來說降被殺，也是比比皆是，由你了……」

張奎仁說：「不殺！眼下天堡城，我必將一仗成名。殺了你，反倒是我要留下罵名的！」

葉公覺一笑說：「罷了，那我就走。」

張奎仁說：「山下龍脖子，出奇險峻，夜黑風高，槍手出沒，十有八九你要挨黑槍的！不如留下來，你我一起堅守天堡城吧。死了，至少青史留名，也做個大清的忠臣！」

葉公覺一聽就差要哭了，「可分明我不是忠臣！大清腐敗如此，張人駿已經把我搞得死去活來了！」

〇三

蘇良斌深更半夜被放出天堡城，他當然不敢回頭再走龍脖子，這條路夜裡往來運輸，碰到江防營的人他就死定了。

因此蘇良斌向北走，遇崖攀崖，遇溝摸溝，好在有山下斷斷續續的槍炮聲提示，又有求生的欲望叫他勇往直前，下半夜他終於在天堡城北面一個叫王家灣的地方，遇到了駐守的鎮軍，蘇良斌得救了。

鎮軍都督林述慶見到蘇良斌，一腔怒火勃然而起，抄起杯子就朝蘇良斌頭上砸去，接著大吼一聲，「還要帶來？拉出去給我斃了！」

兩個士兵拉著蘇良斌就走，蘇良斌卻一把死死地扒住門框說：「有重要情報，殺了我，林大都督你就聽不到了！」

林述慶說：「昨天你留下口信，不提張奎仁的頭，就提你的頭來見，頭呢？」

兩個士兵說：「這一去，你把我們好幾十個弟兄的頭都玩掉了！」

蘇良斌說：「頭不頭的小事，我見到張奎仁了！」

林述慶問：「你不會說，你向張奎仁借了顆人頭回來，拿了籌碼，再去賭？」

蘇良斌說：「嚴肅點，林都督！」接著他就把葉公覺押他上天堡城的事說了。

林述慶說：「聽半天，我沒聽出什麼情報啊？」

蘇良斌說：「還沒聽得出？天黑後我被押出太平門，沿城牆走到龍脖子，上的天堡城。這一路在夜裡朝山上送糧草彈藥，已是絡繹不絕！」

林述慶說：「哦！……快，請楊管帶！」見士兵出去喊了，又問：「你的意思是，此路是他們上山的唯一通道了？」

蘇良斌鬆下一口氣來說：「對。物資天堡城不缺，將來那裡真正缺的是人！」

楊國棟走了進來說：「沒有人，他們增啊？」

蘇良斌說：「誰上過天堡城？只有我。現在增，除了幫助吃糧外，天堡城就那麼大，擠在那裡一炮上去要死多少個？」

林述慶說：「明白了。一個蘿蔔一個坑，他們只能是隨減隨增。你的辦法呢？」

蘇良斌說：「設伏。」

林述慶說：「好，好。很近，現在我們已經在太平門外的崗子村與他們交上火了。」

楊國棟說：「通往龍脖子的那條路，一面是城牆，一邊是懸崖，怎麼埋伏？上面扔下炸彈來，找死了！」

蘇良斌說：「這條路，夜裡誰走過？還是我！在龍脖子的路邊設伏，燈下黑！不論白天黑夜他們一增兵，我們就出手。你想想，城裡的富貴山、城外的天堡城炮臺，打這裡全都打不著！城牆上縱有成堆的炸彈，敵我混作一團，他也不敢朝下扔啊？」

林述慶聽了拍案而起，「蘇良斌有賞，有賞蘇良斌！」

蘇良斌大興，問：「賞什麼？」

林述慶說：「賞你一條命！楊國棟留下來，你給我滾出去！」都滾出去了，林述慶卻對楊國棟說：「你別作聲，讓我靜一靜，靜一靜……」

楊國棟不吱聲，他看著林述慶微微閉上眼睛，陷入了沉思。

以「誰先攻進南京，誰為『江寧大都督』」向江浙聯軍的總司令叫板，林述慶年輕氣盛了，一下子就使他成了眾矢之的。

眾矢之的的日子不好過啊，江浙聯軍裡七八支隊伍，所有的頭頭都與他不遠不近，不冷不熱地保持著距離。於是他人數眾多的鎮軍，就成了江浙聯軍的總預備隊，就從南京城最北面的金川門、神策門，一直佈署到東面的太平門、朝陽門。哪裡吃緊，徐紹楨命令一下他就要朝哪裡增援，若不服從，那南京城攻不下的責任，便就要由他兜著了。為此，林述慶日夜焦慮也沒用，他只好反過來寬慰自已，鎮軍展開在南京如此寬大的東北面，有四座必攻的城門，還有一座天險天堡城，不管從哪裡攻進城，豈不都有鎮軍，都有他林都督林述慶的功勞？

反過去想，正因為都有他的功勞，又都不是他的功勞了……

但他林述慶這個鎮軍都督，也不是白給的。

徐紹楨讓鎮軍做總預備隊，他林述慶就在這總預備隊裡再留下了四個營做總預備隊的預備隊，一直就放在這太平門外的王家灣。徐紹楨用他這總預備隊是漫天撒網，他林述慶使用這總預備隊的預備隊，卻是把眼光一直都盯著了太平門。攻進太平門就是小營，躍過小營就是兩江總督府了！而若從東面攻進朝陽門去搶佔兩江總督府，雖近，但中間畢竟隔著明故宮。明故宮又叫巡防城，駐紮著滿人的綠營。真正殺到了老窩裡，滿人就算是只病貓，也會蹦起來和你拼命的！

想到這裡林述慶睜開了眼，他對楊國棟說：「你知道我在想什麼？」

楊國棟說：「我想，南京要是座紙糊的城，那你就虧大了。」

林述慶問：「何以？」

楊國棟說：「現在是城裡城外都在拼命，你卻在預備隊裡留下了預備隊。」

林述慶說：「楊國棟，你通了，你透了！留你下來，我就是想讓你領著這支鎮軍中精銳之精銳，去龍脖子路上打埋伏。」

楊國棟說：「淞軍滬軍都攻打過太平門，不是都退走了嗎？如果你將鎮軍大部都調過來，直接猛攻太平門呢？那樣城裡的援兵出不來，設伏就是多此一舉了！而我就率這支預備隊，直接進攻天堡城！」

林述慶說：「你剛才為什麼不說？」

楊國棟說：「不想為難蘇良斌，留下他的一條命。以前我不帶他造反，總覺是欠他的……」

林述慶說：「好，好！有你去攻天堡城，我心裡有底了！」

楊國棟說「多說一句，萬一……」

林述慶說：「萬一萬一了，有我！為你優撫家人，理所當然！我，還要為你在天堡城上豎銅像，以志永遠！」

楊國棟說：「銅像不敢當！但為了光復而留名青史，值了！」

○四

由於十一月二十七、二十八日對南京的攻城失利，徐紹楨改變了這些天的四面圍攻，從浙軍、鎮軍、滬軍等軍中抽調精銳，也將攻城的重點放在了紫金山天堡城。他與林述慶不謀而合了。同時徐紹楨決定對於城南雨花臺、城西北獅子山、城東北太平門、城東朝陽門的進攻不變，以此作為對張勳的牽制。

而欲攻天保城，必須先佔領紫金山之主峰。

辛亥年十一月三十日天一亮，江浙聯軍近萬人就從紫金山的南北兩坡向主峰發起了進攻。起先進攻的向上，防守的朝下，激戰中陣地數次易手，攻防雙方就混在了一起，使得東西南北縱橫皆有二十餘里的紫金山上硝煙瀰漫，到處槍聲炮聲號角聲，搏殺時的呼喊聲此伏彼起，驚心動魄……

楊國棟率鎮軍兩營精銳在滬軍炮營的掩護下，早晨從紫金山北坡向天保城發起進攻。天堡城守軍抵抗頑強炮火猛烈，楊國棟數度組織進攻無效，傷亡慘重。至下午三點，楊國棟率隊翻過紫金山主峰與天堡城的連接處西馬腰，欲在山南尋覓攻上天堡城的機會，卻與唐明亮所率的浙軍和滬軍義勇隊相遇。沒說上幾句話，他們便被天保城上的守軍發現，隨即炮火就劈頭蓋臉地向他們砸了過來。有幾個弟兄倒臥血泊，無奈之下唐明亮與楊國棟只能率部繞到一個山坳裡躲避。

二人正在商議辦法，忽然有人意外地把鎮軍林都督與浙軍朱都督都帶來了。

原來兩都督各在山南與山北指揮大戰，都看見了紫金山上亂戰成了一片心急如焚，不斷派人上山傳令，卻又根本找不到要被傳令的人，無可奈何之下，便都帶著衛隊親自跑上山來，撿最大股的攻山隊伍找，找到這裡來了。

楊國棟說：「鎮軍、浙軍、淞軍、滬軍的攻山部隊都有敢死隊，但互不統屬。」

唐明亮說：「朱都督，至少敢死隊必須統一指揮。」

浙軍都督朱瑞說：「先把鎮浙兩邊合併為一，唐明亮為正，楊國棟副之。還有？」

唐明亮說：「佈告全軍，奪下天堡城，當為攻取南京第一功。」

朱瑞說：「當然第一功！」

楊國棟說：「漫山都是死人，弟兄們難免心中淒慘。還要重賞！」

朱瑞說：「事成，官賞銀圓百，士兵半之！」

鎮軍管帶楊韻珂說：「攻打天堡城，難道我們就為銀子？」

有人說：「為了共和，我們命都可以不要！但……」

「要錢，我們要錢！我們家中都已饑寒交迫了！」

「對！要錢，我們要現錢！」
浙軍都督朱瑞說：「天都快黑了，荒山野嶺我哪來的銀子？」
鎮軍都督林述慶說：「我有！」他抬高了嗓子，「敢死的列隊，領錢！」
隨著話聲林述慶的衛隊每人「咣」地聲，將背上的小布袋扔到了他的腳邊。
眾人說：「錢，領錢！領錢啊！」
林述慶說：「今晚就把天堡城給我攻下來！弟兄們，不成功，則成仁！」
弟兄們一齊高呼，「進攻，進攻！不成功，則成仁！」
鎮軍管帶楊韻珂說：「不要錢，我照樣不成功，則成仁！」
楊國棟抓起把錢就塞進了楊韻珂胸前的口袋中，「不要錢，要它擋擋子彈嘛！」
眾人正在拿錢，唐明亮卻喊了一聲，「慢！」
林述慶見拿錢的手都停了下來，急了說：「唐明亮，你再逼，乾脆我們一起進攻天堡城算了！」他一拍胸口，「我也不怕死！」
唐明亮說：「殺身取義，這話必須說！凡攻天堡城陣亡者，一、加倍憮恤，二、在天堡城鑄銅像，以示後人，以茲永遠！」
於是敢死隊的人一齊高呼，「贊成！後世留名，免得人一死，就被忘了啊！」
浙軍朱都督當即指天發誓，「此意空口無憑，當以軍令發出，昭示天下！」
弟兄們又是一陣歡呼，「太好了！現在去死，我們死也瞑目了！」
時已近晚，這支新組成的敢死隊近千人補充了糧彈，在零散的槍炮聲中，在漸濃的暮色中向西，向著天堡城出發了。

他們的隊伍一路走，一路有零星的人員與隊伍加入進來，越走人越多了……

出發前商定，由唐明亮帶一半人繞到天堡城西南坡，不事聲張攀懸崖向上攻擊，而楊國棟楊韻珂帶另一半人在紫金山主峰下的西馬腰由東向西攻。他們約定，這聲東擊西一明一暗的攻擊不分主次，誰得手，都為天堡城的攻取者，誰犧牲都有立銅像之資格。

唐明亮率隊到達紫金山天堡城西南山坡時，已是晚上七點多。

天公作美，忽地降起了紛紛揚揚的大雪，唐明亮見狀不等楊國棟那邊打響，便帶隊從隱蔽的灌木叢中跑出，企圖通過一片空地而後攀崖。

守軍因為大雪，這時突然打開了天堡城上的幾架探照燈，探照燈的光柱像利劍在雪幕上劃過，很快就指向了正在接近懸崖的敢死隊，先是一陣槍擊，接著炸彈就像冰雹一樣從天堡城上扔了下來。雪夜裡敢死隊拋屍荒野，而後退了下來……

這時東北面半山腰的槍聲聚然響起，楊國棟楊韻珂發起了攻擊。

天堡城上的探照燈光轉移了過去，懸崖下的槍聲與炸彈的爆炸聲也隨之止熄了……唐明亮手一揮，又有二十幾名敢死隊員朝著懸崖下狂奔而去。

這時突然有人臥倒在唐明亮身邊說：「唐明亮！好了，總算找到你了！」

唐明亮一望是雨兒，吃了一驚，「你怎麼來了？」

雨兒壓低了聲音說：「徐總司令吐血了，他喊你回去！」

唐明亮只好對敢死隊的人說：「由隊長指揮攻擊！拜託諸位了！」

這時有人指著懸崖上說：「看，快看！我們的人攀上去了！」

下面的人看見攀上懸崖的人一露頭，就被守軍揮刀給砍了，接二連三，三個人都嚎叫著從懸崖上摔了下來。

唐明亮大喊道：「機關槍呢！打呀！」
有人說：「守軍趴著！我們的人貼在懸崖上倒像靶子，不敢開槍啊！」
唐明亮說：「那就叫他們扔炸彈！朝上先扔炸彈啊！對，快調上一門大炮來！……」
雨兒也急了說：「唐明亮，快回吧！再遲，徐總司令恐怕就見不著你了！」

江浙聯軍司令部已西進到了孝陵衛，距朝陽門（中山門）六七里。
唐明亮半夜跟雨兒趕到後，徐紹楨正獨自默坐在油燈下。
唐明亮進門就問：「徐總司令？吐血了？」他看了看一邊的痰盂。
徐紹楨遞給唐明亮一紙電報說：「漢陽失守，黃興撤退時投江自殺，被人救起……一旦武漢失守，清軍順江東下，情形不堪設想！」
唐明亮說：「總司令放寬心，全軍拼命，正在急攻天堡城……」
雨兒說：「總司令的意思，萬一他病不能支，你要在這裡守著……」
唐明亮說：「明白了，但徐總司令一定沒事！」
徐紹楨說：「那更好。喊你來，還有層意思……不宜落後林述慶啊！趁天堡城激戰，我想多調大炮，由你指揮猛攻朝陽門！」

○五

漫山遍野大雪飄飛，紫金山上攻守雙方混戰至深夜，江浙聯軍終於將敵軍全盤擊潰，攻佔了紫金山主峰，殘敵之一部撤向天堡城。
楊國棟楊韻珂率領的敢死隊數次被撤向天堡城的敵軍從背後衝亂，重又聚合，並乘勢佔領了路邊的一座小山頭。

天堡城守軍在陷入四面被圍的絕境後，便將大炮對準東邊山梁上這條坡勢平緩通向西馬腰的山路，和路邊的這座小山頭猛轟。

跟進支援的浙軍苦戰一天半夜，子彈用罄，又遭劈頭蓋臉的炮擊，一時慌亂丟下敢死隊紛紛向紫金山主峰退去。

天堡城守軍見狀在炮火的支援下，用機關槍開道，竟突然發起了反擊。

楊國棟、楊韻珂指揮的敢死隊多為鎮軍，憑據路邊小山苦戰近一小時，終將敵軍擊退……

天堡城地堡裡燈火通明，一張八仙桌上放著一碟豬頭肉一盤花生米，還有兩碗酒。外面時時傳來的槍炮聲，似在為這裡的對飲伴著奏。

張奎仁說：「葉道，菜將就，酒是好酒。」見葉公覺不飲，他就獨自喝了口問：「你以為戰局如何。」

葉公覺說：「這不明擺著？」

張奎仁說：「對，問不問你，反正死馬我也當成活馬醫了。」

葉公覺說：「既如此，不如棄守。」

張奎仁一笑說：「守不守的，我們外面去看看如何？」

葉公覺說：「也好。」

於是二人走出了地堡。

地堡外大雪飛揚，整個一座紫金山都白了。

大雪夜並不很黑，槍聲在圍著天堡城此伏彼起，炮火的閃光和著「轟隆隆」的聲響，好似一朵朵奇異的花在這天堡城的上下，在這紛飛的大雪中閃耀著，綻放著……

張奎仁說：「好一番雪夜大戰的圖景啊，連我都沒看過！」正說著從南邊懸崖下扔上了幾枚「吱吱」作響冒著煙的炸彈，有守軍拾起又朝下扔，一枚，兩枚，扔第三枚時炸彈在手中爆炸了，那人被炸得四碎，血肉橫飛……接著懸崖下又扔上一顆炸彈在不遠處爆炸，葉公覺立即伏倒在地，張奎仁卻依舊站在那裡看著。

葉公覺不得不牙一咬從地上爬了起來，渾身卻還在不住地顫抖，「佩服，佩服！張將軍的守軍的確不同！……」

張奎仁說：「大勢已去了，但我還盼著援軍。近者，太平門一箭之遙；遠者，聽說援軍正從山東那邊開過來……若來援軍，就不是僥倖，就是大翻盤了！……」

又有幾枚炸彈在天堡城上爆炸，趁著硝煙，江浙聯軍的敢死隊已從懸崖下不顧死活地翻了上來，第一個剛露頭就被守軍砍翻，接著上來的就是三個，這邊揮刀砍過去，那邊已把銜在嘴上的大刀握在手裡一架，兩邊就一刀來一刀去地砍殺起來。守軍開槍了，不斷攀爬上懸崖來的人紛紛倒地，死傷一片。

張奎仁看了連說：「好，好！他們敢死隊，我們全體都是敢死隊！」

中彈倒地的人中有人在動，守軍舉刀正要紮過去，那人卻突然站了起來大聲喊著，「別砍！別砍了！」一看這人竟然是穿著清軍的衣服。

張奎仁問：「怎麼打到自已人了？」

守軍有人說：「好多不要命的，都穿著我們的衣裳朝上爬！」

「他們是想魚目混珠！」

張奎仁抽出刀來，架到了那人的脖子上。

那人的胳臂上在流著血，他說：「太平門遭強攻，出不來了！我來報信，我就是最後的援軍……」

張奎仁揮手一刀就將那人砍倒在地，「亂我軍心，奸細！」言罷他提著沾血的戰刀往回走，見葉公覺跟著便低聲問：「你說，這人是不是奸細？」

葉公覺說：「等不來援軍，你絕望了。」

這時一顆炮彈帶著嘯音，落在天堡城上爆炸了，轟轟然，石破天驚。

張奎仁辨認了下方向，「炮彈，這是炮彈！他們把大炮搬到主峰上來了！」接著他就高聲喊著，「調兩門大炮，先把它轟掉！」

於是雙方炮彈你來我往，張奎仁伏在地堡出口的戰壕裡躲避炮火，他問葉公覺，「為什麼？我們的大炮打不中他們？」

葉公覺說：「天堡城上的炮大，打得遠。近處反而不易打中……再者，他們現在居高臨下，對天堡城已經一覽無餘了。」

張奎仁說：「不愧兵備道，行家了。」他停了停突然說：「既如此，還不如聽你的，投降棄守算了。」說著他向天堡城上的守軍大聲喊，「還打什麼打？我命令，投降！投降！」

天堡城上的槍聲明顯稀疏了下來，不遠處有人問：「真的嗎？！」

張奎仁說：「投降還真假？投！」

那邊問：「怎麼投？」

張奎仁說：「投降還不會？舉雙手，不對，先打白旗啊！」

白旗被栓在一根長竹竿上高高地舉了起來，還有探照燈對準白旗照耀著。

張奎仁罵一聲，「叫舉白旗倒快！」言罷就衝那邊喊，「搖！搖啊搖！」於是白旗就在天堡城上被左左右右地搖動了起來……

天堡城上的槍炮不響了，東面進攻的大炮也不響了，只有零星的槍聲依舊……

張奎仁對身邊聚攏來的士兵說：「快喊！不打了，投降！我們投降了！」

於是身邊的士兵們大喊著，「別開槍，我們不打了！」

於是整個一座天堡城上都在喊，「別開槍，投降！我們不打了！」

於是就在這一刻，整個天地之間仿佛都靜了下來，唯見大雪在這天地間無聲地飄落著……

時在辛亥年十二月一日淩晨三左右，楊國棟楊韻珂帶著的敢死隊，看到了在探照燈光柱照耀下拼命搖動著的白旗，接著又聽見天堡城上傳來了一片乞降的喊聲……

本來準備硬啃的骨頭，現在突然軟了，認慫了，投降了，人家投降了！

投降就好，他們識相了就好！楊韻珂一下子站了起來，卻被楊國棟一把拉了下去，他只好伏在山坡的後面喊，「要投降，就出來！」

天堡城上一群人也在喊，「我們聽不清！」

楊韻珂帶著幾個人一齊喊，「把槍舉到頭頂，你們走出來！」

天堡城上的聲音又傳來了，「行，你們要擔保我們的安全！」

「保證不殺！」

楊國棟帶著人也喊，「我們保證不殺！」

天堡城上喊，「請你們的長官，過來說話！」

「要擔保，我們要他鐵的擔保！」

楊國棟沒拉住，楊韻珂一躍而起，朝著天堡城的方向走去。

楊韻珂邊走邊喊著，「鐵的擔保！說話算話！我就是鎮軍敢死隊管帶楊韻珂！」槍響了，天堡城上的百十枝步槍與四五挺機關槍一齊響了。

楊韻珂一頭栽倒了下去……

在天堡城地堡出口的戰壕裡，葉公覺說：「張奎仁，你也太！……」

張奎仁說：「太畜牲了！是為絕了投降的念想啊！我們天堡城守軍，將會拼戰到最後一個人了！」

葉公覺說：「既如此，你拿我怎樣？」

張奎仁說：「你走，我不攔。」

葉公覺說：「我走？走著一槍被打死，那我就不清不白的了！」

張奎仁說：「本來，你就不清不白！」

葉公覺說：「但，我要和你一清二白！對，被你打死也好！」說著他跳出了戰壕，士兵舉槍要打，張奎仁卻把他拉了回來。

張奎仁說：「沒必要太認真嘛……你是不是自已把自已看得太重了？」

葉公覺說：「最後一點自重，也還有。」

張奎仁說：「知道你又想到了歷史。還是想不開啊，你以為將來史書上真會留下你我這一筆？其實，我們都是歷史中的灰末末。誰勝歷史將由誰寫，我們這一篇翻過去，很快就會被人忘了！忘不掉的，恐怕只會是攻進天堡城裡的那些人！他們是開了一個新朝代、新紀元的人！」

葉公覺說：「那你他媽的還死守？」

張奎仁笑了說：「就算我留下一條命，有意思嗎？投降，畢竟是個壞名聲，那我就得親耳聽著世人的辱罵，了此餘生。還不如現在痛痛快快的死，或許還能『留取丹心照汗青』了！」

正說著，天已漸漸變得亮了。

○六

張勳側耳傾聽著北邊，天堡城在深夜裡殺聲震天。

張勳估計浙軍與徐紹楨此時進攻朝陽門，應是恰到好處了。於是不敢掉以輕心，他又一次檢查了朝陽門的防務。

直到子夜過後才躺下，張人駿鐵良卻帶著隨從淒惶惶地來了。

張人駿見面就說：「張提督，我們來是作最後的交待。」

張勳看見了人群中的布目，問：「日本人的兵船來了？」

布目說：「早已在下關碼頭升火。」

張勳問鐵良，「是要我派兵，殺一條血路送爾出城？」

鐵良說：「不。我們可從旱西門附近墜城而出，那邊就是外秦淮河。」

張勳說：「我身後就是明故宮巡防城，巡防城之南是藍旗營，旗人兵丁，老少婦孺數萬，你說丟就丟了？」

鐵良看了眼布目說：「我何嘗不想一齊帶走？」他停了下又說：「造幣廠，錢糧倉庫我們已交待下去，要他們各取所需了。」

張勳說：「大清國的江山啊，你就要眾人各取所需了？」

鐵良說：「愴惶辭廟日，心內何淒淒……鐵良此去，實為大清東山再起！」

張人駿說：「張提督……畢竟你我同守一城，如果就撤，張提督亦可同行。」

張勳說：「聽見天堡城上的炮聲了？我不能丟下張奎仁！你們自便好了……」眾人吶吶無言，要走，張勳道一聲「慢」後，便忽地嗚嗚然大哭了起來，「大清國？就這麼完了嗎？」接著他一個一個地望著眾人，牙一咬說：「依我性子，真想把你們統統扣下來，為大清，死守南京啊！」

鐵良叫了起來，「扣下我，張提督，那就便宜了袁世凱！此人，大盜竊國啊！」

張勳點了下頭，轉而就用調侃的眼光望著了張人駿，「張大人？不與我『守一城而捍天下』了？」沒想張人駿竟哈哈大笑了起來說：「好，好！正合吾意！那你這就把我扣下來……」

張勳愣了下說：「明明是顆苟且貪生的心，你卻要由此充作盡忠報國的漢子？……我還偏偏不！」

張人駿說：「還有一法……罷，罷了，不說，就讓它永遠爛在我肚子裡好了……」

張勳望著眾人，「張總督的那點心事，你們都不懂？……我懂！」

張人駿十分地輕蔑，問：「你也能懂我？」

張勳說：「你不就是要我下手，統統把你們都殺了嗎？」

鐵良渾身哆嗦了下，「張總督，你！？我此去北京，是要找袁世凱拼命的！此賊一死，大清國這盤殘棋，或許還能下……」

張人駿說：「鐵良之心，誠然可嘉。但沒想到啊，張勳一介識字無多的屠夫，竟然把我讀得透透的了！是，一點不錯，我是想讓張勳把我，把我們統統都殺了！於我，兩江總督，大清國數一數二的封疆大吏，國丟了，人跑了，將來的歲月，我還以何面目見人？新朝要通緝捉拿我，我只能像只老鼠樣的東躲西藏，躲藏之餘我還要親耳聆聽國人，以及故國遺老忠臣們的唾罵，餘生啊，我活著有意思麼？自殺殉國？可我又下不了自已的手！你，」他一指張勳，「反正屠夫了。

屠一城也屠，再屠一個封疆大吏又如何？」說著他面對張勳一拜，「我已備好《不惜死》之一紙遺文，借你手我一死了之，我就忠臣殉國，史書留名了！」

張勳說：「我是屠夫，殺人如麻，但不傻！是，史書上亂寫胡編的東西太多！但，我為忠臣，你卻是假！我豈能和你同書一頁？要死？你自已去死好了！」

張人駿說：「快哉，快哉！都，都是再活八百年也不敢說的心裡話啊！盡皆一吐為快了……」

張人駿鐵良一群人剛走，大夫人曹琴來了。

張勳問：「你還沒走？」

曹琴說：「別硬撐著，一齊走。」

張勳說：「放心，死不了！即使南京城破，我張勳也要在城裡殺上幾個來回！」

曹琴說：「那，鄒樂樂呢？」

張勳說：「你還沒把她殺了？」

曹琴說：「殺她？我憑什麼？」

張勳說：「也好……別管她，你先走！」

曹琴走了，走走又回頭，「我說姓張的，最後在南京，你還是多積德，少砍人的頭！……」

曹琴剛走，朝陽門外就響起了一陣陣疾風驟雨般的槍聲……

〇七

江浙聯軍司令部與鎮軍浙軍各一部，在大雪中登上衛崗，遙遙俯視著南京的朝陽門（中山門）。

這時，天色已是漸漸地亮了。

朝陽門城門緊閉，城樓上通明的燈火與清晨中灰白的曙色相映著。

朝陽門外的官路被挖斷了，成了南連護城河，北接紫金山溝壑的戰壕。戰壕前堆著一排排形像可疑的箱子，守軍嚴陣以待。

江浙聯軍的人馬從衛崗上俯衝而下，止步於朝陽門外，在槍炮聲中他們壘起沙包並就地掘壕。

徐紹楨在大雪中倚在樹後用望遠鏡觀望著城樓，隨後命令架設大炮，準備雲梯。

徐紹楨明白槍聲再猛不過是個序曲，此時只有大炮在這高牆深壕前開口說話，那才一言九鼎！

「轟隆」一聲，不遠處有架好的大炮開口了，炮彈掠過頭頂栽到了城牆上，城磚四裂，硝煙滾滾。徐紹楨正等著群炮猛轟時，對面戰壕裡突然有人站了起來，手持鐵皮大喇叭在喊，「張動，張大帥想和你們先說說話，而後廝殺不遲！」

接著是張動的聲音，「徐紹楨！兩軍對陣，我們好歹也是熟人。」

徐紹楨也手持一個鐵皮喇叭在喊，「熱鬧了。」

張動說：「聽說，你與部下小小管帶林述慶，為當大都督有一爭？」他呵呵大笑著說：「我只要打開朝陽門，一步你就跨進兩江總督衙門了！」

徐紹楨問：「那你幹嘛還攔著？」

張動說：「忠君之事未了啊！」

徐紹楨說：「那還廢話？閃開，我的大炮要開口了！」

張動說：「慢！男人既用大炮說話，那你先前幹嘛還用婊子！」

徐紹楨說：「胡說！」

張勳說：「看看這是誰？鄒樂樂！」

鄒樂樂被推到戰壕上高喊著，「徐紹楨，別開槍！別開槍！」她停了下，確認沒開槍，又喊，「徐總司令，乾爹！你可千萬別說不認識我！……還有，姓唐的，唐明亮！你在對陣嗎？」她的聲音在陣前空空地迴盪著。

徐紹楨跳進了匆匆挖出的戰壕裡，對兩個射手說：「還看什麼？槍呢！」

鄒樂樂又喊，「唐明亮，你出來！我救過你的命啊！」

唐明亮從簡易戰壕的沙包後面跑了過來，低聲喊著，「慢，慢！不許開槍！」

那邊張勳又在喊，「唐明亮，就是你為徐紹楨送來了鄒樂樂！」

鄒樂樂在高喊，「唐明亮，你江寧大都督了嗎？不見我了？」

唐明亮也高喊著，「胡說，我不是！」

鄒樂樂說：「打進城，你就是！瞞不了我，你是黃興親封的！」

唐明亮說：「我爭的不是這個……真的！」

鄒樂樂說：「你又騙我！可我並不要當大都督的夫人啊，真的！我也是真的！」

此時陣地上一片譁然。

唐明亮望望徐紹楨。

徐紹楨說：「我沒什麼，這回是林逑慶要和你誤會了！」

唐明亮要跳出戰壕要說什麼，被趕來的雨兒一把拉住了。

雨兒說：「是在激你呢！……」

唐明亮說：「士可殺，不可辱！」他還是跳出了戰壕喊著，「鄒樂樂！陣前敢站出來，證明我光明磊落！」

鄒樂樂說：「看見了。好，你是沒騙我……」

唐明亮說：「不！我騙你了！打進城，我根本就不是什麼大都督！但，我要的是光復！是共和！」

鄒樂樂說：「見一面，就是騙，我也甘心了！快！快躲起來！」

可是槍響了，唐明亮搖晃了下，就一頭栽倒了下來。

江浙聯軍的大炮開火了，對方戰壕前的箱子被炮彈炸得分崩離析，炮火硝煙中，破碎的紙片漫天飛舞……

江防營的士兵在炮火中狂喊著，「這是反賊徐紹楨的書！轟啊！再加一把火！」

江浙聯軍的陣地上，人聲與槍炮盡皆沉寂了。

打開的書箱早被潑上了火油，點燃後黑煙滾滾大火衝天，就像一幅黑色的旗幟，在陣前隨風飄搖著……

徐紹楨撕心裂肺喊一聲，「二十萬冊書我不要了！打！為了南京的光復！」

槍炮向著對方的戰壕，向著朝陽門的城門城牆猛烈的打了過去。

在二十萬冊古籍熊熊燃燒的烈焰中，江浙聯軍衝鋒的號角吹響了……

唐明亮被抬了下來，已然奄奄一息。

唐明亮對著搶救他的士兵的耳邊說：「命一丟，將來的事就……都不知道了……」

〇八

在紫金山天堡城，聽見南面山下朝陽門與西邊太平門都響起了大炮的轟鳴聲，張奎仁知道最後的時刻到了。

張奎仁與葉公覺站在懸崖邊，兩人都在蒼茫四顧。

葉公覺說：「漫天大雪，天下皆白，好像為大清國在發喪。你我只有魚死網破了！」

張奎仁說：「陪我逆襲如何？這也是魚死網破！」

葉公覺說：「既然槍炮橫飛都打不著你我，不陪你，就此分道揚鑣吧……」說著他縱身一躍，就從這懸崖上飛了下去，層層的雪幕好似在這一瞬間被跳出的身影劃破，從那裡傳來了他嫋嫋的餘音，「大清不亡，一點道理都沒有了！……」

張奎仁望著葉公覺飛出的身影，聽著空谷餘音，忽地吼道，「大清朝再狗屁，也二百多年了，總也要有人為它當忠臣啊？」他將目光調到了身後天堡城這僅有的一塊平地上，又發一聲喊，「有要當忠臣的嗎！」

從戰壕邊，地堡中，大炮的掩體裡，一下跳出了二百多個精疲力竭傷痕累累的士兵，他們高聲喊著，「有！」

「我們陪你一道盡忠！」

張奎仁說：「那好！逆襲！將大炮統統調頭向東，開炮，給我轟！」

楊韻珂犧牲後，楊國棟帶著他的敢死隊撕殺了整整一夜，正一點點地向西，朝著天堡城推進。已是早晨六點，天堡城上轟響著的機關炮在探照燈的指引下，作平射狀鋪天蓋地地向著楊國棟他們掃射過來，接著守軍就向他們發起了反衝鋒。

江浙聯軍敢死隊在這通往天堡城的山路上死傷一片，僥倖躲過的都翻滾著掉落到了路旁的陡崖下。

楊國棟就是在這時掉下陡崖的，那瞬間有彈片擊中了他的腰部，被銀元擋住後口袋卻破了。銀元隨著楊國棟的翻身跑動，一路叮叮鐺鐺掉落著，金屬之音在炮聲中顯得格外地清脆……

子彈呼嘯炮彈橫飛，竟有人跟在楊國棟身後邊跑邊撿，在避彈的死角，那人把撿起的銀元還給了楊國棟，「拿著，用命換來的！」

楊國棟說：「扔了。人一死，全沒用！」

旁邊有人說：「我的也漏光了……」

「不死，那就打完再來撿吧……」

又有人說：「死了，誰來啊？」

楊國棟大聲說：「若戰死，就讓活著的人撿了吧！為我們鑄銅像的錢，就有了！」說著他將那人硬塞進他手裡的銀元奮力一揮，拋向了空中。

眾人見了，也都將銀元揮手拋向了空中……

一時間紫金山上這個路邊懸崖的背後，銀元和著大雪漫天紛飛著……

楊國棟們在這陡崖絕壁下架起人梯，重又翻上了這通向天堡城的道路。

他們在路邊突然架起機槍，在晨色朦朧中對著已衝過去的敵軍身後猛掃。

一陣混亂，這第一波反衝鋒的敵軍回身向他們反撲過來，而天堡城裡的守軍也不失時機地向他們發起了攻擊。隨著槍聲嘶鳴漸漸的稀疏，刀槍的撞擊聲與撕殺時啞啞的喊聲便就越發地驚心動魄……

被兩面夾擊的楊國棟和他的敢死隊員們，在肉搏中寡不敵眾不斷地被擊倒，可是東面紫金山主峰上，江浙聯軍新組成的敢死隊又前赴後繼地奔湧而至……這條紫金山主峰通向天堡城要塞的山路上鋪滿了屍體，一片狼籍，一片血腥……

讓張奎仁始料不及的是，守軍衝出去夾擊楊國棟的敢死隊後，天堡城本已看似平靜的西北南三面懸崖下，浙軍與鎮軍的敢死隊趁機翻了上來。

上來後，江浙聯軍敢死隊相遇的是炮兵。

敢死隊覺得開槍射擊已不過癮，在冷兵器搏擊的刀光劍影中，一切都變得聲色鏗鏘血肉橫飛，戰爭鮮血淋漓的底色一顯無餘……

天堡城上的敵軍，雖是炮兵卻勇猛頑強，邊抵抗，邊用炸藥包將七八門克虜伯巨炮炸得七零八落，張奎仁也抱著炸藥包與巨炮們同歸於盡了……

從懸崖下不斷翻上來的江浙聯軍敢死隊，在炸毀大炮的轟鳴聲中，有的勇往直前撲上去搶奪炸藥包，而與敵同歸於盡；有的奪下炸藥包為保住巨炮，便又滾下了懸崖……

攻奪天堡城的血戰，就以這樣的方式落下了它的帷幕……

○九

一九一一年十二月一日早晨六點，江浙聯軍經過十多個小時的血戰，攻下了天堡城。

江浙聯軍鎮軍搜尋整理後發現，尚有一炮免強可用，遂讓前新軍第九鎮神炮手于魁連發廿餘炮，炮炮命中富貴山、太平門。

富貴山太平門的守軍無法抵抗，投降了。

於是林述慶率鎮軍入城，越過小營直奔兩江總督府，他捷足先登了。

徐紹楨帶隊從朝陽門攻進城，抵達兩江總督府時終於遲了一步，被林述慶所部拒之於門外……

第十四章　新的一頁

攻克了天堡城，南京光復，新的一頁開始了……

一九一一年十二月二日，武昌與上海的革命軍代表在南京諮議局開會，商討建國問題。

武昌代表伍庭芳說：「老袁依然在武昌打打停停，用心極深。我們不若將計就計，虛共和大總統位以待袁。這也是黃興的意思。」

滬軍都督陳其美言，「南京克復，已解武昌之圍。但大總統產生前，我舉黃興為大元帥，代行總統之職，統一指揮。」

武昌代表伍庭芳說：「反對！黃興屢戰屢敗，何以言勇？何以立威？」

陳其美，「屢戰屢敗，他卻屢敗屢戰，百折不撓！他威信由是！」

伍庭芳說：「北邊的代表已到上海，我們還是去先聽聽袁世凱怎麼說。」

上海南北議和會場

北邊的代表唐紹儀與武昌代表伍庭芳見面了。

唐紹儀隔著桌子就把手伸了過去，「一日不見，如隔三秋。這些年庭芳兄別來無恙啊？」

伍庭芳舉手為躬說：「你現在代表的是清廷。手，且慢點握。」

唐紹儀將手舉在半空看看，「代表清廷，就成了鹹豬手？」他一笑，「那麼，我若是代表老袁呢？」

伍庭芳問：「這，有什麼不同？」

唐紹儀說：「在朝廷，袁世凱已組內閣。我代表袁內閣而來，只傳一句話，袁並不反對共和……倒是當下風雲際會，孫文這位共和的扛鼎人物，卻在海外音訊杳無，實在可惜。」

伍庭芳指指對方桌子上插的黃色青龍旗，「這個旗子還在你我之間傲然而立，扎眼得很。」

唐紹儀起身，伸手拿起旗子就扔掉了。

於是伍庭芳哈哈笑著也站了起來，伸出手去與唐紹儀握了起來。

唐紹儀提醒說：「聽說你們已有『虛位』以待袁的腹案了？」

上海滬軍都督府

陳其美詰問黃興，「我們流血拼命，搞來搞去，倒要搞出個袁世凱當總統了？」

黃興說：「國內群龍無首。這不過是以拖來維持目前之格局，以拖待變……」

陳其美問：「此價一開，如拖成了真，」他拍拍桌子，「孫先生回來怎麼辦？」

黃興說：「各省光復，勢不可返，我們有勢，我們何懼之有？孫先生回國，必然不會空手，只要帶回三樣東西，則大局定矣……」

陳其美問：「哪三樣？」

黃興說：「列強之承認、軍械，軍餉三樣而已。那時揮師北伐討袁，易如反掌也。現在倒要看看袁世凱手裡，究竟還有什麼牌了……」

上海南北議和會場

伍庭芳一笑說：「老袁手裡握的牌，請君詳述一二。」

唐紹儀說：「危局之下出任內閣總理大臣，一也；手握北洋新軍，縱橫南北，戰無不勝，二也；因此辦事一手托兩家，左右其手，是謂三也……還不夠麼？你們呢？」

伍庭芳說：「孫先生率我志士仁人數十年屢戰屢敗，屢敗屢起，百折不回！辛亥年造反，『驅逐韃虜，恢復中華』已然天下大勢，勢不可返！」

唐紹儀點點頭，一笑，他對伍庭芳說：「老袁叫我來，說要考考你們的見識。現在『驅逐韃虜』，你們要把這『韃虜』驅逐到哪裡去？」

伍庭芳愣了一下，說：「當然是從哪來，還滾回哪裡去……」

唐紹儀說：「那就是你們早先提出的『反清復明』了？君還是好好想想，自明末至清，又過了二百六十多年，清廷的疆域早已跨過長城。北方之蒙古，東北之滿洲，西北之新疆，西南之西藏……現在革命軍之光復，這些新增的疆界，要是不要？」

伍庭芳說：「這？」他愣了下，「強烈建議，暫時休會可乎？」

上海滬軍都督府

陳其美說：「當年不『驅逐韃虜』，便無以言及其它。」

黃興說：「現在清廷和平退位，我們全盤承續，這只有袁世凱能和他們談。的確，老袁一手托兩家，奇貨可居了。」

陳其美說：「奇貨可居，他就要當總統？我們的口號策略是要動一動，事情太大，一切還需孫先生定奪！」

黃興說：「孫先生到哪裡了？」

陳其美說：「快了，聽說已到香港。」

香港輪船碼頭

一九一一年十二月廿日，廣州軍政府都督胡漢民等人將孫中山迎上從廣州開來的兵艦。

在船艙裡孫中山說：「建立民國，漢、滿、蒙、藏、回，『五族共和』可也。但民國不建，一切便無以談及。」

胡漢民說：「我建議孫先生留在廣東。北上，先生當即面對的就是袁世凱，此人野心勃勃。另，鄂滬兩地軍政府對袁分歧嚴重，先生如往，雖被推為大總統，但號令難行，無兵可用。如留廣州，整訓軍隊，規劃全域，舉兵北伐。實力廓清強敵，乃真成南北統一之局。」

孫中山說：「我若不北上建立民國當總統，袁世凱還以為我們虛位以待他呢！民國建立，實現全國統一，便能縮短戰爭，以避免列強干涉之可能……」

有衛兵入，遞上電報，胡漢民接過看後說：「上海方面來電，尋問孫先生赴滬之日期了。」

孫中山說：「回電，明日赴滬，刻不容緩！」

上海輪船碼頭

十二月廿五日，各省代表與上海各界民眾前往碼頭熱烈歡迎孫中山。人頭攢動，萬眾歡騰。

孫中山剛從船倉走出，黃興、陳其美等上前迎接問候。

于佑任擠上前來說：「我為《民立》報之記者，特來採訪孫先生。」

孫中山說：「請問。」

于佑任問：「孫先生如今返國，請問帶回了多少軍火，多少錢財？有無列強之承認？」

孫中山先生指指身邊的黃興、陳其美，微笑答曰：「餘此次歸國，無一件軍火，亦無一塊洋錢，亦無列強之承認。所攜帶之歸國者，惟全副之革命精神！」

于佑任低聲說：「南京推舉臨時大總統人選如火如荼，此言傳出，恐于先生不利。」

孫中山說：「推翻滿清，刻不容緩，此為大局。民眾與諸公之推舉，自有公論。」

南京

十二月廿九日，在南京的十七省代表，正式選舉臨時大總統。

計有候選資格者三人：孫中山、黎元洪、黃興。

十七省代表依次投票，孫文得十六票，黃興得一票。

選舉結果揭曉後，「眾呼『中華共和萬歲』三聲，是時音樂大作，在場軍學各界互相祝賀，喜悅之情，達於極點。」

南京下關火車站

一九一二年

一月一日　孫中山抵達南京下關火車站，濛濛細雨之中，徐紹楨、程德全與起義各省代表歡迎孫中山。

此時南京長江內有十數條船經三岔河口進入外秦淮河，因怕是張勳來襲，徐紹楨向孫中山先生建議總統就職儀式推遲舉行或改換地點。

孫中山言曰：「為民國之早一分鐘成立，甘冒風險。」他要徐紹楨佈置一切，並擔任司儀。

當日晚八時，總統就職典禮開始，眾人簇擁著中山先生來到前兩江總督府大堂。

此時新軍第九鎮士兵列隊，從兩江總督府大門起左右相對而立，直達大堂階前。府內紅、黃、藍、白、黑五色國旗，迎風飄拂。

江浙聯軍總司令徐紹楨，令全市各炮臺依西式之慣例禮儀，鳴禮炮二十一響。

臨時大總統孫中山面向南立，舉左手宣誓宣言，「惟保此革命精神，一往而莫莫能阻……」

由是，中華民國成立。

北京

一月二日。

袁世凱拍案而起，「我忙活了半天，在東華門外還差點挨了良弼、鐵良的炸彈，倒叫孫文搶先吃了白食！」

徐世昌建議，「此時可再攻武昌。」

袁世凱說：「否，南方大勢已成不說，打敗了革命黨，大清也不會給我好果子吃。」停停他又說：「直接問問伍廷芳，南邊究竟是何用意？」

南京

孫中山對胡漢民、伍廷芳、徐紹楨等人說：「意在改元，即將《改曆改元通電》發佈天下！中國由此再也不用皇帝的年號了，從而結束二千多年之封建專制，造成不可逆轉之既成事實……」

北京

在北京，楊度向袁世凱遞上電報說：「孫中山來電，說如袁贊成共和，即舉袁世凱為大總統。大清與你袁家有三代大恩，如此你是從孫中山手中接過大總統之職，大清就不是亡於君手，你在青史上也就不留吃裡扒外，反叛之惡名了。」

南京

孫中山對眾人說：「袁世凱當的是民國之總統，將來他倘背叛民國，就是逆勢而動，背叛天下，必將天下共討之！」

第十五章　餘音嫋嫋

沒有豎立的是銅像——唐明亮和楊國棟

唐明亮和楊國棟這兩個人物是虛構的。

唐明亮和楊國棟代表了當時一群傑出的人，如趙聲、范鴻仙、葉仰高、柏文蔚、倪映典、凌毅等等。

唐明亮、楊國棟就他們所成就的事業與個人的氣質，有著那個時代所特有的真實。他們不成熟，也並不老謀深算，他們身上最不缺的就是蓬勃的革命激情，他們殺身成仁，倒下了，是為了成就後來。

後來的人卻往往容易淡忘了他們。因為他們在世時，地位並不是那麼的顯赫。而身後，更是鮮有人為他們呼喊點什麼……

一如那紫金山天堡城上沒有矗立起的銅像，是該立起了，可是到現在，卻都不知道這該是誰的事了……

匆匆而過的身影——莫雨

莫雨和她的女子敢死隊，在那個清末民初改朝換代的年代，絕無僅有。

清代是個集封建傳統於大成的王朝，而這樣一群曾經裹過小腳的女子，好像在一夜之間都覺醒了，提刀上陣，在攻克上海，光復南京時都留下了她們奮戰的身影，銘記下了她們不朽的功動。細想想，清末洋務運動搞了幾十年，西學東漸，風氣大開，影響是深遠的，所以那個時代出現曾留學日本的秋謹，勢在必然。

秋謹就義，莫雨和她的女子敢死隊，其實就是秋謹那首浩然長歌的續曲。

秋謹的照片我見過，而女子敢死隊的英姿，我是在日本的幾幅浮世繪上見到的。這浮世繪裡畫了她們在光復南京時置生死於度外，血裡火裡衝殺的身影，只是她們打出的旗幟不是「女子敢死隊」，而叫「特別敢死隊」。

當年列強作壁上觀，而日本人對中國的觀察尤為深入……

無意中我又觸及到了一段史料。說孫中山出任民國臨時大總統時，曾有一女子敢死隊隊長一度天天來找孫中山，每每出語不遜，大意是說，沒有我們拼命出力，哪有你來當這大總統？既然連過去的舊官僚，如樊曾祥、程德全、張謇都民國的都督了部長了，為什麼不分個官給我們做？

話糙理不糙，這話不是全無道理。

只是新政府剛剛草創，百廢待興，還沒想到要搞個「婦女聯合會」這樣的機構來安排她們，所以孫中山每天面對著她，只好束手無策。然而面見臨時大總統，門崗一道道，這位女子敢死隊隊長卻都能持槍昂然而入，這大約和當年她們的名氣太大有關，也和站崗的士兵不久前就與她們一齊拼過命殺過敵，是生死與共的戰友有關。後來此隊長發現說理並不能說出個官來，就提出要錢。於是孫中山不得已從特別經費裡給了她和她們數千或是上萬的銀元，才將此事了結。

要官變成了要錢，有理也變成了無理，一世英名，由此損毀不少。所以以後史料中對於女子敢死隊的記敘，便就寥寥……

須知，她們的前輩秋謹有多豪傑？《對酒》詩中云：「不惜千金買寶刀，貂裘換酒也堪豪。一腔熱血勤珍重，灑去猶能化碧濤。」

我寫的莫雨，大約不是她們……

史料載，一九一二年四月「南北議和」成，清廷退位。袁世凱擔任民國大總統後下令解散南方武裝。準備北伐的女子敢死隊也就自動解散了。

女子敢死隊前後只存在了大約五個多月，然而不論怎麼說，她們都為那段歷史抹上了一抹鮮麗的亮色……

歷史大潮中的流氓無產者——蘇良斌

一九一一年十二月二日南京城光復，蘇良斌跟著鎮軍進城，見林述慶都督了，便趁亂另立門戶，遂也自封了個「都督」。

做「都督」是為了什麼？這也和革命是為了什麼一樣，各人嘴上說的一致，其實心裡各有各的解釋。對於蘇良斌來說，也捨生忘死過了，頭顱與熱血也都拋過了灑過了，現在革命成功了，手中的鋼槍便像鐮刀，進城當然是要收割麥子了。

那麼城裡的麥子是什麼？

蘇良斌進城，先是在一人巷舊鹽道衙門（今針巷口）占下這個衙門，白天帶著一班弟兄們出去殺人搶掠，晚上就在這衙門裡姦淫婦女。搞得每天狀紙像雪片般飛到了徐紹楨的案頭。

一九一二年元旦，孫中山抵達南京，當天下午就任中華民國臨時大總統。他對南京城裡亂糟糟遍地是「都督」的現象不滿。十二日任命徐紹楨為南京衛戍都督，就要求迅速「統一軍政」。

徐紹楨上任後，就考慮拿哪路「神仙」開刀。而各路「都督」中民憤最大者，便就是這位蘇良斌「蘇都督」了。「蘇都督」感覺到了，心裡不免有些惶惶，然而不幾天就又聽見徐紹楨傳過話來，盛讚蘇良斌人才難得，要「用人不拘細節，此君驍勇善戰，置之可也。」蘇良斌一聽，也就放下心來。說到底，徐紹楨還是他的「老長官」。

過不數日，徐紹楨的副官突然造訪「蘇都督」，稱「徐都督有軍政要事相商」。「蘇都督」見老長官「徐都督」相邀，受寵若驚，便就欣然前往。進了會議室，椅子還沒坐熱，徐紹楨把臉一沉，衛隊一擁而入，便把蘇良斌和另一個民憤極大的「都督」崔瑛，一併拖出去槍了斃了。由於蘇、崔兩人都是原新軍第九鎮軍官，槍斃他們震攝之威極大，卻又不影響各軍之間的團結，時人都把徐紹楨這次行動，稱作「老九鎮」的清理門戶。

徐紹楨之老辣，由此可見一斑。有資料記載：「自是，軍容為之肅然。」

蘇良斌若以階級成份劃分，應該歸作流氓無產者的那一類。

在中國歷史上每逢改朝換代，都少不了流氓無產者的身影。現在所能見到的資料上，對流氓無產者的蘇良斌「蘇都督」都是一派斥罵聲，一無是處了，似覺有欠公道。蘇良斌在辛亥革命中，畢竟是個堅決的造反者，換個角度看，在中國許多次的歷史大變革中，少了蘇良斌這樣的人物，許多事是辦不成的，少了他們，歷史就不會那麼的多彩與斑斕了……這群人在歷史的關鍵處建功之大，那是不用說的；破壞之大，那也是不用說的。成者若劉邦、朱元璋、趙匡胤，敗者如李自成、張獻忠、洪秀全……

此蘇良斌便是辛亥年間典型的一例。當然，蘇良斌肯定是沒有以上那幾位的那種雄才大略了。

以上紅花，他便綠葉，只是事有不巧，蘇良斌搞了個人頭落地，而不是出將入相罷了……

強作笑顏的南京妓女文化——鄒樂樂

「秦淮河邊這地界，一到改朝換代就要出婊子，而且是名婊子。」這是拙作中那個老鴇罵鄒樂樂的一句話。但明末清初時的所謂秦淮八豔，李香君、董小婉、陳圓圓、柳如是、馬湘蘭等等莫不如此，這是事實。

張勳到了南京後找了個妓女出身的小老婆，就是個秦淮河邊上的。真名不知道，卻在歷史的逢隙中留下了她的小名，小毛子。這人就成了我筆下的鄒樂樂。

江浙聯軍攻下南京後，張勳沒抓到，卻捉住了小毛子，也就是鄒樂樂了。

民國初建的那幾個月最為艱難，南京城裡來了十多支各地的革命軍，計有十多萬人，他們不但要守城，而且還要吃飯。飯都吃不到了，擾民哄搶，公然開槍便就時有發生。徐紹楨作為南京的衛戍都督著急，幾乎就要到了開槍鎮壓的地步。但你有槍人家也有槍，槍一開就是內訌，革命軍內部就分裂了。徐紹楨將此事彙報給民國臨時大總統孫中山，孫中山思來想去又找到了滬軍都督陳其美，覺得上海援助攻打下了南京，現在再出點飯錢，應該不難。誰知為了攻打南京，上海革命黨人傾其所有，現在內囊已盡，再也拿不出錢來給飯了。但有問題能難倒陳其美麼？他絞盡腦汁想出了個主意，不是捉到張勳的小老婆了嗎？在他看來上海人和他一樣，接受新事物來得快。比如說在江南製造局門前一通鑼鼓一陣吶喊，造反的、起哄的都來了，反一造就造起來了。聽說張勳此妓豔麗無比，那麼將她送到上海來，裝進木籠裡放到豫園，再敲上一通鑼鼓，吹上一陣嗩吶，是不愁售不出展覽門票的……

陳其美只要能籌到錢以解燃眉之急，至於手段不手段，主意餿不餿，管他呢！但這對於鄒樂樂來說，就是個人生的悲劇。

人格尊嚴一概不論，同為妓女，這和明末清初的李香君、董小婉、陳圓圓、柳如是們就更不能比了。李香君、董小婉、陳圓圓、柳如是們在那時還能夠多多少少自為自主地表達點什麼，還能憂一下國，還能多多少少把握一下自身命運的走向，鄒樂樂就不行了。鄒樂樂也曾想把握自身命運的風帆，結果屢試皆北，只能隨風飄蕩，如蒲公英的花絮，吹到哪是哪……這便盡見大多妓女的命運，在一個改朝換代時的悲哀與悲慘，並不都如柳如是們的鮮亮。

鄒樂樂的命運，因了張勳的導演，就個人而言，還是以喜劇收場的。

張勳這廝再不好，卻有一好，念舊。守南京時他想到的是為朝廷拼戰到底，結果弄丟了鄒樂樂。逃到徐州後才安定下來，就聽說鄒樂樂被民國了的革命軍捉了，且要展覽，大怒，咬牙一跺腳就派人與革命軍談判，你們不是缺糧少錢嗎？我出！結果張勳從徐州送來了整整五車皮的軍需，將鄒樂樂贖了回去……

這對於鄒樂樂個人來說，當然是好事。

但鄒樂樂的命運，卻始終都不是掌握在自已的手裡……

城門城門幾丈高？——林述慶、朱瑞二都督

林述慶、朱瑞這兩個都是想當都督的人，也都當成了都督。

民國初年，封也好，不封也罷，反正只要手上有幾個兵，弄個都督的頭銜往頭上一套，你就都督了。

南京舊時兒歌，「城門城門幾丈高，三十六丈高，騎花馬，帶把刀，走你家城門操一操！」城門都敢操，還有什麼不敢操的呢？這首兒歌形容了當年都督的形狀，恣肆與放縱躍然口上。南京過去還有句罵人的話，「你看你興得，都像個都督！」也是這個意思。

林述慶率鎮軍一九一一年十二月一日首先操開了南京的太平門，而後就直奔兩江總督府，

自任起了江寧大都督。至此，他把自已放在了與所有友軍對立的位置，至使短短的幾天內，南京城裡一下子冒出了十幾個各種各樣的大都督。不久鎮軍便與浙軍公開發生了矛盾，幾乎要動槍，在宋教仁陳其美等的斡旋下，林述慶被迫率部離開南京渡江北上，任北伐臨淮總司令，與逃走的張勳對峙於徐州城下去了。

林述慶在不久的南北議和後，由於反對袁世凱而被迫下野。

一九一二年九月，袁世凱為了拉攏建國功臣林述慶，特任命他為陸軍中將加上將銜，同年十月林述慶前往北京任總統府顧問。

一九一三年三月廿日，袁世凱派人在上海暗殺了宋教仁，林述慶對此事態度鮮明，常常當眾拍案大罵，表示要回南方召集舊部反袁，為宋教仁復仇。

一九一三年四月十日，袁世凱派心腹、總統府秘書長梁士詒邀請林述慶赴家宴，將林述慶毒死，年僅卅二歲。

一九一一年的十一月四日夜在杭州筧橋軍營，並沒有多少勝算的朱瑞將生死置之度外，率新軍一千四百人與王金髮、蔣介石等人的敢死隊匯合，攻下了清軍駐防重地軍械局，繼而圍攻旗營，突入艮山門，為杭州及浙江的光復立下了大功。

朱瑞當年年齡不大，資歷不淺。他一九〇五年就在浙江新軍步隊第二標當了執事官，與秋瑾等都常有往來，並先後加入了光復會和同盟會。

杭州光復後，朱瑞任浙軍司令率部參加了光復南京之役。指揮浙軍奮奪南京天堡城。為創建民國，朱瑞立了大功，後來就不行了。

一九一二年朱瑞回浙江後，八月任浙江都督。一九一三年孫中山反袁搞「二次革命」時，袁世凱為拉攏朱瑞，接二連三地授予他陸軍中將、陸軍上將、一等侯爵等等，一九一四年六月又封朱瑞為興武將軍督理浙江軍務。朱瑞此時表面中立，暗地則倒向了袁世凱。一九一五年袁世凱醞釀稱帝，朱瑞也在一片勸進聲中多次投遞勸進書，懇請袁世凱稱帝，並在袁的授意下，密謀誘殺了昔日的戰友王金髮等人。

由於朱瑞在政治態度上一百八十度的大翻轉，昔日的部下和同志紛紛反戈，導致一九一六年四月浙軍將領率部圍攻都督府，朱瑞見勢不妙先逃上海，後潛天津。八月病死在天津。

林述慶小節有瑕，守住了大節。雖早早遇害，其率真且敢作敢為的個性，卻頗得後人好感。

朱瑞是個資深的革命黨人，後來卻拋棄了自己的信仰與初心，叫人不齒了。這樣的人物在歷史上並不鮮見，朱瑞的同代人汪精衛就是一個。但汪精衛由反清英雄變成漢奸，用了漫長的二十七年，而朱瑞完成這一人生的蛻變，僅僅就用了二、三年。也太快了些。

那個年代的洋人——馬林

這裡忘了一個人，洋人馬林。

馬林是個美國基督會資助來華的加拿大籍傳教士。此人一八八〇年畢業於多倫多大學醫科，醫術精湛。

一八八六年（清光緒十二年）馬林來到南京，先在老城南的南花市大街（今長樂路附近）傳教行醫。西醫最初出現在中國的市井巷裡時，最底層的老百姓並不吃這一套。但馬林奉行「平等對待王子與乞丐」，給人治病救命，不要錢且還講平等，老百姓也就吃了這一套。於是漸漸在南京馬林的名聲大振，基督教不基督教的且不管它，這個洋人便有了「活菩薩」的美稱。

一八九二年馬林在南京鼓樓崗創建了「基督醫院」，民間又稱「馬林醫院」。其實在南京他還開辦了現在的中華中學，為解決一些貧民與乞丐的生計，他又辦過農場，如此等等……

那麼我們不得不問一個問題，馬林，一個西裝革履的洋人，卻偏偏在清末年間長袍子短套子的身著中裝，頭上還梳起了一根黃燦燦的大辮子，出沒行走於老南京的酒肆茶樓，高興了有時還會用中文為眾人彈唱一段《封神榜》《三國演義》或者《西遊記》，他這是為什麼？

儘管作為一個洋人特別是個傳教士，人們對他總歸會有些疑慮。但馬林能做到這一步，至少這也是為了他的信仰與追求的吧？

馬林的追求與作為，現在是得到了肯定的。馬林的銅像，現已矗立在了南京鼓樓醫院的廣場上。只不過他的銅像身著西洋裝，並不是我所說的中裝長袍，梳著根黃燦燦的大長辮子了。

往事如雲，都飄過去了。

該樹的碑樹了，該立的傳立了，連馬林這位與南京光復有些關係的外國人，銅像也都豎立了起來。

然而，一百多年過去了，本應該矗立在紫金山天堡城上的銅像呢？好像再沒人提起它了……國民黨先是從大陸跑到了中華之一隅——臺灣，現在又被民進黨換了下來，此黨有些文質彬彬，當年唐明亮楊國棟們的勃勃生氣現在已然不多了。

當然，民國後來的事大都身不由己，城頭變幻大王旗，太忙亂了些。一忙一亂，是最容易被後人忘掉的……

本來沒他什麼事的——端方

端方是張人駿的前任，這本書裡此人根本就沒出現，卻與他有著很大的關係，現在提提他，應該還有點意思。

張人駿接任端方兩江總督一職不過兩年半，辛亥革命爆發。

調離兩江總督後當了直隸總督的端方，屁股還沒把椅子坐熱，僅僅兩個月就被人彈劾去職。因此，本來一切都與端方沒什麼干係了，但人算不如天算，上天又鬼使神差般地把他安排成了辛亥革命的一個點火者，這不但斷送了他自已的一條性命，而且也將他的繼任張人駿拖下了水，讓張人駿成了大清國兩江總督一職的末任。

他們這一前一後的兩任兩江總督，都成了為大清王朝送葬的至關重要的角色。

端方全名，托忒克・端方（一八六一年—一九一一年），字午橋，號陶齋，不但為清末大臣，還是個金石學家，滿洲正白旗人。

那時滿人大都不行了，端方卻是其中少有的能幹人。任職兩江總督兼南洋通商大臣時，在南京著意發展官辦企業，開辦阜寧煤礦，創辦南洋印刷廠等等，除疏通了外秦淮河外，還修築大馬路數條，馬路沿途且設置了煤油路燈。那個年頭，以冒著黑煙轟隆作響的火車能通過市中心為時髦，他又修建了貫穿南京市區的寧省鐵路，從下關碼頭經鼓樓，一直把火車通到了夫子廟。一九〇八年，端方仿效西方各國博覽會之成例，倡議在南京舉辦南洋勸業會，搜集各省農產、工藝及美術、教育諸物品展出，以振興實業，開啟民智。一九一〇年六月此會由繼任張人駿接辦，正式在南京丁家橋開幕，歷時半年，為一時之盛事。

不僅如此，端方還曾是光緒皇帝「戊戌變法」的極積參加者，變法時被任命為農工商總局督辦，這期間他曾一天連上三折陳述已見。變法失敗，端方被革職，丟官了，但參與變法的康有為們落荒而逃，有的把頭都弄丟了。端方沒逃也沒丟腦袋，他成了個漏網者。幾年後慈禧太后召見端方，故意問他（大意），這幾年該改的都改了，你提提看還有什麼未盡之處？端方初衷不改，不愧是端方，直言道，未盡之處就是「君主立憲」。如果「君主立憲」，內閣總理大臣可以年年換，皇上就可以不換了，可以做到萬萬年。

慈禧做夢也沒想到他竟敢當面說這話，聽得目瞪口呆，卻又啞口無言了……

還真讓端方不幸而言中，不出十年辛亥革命爆發，皇帝就被換掉了。

最不可思意的是，慈禧至死也不肯「君主立憲」，卻對主張「君主立憲」的端方，不但沒有治罪，反而派他出洋考察憲政後，第二年又讓他做了統有全國首富之區的兩江總督。由此就可以看出慈禧，的確有點不一般。

端方署理兩江總督半年內，就練得新軍六營，徐紹楨就是在一九〇五年由他調任南京的。一九一一年如果端方還在，徐紹楨肯定是更加不敢輕舉妄動了。這倒不全是徐紹楨感端方的知遇之恩，還在於徐紹楨親見過端方鎮壓革命黨人的鐵腕。一九〇六年，捕殺來南京運動新軍起義的同盟會員孫毓筠，後又殺了前來刺殺他的楊卓林。第二年一九〇七年七月，徐錫麟刺殺安徽巡撫恩銘失敗被捕，端方電令安徽將徐錫麟「剖心致祭」，並電令浙江巡撫捕殺了秋瑾。接著又由他端方牽頭，與湖廣、安徽等省聯合制定《長江巡緝總章》，嚴密查緝革命黨人。

但一切都在冥冥之中為大清國安排好了。正在端方幹得如火如荼之時，一九〇九年他被調任直隸總督，僅僅兩個月後，就因在安葬慈禧太后時，他讓人去照了幾張相片，便被以「有違祖制」為由，被趕下了台。

端方的丟掉性命，是在一九一一年的十一月。

這年一九一一年五月，清廷出臺「鐵路幹線國有政策」，要把所有集股商辦的鐵路收歸「國有」，從而引發了四川的「保路運動」。當時四川各地罷市、罷課、停納捐稅如火如荼。朝廷始知事情棘手了，這就想起了端方，不恥下問常常徵詢他的意見。本來事不關己，但端方還是發表了許多強力鎮壓的言論，並指責四川總督趙爾豐鎮壓不力。好了，趙爾豐不行你行，趙爾豐不力你力，那時朝廷裡什麼都缺，就是從來不缺官場的老手，正好就勢任命端方為川漢、粵漢鐵路督辦大臣。

端方這時傻了，拒不就任，但終是胳膊擰不過大腿，只好帶著新軍第八鎮之一部從武昌出發，經宜昌入川。而武昌新軍第八鎮留下的另一部，卻趁城防空虛之機，在這年十月十日發動了「武昌起義」，接著全國的起義便就風起雲湧了。

在武昌起義一個半月後的十一月廿七日，因端方惡名在外，他對保路運動要強力鎮壓的言論早已傳布天下，所以儘管他帶著部隊小心翼翼，慢慢地走，但還是在走到四川資州時被殺了。殺了後端方割下的人頭被浸在煤油筒裡，呈送給了武昌的革命軍政府。革命軍政府鄂軍都督黎元洪收到人頭後，當即下令，將端方的人頭遊街示眾。

武漢市民只見過騎在馬上或是坐在八抬大轎裡，八面威風的端方，現在端方端大人卻沒了身子光剩一顆頭了，當然是要群蜂湧而出，萬巷人空地去觀看了。

之後，端方的人頭才交由他的長子運回北京安葬。

端方的身子埋在四川資州的獅子洞，端方的結局，不但丟了區區性命，且還是身首異處。端方被他帶隊入川的新軍第八鎮所殺，而新軍第八鎮正是他在湖北任巡撫時親自編練出來的舊部。據說他待下屬甚寬厚，在官兵中頗有人緣。看來革命大勢，勢不可擋，端方安然渡過了「戊戌變法」那一波，辛亥革命的這一瀾卻是命中註定，過不去了……

但有點令人迷惑的是，在辛亥革命中清廷的高官，諸多誤國殃民，貪腐無能之輩都能一一平安著陸，為什麼就單單殺了個端方？

章太炎在《清代野記》中曾直言：滿人「愈材則忌漢之心愈深，愈智則制漢之術愈狡」，因此「但願滿人多桀紂，不願見堯舜。滿洲果有聖人，革命難矣。」因此，革命黨人早在端方出任直隸總督的一九〇九年就認為，如「使其久督畿輔，則革命事業，不得成矣」，就必欲除之而後快了。所以在這前後，針對端方的暗殺就有過多次。所以端方的頭顱被割下來遊街示眾，是早已註定了的……

而端方的後任張人駿根據章太炎的邏輯，他的確是安然度過了辛亥革命的疾風驟雨，苟活了下來……

想「不為良相，便為良醫」的——張人駿

張人駿，字千里。

這匹人中之駿馬，在江浙聯軍進攻南京時，除了公務，時有書信給家人，信中說起亂黨，每言其必不可能攻進南京，因為有他在。

後來張勳回憶說，張人駿在革命黨人攻打南京時，激動萬分，要誓與城池共存亡。可城池真的丟了，他卻坐在籮筐裡墜城而出，逃了。這一點好像是他們這一系張家人的積習，他的堂叔張佩倫，就曾狂言在先，但馬尾海戰的炮聲一響，跑得就比兔子還快了。還有……還有就不說了，人家的舊事，多說無益，不說了。

張人駿在日本軍艦上待了幾天，當聽說南京城徹底失守後，他就上岸去了上海，不久又到了天津。在天津驚魂動魄之心稍平，後悔愧疚之心又起，想想自已畢竟還是朝廷的命官，不能有始而無終，便給朝廷上了一折，懇請罷黜其職。可此時朝廷已然名存實亡，哪還顧得上這一等的閒事？久等無覆之後張人駿也悟出了道理，再也不等朝廷的罷黜令，他就去了青島。

大清國在辛亥年被翻了天之後，新朝並沒有像張人駿事先想像的那樣去追究他，滿世界地去通緝他。

張人駿在青島過得很沒落，作為一個曾經的封疆大吏，突然平民了，當然沒落了。沒落的生活對於張人駿來說，也是豐富多彩的。青島的圈子不大，張人駿很快就和一些相同命運的人成了朋友，常常聚會、喝喝酒，聽聽音樂，談談文化是免不了的，酒喝高興了與人划划拳也是少不了的。划拳時「形容消瘦，留著長長指甲」的他，總是裝出一副要出拳的樣子，就如現在猜拳時

的「石頭、剪刀、布」，張人駿總是狡猾地比別人後一點伸出他的手掌來，看見別人是「石頭」，他就「布」，看清別人出「布」，他上來就是一「剪刀」了。這是遊戲，如果是在當年的官場上，也夠狠的了。

跟張人駿劃拳的人，慢慢都嘗過了他這「無賴」手法的苦頭，再玩時總是突然就揪住他，或者在划拳之前講好規矩。可是一旦你定了規矩，人家張人駿就堅決不玩了。沒有張人駿參與的遊戲，就少了許多熱鬧。大家也就只好讓他「賴」去。

在青島，張人駿的脾氣慢慢地發生著變化，變得狂躁、敏感，說發脾氣就發脾氣，特別地酷愛爭吵。一次，有個德國傳教士講了個中國庸醫的故事，張人駿聽完勃然大怒，兀然起身，拂袖而去，搞得在座一干人等莫名其妙……後來想想，也都有所理味了。張人駿那時常常代人看看病，並無庸醫的記錄。但中國舊時的文人，特別是鬧出點名堂的文人都有個特殊的情結，「不為良相，便為良醫」。做不成良相，退而求其次，就去良醫了。懂張人駿了麼？他是個做過封疆大吏的人呀，現在給人醫病醫得再好，可在他手上卻是把一個國醫死掉了，天下最大的庸醫之一，捨他又其誰？言者無意，聽者有心，在張人駿面前講庸醫的故事，不等於是在指著鼻子罵他麼？

又有言，說張人駿在青島的歲月，除了精神上並不開心而外，物質上也很困窘。這一切都因是他「為官期間清廉自持，家無餘財」所至，所幸在青島寓居的前朝遺老們頗多，「張人駿得到大家的救濟亦頗多……」我對此卻持有懷疑。

張人駿龐大的家庭五六十人聚族而居，開飯時必須搖鈴。能將吃飯時搖鈴，從青島一直搖到天津，整整維持了大約十六年。因此，說他「家無餘財」，在任時如何的清廉，應該是過譽了。

但張人駿越到他日見老去時，懷念故國的情懷就越發地濃烈，這倒是事實。

張人駿聽侄女張愛玲背誦「商女不知亡國恨，隔江猶唱後庭花」，一聽就會「淚珠簌簌地滾了下來……」這是流傳很廣的一個段子。而鮮為人知的是，張人駿與袁世凱不但是盟兄弟，且還是兒女親家。張人駿的五兒子允亮，娶了袁世凱的大女兒伯禎為妻。辛亥革命後，張人駿對於袁世凱先當了民國的大總統，後又做了七十二天的「洪憲皇帝」之舉，極為鄙視。他擋住了袁世凱的一切引誘，拒不出任一切民國職務，並且終其一生都不再與袁世凱相見。不但如此，他的兒子允亮，也常托故不去見老丈人袁世凱，兒媳袁伯禎，也從不回娘家去見她的父親。

對於張人駿晚年，這是件極為稱心的事，他由衷地稱讚道：「此佳兒，賢婦也。」一九一一年辛亥革命時，作為封疆大吏沒有為大清殉國，張人駿總是自慼有愧，對於晚年的苟活，疼定思疼，不做「二臣」便成了他為自已道德操守劃的一條紅線。

終其一生，張人駿沒有越過這條紅線，倒也是真的。

時代的政治標準與個人的道德操守，橫是橫，豎是豎，不宜混為一談。

對於一個人，前是前，後是後，用一時來說明他的一生，終覺也是欠妥。

當官時的張人駿是一個人，作了寓公後的張人駿，便又是一個人了。

屠夫的悲哀——張勳

歷史是詭異的。

張人駿與張勳二人曾同守一座南京城，民國了，若大的一個中國，他們卻偏偏又擠在了一個天津城裡做寓公。

南京城沒守住，作為封疆大吏的張人駿身敗名裂，而張勳抵抗到底，就個人而言，雖敗猶榮。並且到了一九一七年，都已「民國」共和了六年，張勳卻在該年七月一日帶軍隊入宮，請前清皇帝復辟登基，搞了個震動古今的鬧劇，「張勳復辟」。

此舉雖逆潮流而動，為世人所指。另一方面，人們卻又有點佩服他從一而終的蠻勁兒。

北洋政府在一九一八年以「人才難得」為由，對張勳「辮帥復辟案」實行了特赦，而張勳一直活得很自在，並不領情。

天津租界，國中之國，法外之地，那時由張勳獨資或投資經營的當鋪、電影公司、銀行、錢莊、金店、工廠、商店等共有七十多家。天津德租界六號（今河西區浦口道六號）的張勳寓所，光花匠、木匠、廚子、司機、丫鬟、僕人等就不下百餘，門口還有英租界工部局派來的警察為他站崗。時人估計，張勳資產加起來已達五六千萬銀元之多，那時國家一年的財政收入有才多少？富可敵國了。想起了他守南京時搶過的南京銀行，現在看來也應是八十萬大洋一分不少，都納入了他的私囊。

張勳的忠於朝廷，看來就是因為這個朝廷亂時可以放縱他搶掠，而平時又能容忍他胡作非為，任意貪污的。

張勳的這麼多錢怎麼能花得盡興，都是件讓他大發其愁的事。先聽聽張勳家的菜式：「西瓜盅鴨」、燕窩熬成的「燕羔」、以及「翡翠粥」等等就不一一細說。那時張勳以吸嗜雪茄和人比富，平時均以三元現洋一根的待客，無往而不勝。一次，唐紹儀來訪，張勳用此煙招待，孰料唐紹儀以十元一根的雪茄回請，這才讓張勳輸了一回。

張勳有一妻十妾。

一妻曹琴，賢而有能，思慮甚遠。但令曹琴萬萬想不到的是，民國時的北洋政府，不但沒有追究當年張勳鎮壓革命的種種不赦之罪，還在張勳搞了復辟後不久，便特赦了他，並在一九二〇年還要恢復張勳的長江巡閱使兼安徽督軍之職。反倒是張勳不給面子，一口拒絕了。後來，總統徐世昌又親請張勳出任全國林業督辦，張勳依然無動於衷。

所以說我書中當年曹琴的遠慮，其實顯得多餘了。但張勳放肆、狂妄、傲慢得如此，的確是要有禍的。可悲的是曹琴一心要為張勳避的禍，最終她卻並不知道究竟要出在那裡？

張勳另有十個小老婆，南京的小毛子，也就是本書中的鄒樂樂算一個。另外還有個三姨太王克琴，她暗地裡和張勳的馬弁好上了，王為脫離險境與日後的生活，便就裝瘋賣傻，脫光了衣服滿街亂跑。張勳信以為真，遂將王逐出家門。

張勳的姨太太們給他生了九子五女，半數早夭。活下來長大成人的，多與民國初年風雲人物的子女結親。本是為著家道長遠繁盛，不想卻適得其反。

張勳長子張夢潮是張作霖的女婿，此公子狂嫖浪賭抽大煙，曾一夜輸掉了一座價值數萬元的大洋樓。成婚不久即夫妻反目，隨後離婚了。

長女張夢緗嫁給了北洋政府國務總理潘復的兒子。夢緗素行不端，曾姘天津起士林咖啡館的一個茶房，兩人時不時出雙入對。張夢緗育有二子，相繼考入大學，後因看不慣母親所為，激憤而又無奈，得了精神病。類似的故事還有很多，大同小異就不一一枚舉了……

張勳也意識到了這是報應，所以後來就開始散財了，手面極為開闊。

對凡從江西老家來的鄉親，張勳每家都奉送大瓦房一座，缺啥少啥，只要開口，張勳包了。還有，民國時期在北京求學的江西籍人士，張勳個個給予獎學金；江西省第一任省長邵式平、共產黨的創始人之一與叛徒張國燾、共產黨舉世聞名的烈士方志敏、民主人士許德珩等等，都曾得到過張勳的資助……

這些，恐怕是張勳做夢都沒有想到的，歷史的詭異與無常在這裡一露崢嶸……

流淌著的時光——藍旗街：

藍旗街，地處南京城之東南隅，聽聽名字就大體知道它的來歷了。一百多年前，這裡住著清一色的旗人，屬正藍旗。

藍旗街地處要衝，南面一箭之地就是洪武門，現在改叫光華門；北邊就是明故宮。明故宮是座城中之城，在清代是清軍的防守要塞，謂之曰「駐防城」。

藍旗街現在已是一個很普通的住宅社區，一點也沒有當年「藍旗營」的氣味了。辛亥革命後，這裡和全國一樣，發生過對滿族旗人的大屠殺。當年究竟殺了多少人，滅了多少戶，在史籍上並沒有確切的記載，但看看其它地方有明確記載的，也就大體上能明白南京當年是個什麼一回事了。

辛亥首義的武昌城是排滿屠殺最先開始的地方，一位在武昌的外國傳教士描述了當時的屠殺情形：街上躺著近萬具旗人男女的屍體，死的很慘，其中八百多具單獨放在一扇大門外……

陝西西安，屠殺旗人的規模最大。

當時清廷駐防在西安的旗人及其家眷，不分男女老幼全部被殺戮。傳教士李提摩太在《親歷晚清四十五年》中說：「一九一一年十月廿二日……一萬五千名滿族人（有男人、女人還有孩子）都被屠殺」。事後陝西革命軍士兵黨自新在回憶中，並不無隱晦的承認，「攻破西安滿城後，各戰鬥隊伍分成若干小隊在城內逐巷逐院的進行搜索戰，在此其間，一些士兵和領隊官殺死了一些不必要殺死的旗兵和家屬。」與此相映證的是，西人凱特在西安的記錄：殺戮極其殘酷而且徹底，「當滿人發現抵抗徒勞無益，他們在大多數情況下都跪在地上，放下手中的武器，請求革命軍放他們一條生路。當他們跪下時，他們就被射死了。有時，整整一排都被射殺。在一個門口，十到二十人的一排旗人就這樣被無情的殺死了。」三天後，革命軍下令停止屠殺，據凱特的估計，旗人死亡的人數「不下萬人，他們為了避免更悲慘的命運，要麼被殺死，要麼自殺。」整個滿城也被搶劫一空，而存活下來的人，有錢人被敲詐，小女孩被綁到富人家做婢女，年輕的婦女則被迫成為窮苦漢人士兵的妻子，其他的人都被驅逐出西安。旗人主動與漢人通婚以求庇護，這時期旗人血統被漢族融合的現象尤為普遍。

需知當時西安滿族的總人口，不過兩萬。

在太原，旗人居住的防地城門洞開，蜂擁而至的革命人士把來不及逃跑的旗人全部屠殺殆盡。

「當時杭州、河南等地，革命人士把砍下的旗人人頭扔進井筒子裡，一個一個的井筒子，填得滿滿的……」（《李提摩太在華回憶錄》）。在福州、杭州、蘇州、江陰、廣州、寧波、成都、洛陽還有其他一些城市，都有旗人被大規模屠殺的記載。

在廣州旗兵迫于革命軍武力，放下武器、脫掉軍裝、走出八旗軍營主動向革命軍投降。但是這些旗人依舊沒有逃脫被屠殺的命運，雖然政府一再制止屠殺無辜旗人，但這部分投降的旗人仍有大部分被殺害。所剩的紛紛逃離營地，到廣東的鄉下隱名埋姓、改稱漢族。由於喪失了朝廷供給的生存來源，這部分旗人最後又不得不淪為乞丐或娼妓以渡時光，當時廣州近郊的城鎮，盛行著「旗人妓女」。清光緒年間廣州八旗有三萬多人，到辛亥革命之後已經只剩寥寥一千五百人了……

南京雖無屠殺旗人的詳實記載，但由此也完全可以推想得出一個大概了。

舉個例子，當代詞學大家唐圭璋，實為南京駐防旗人的後代，辛亥年間還是幼童，革命軍攻進南京殺入藍旗營後，滿族將士及其家屬悉數服毒自盡。年幼的唐圭璋因服藥較少得以倖存，後被一家市民收養。還有，上個世紀的六十年代，新中國了，我家的樓上住著一個樊師母，她一聊起天來，常常說起辛亥那年的殺旗人，「那個慘啊，殺死的人不算，好好的小姑娘就硬朝人家家裡塞啊，說是給口飯吃就成。給人家當丫頭、當童養媳都成，當牛作馬也無所謂了，只要是收下，就是救人一命，勝造七級浮屠了……」這就是我當年親耳聽到的，那時距一九一一的辛亥年，已過去了整整五十年……

還是聽鄰居所說。那時南京藍旗街一帶的滿人，聽說革命軍一到，就要把滿人殺盡，於是整日家家哀號哭泣，因絕望而服毒自殺者不計其數，還想掙扎活命的，旗人婦女就紛紛向估衣鋪購買漢族婦女衣服，以扮漢婦。但也不能如願，因為她們沒有纏足，這便成了一個瞞不過去的「硬傷」，只有等死了。但為了給孩子活命，便硬給十歲左右的女孩子纏足……

滿族男人還好，服飾與漢人仿佛，頭上的辮子一剪，外表也就差不多了，唯一需要做的就是改姓。

那時的旗人都改姓，連皇族都改了。

清朝皇族愛新覺羅改漢姓為金；也有改姓為肇、羅、德、洪、依、海、艾、鐵、普的。其他也都改得五花八門，如：葉赫那拉改姓那，鈕祜祿氏改成了鈕、紐、郎，赫舍里改成李。佟佳，康熙母親的姓，也改成了佟。瓜爾佳改姓關、白、汪、鮑。寧古塔改姓寧、劉。富察改姓富、傅。納喇改姓那、南。完顏改姓汪、王、完，下餘的滿姓也都無一遺漏，全改了，改盡了，乾淨了……

幸虧屠殺持續的時間並不太長，很快各地軍政府都有佈告，禁止殘殺滿人。據說南京的禁殺令下得還是比較快，是在三天後。三天後禁不禁得住，且另說，就說這三天，呼喊著「驅逐韃虜、恢復中華」口號，有著強烈民族情緒的光復革命軍攻打進城，這三天就等於是對滿人名正言順的屠城了！有個改了姓的滿族人唐日新在一首憶舊詩中寫道：「自從民元到如今，民族沉怨似海深；旗族傷殘如草菅，誰敢自言滿族人？」

「誰敢自言滿族人」的人其實很多。著名文學家老舍就是一個，他生前曾長期隱瞞自己的身份，而著名相聲藝術家侯寶林也只到臨死前的一九九三年才敢公開自己是旗人。京劇藝術家關肅霜（荊州駐防旗人），幼年隨父輩在武漢等處跑碼頭賣藝。賣藝途中過關卡，父親都要囑咐她切切記住，若有人叫你數數，數到「六」時千萬不可以說「liu」（音：榴）而一定要念成「lou」（音：陸），不然就會從你的京腔聽出你是旗人來，輕則挨罵，重則是要挨打的！

這就是「誰敢自言滿族人」之痛，這能怪誰？

辛亥年施以屠殺的一方，他們屠殺的理由就更充足了。二百多年前滿清鐵騎入主中原，一路的屠殺，一路的血腥，屍山血海。揚州十日、嘉定三屠、蘇州之屠、南昌之屠、贛州之屠、江陰之屠、昆山之屠、嘉興之屠、海甯之屠、濟南之屠、金華之屠、廈門之屠、潮州之屠，沅江之屠、舟山之屠、湘潭之屠、南雄之屠、涇縣之屠、大同之屠、汾州、太谷、泌州、澤州之屠等等、等等……光聽聽史書上留下的這些名稱，就已經叫人過目不忘，毛骨悚然。

這些仇恨，整整充斥積累在了大清朝的二百六十七年裡。

這就為二百六十七年後辛亥革命光復時對滿人的報復，埋下了禍根與種子。

辛亥年漢人翻過身來時，復仇的力量一旦被激發，便如火山爆發，勢不可擋。

我們這個國家，經歷了大大小小許多次的民族大融合，辛亥年這也應算作一次融合的開始。這融合與同化的過程，往往要經歷一百多年以至數百年的顛波與攪和，其間無不充滿著搶掠、姦淫與屠殺的血腥。清末全國登記的滿族人口有五百萬，到了中華人民共和國建國之初，就已減少到一百五十萬左右了。

從一九一一年的辛亥年起，轉眼之間一百零五年過去了，就當今而言，這個民族融合的過程完成了麼？民族融合了的標誌是什麼？

它應是一種文化認同後而產生的歸屬感，是由民族意識的淡化後而產生的對於事物認識的一致性，以及通婚。現在的漢族、滿族，仇恨已然遠去，民族的區分早已淡漠，從皇族的啟功到歌星那英，再到影星佟大為，他們不必再為自已是滿族而遮遮掩掩，他們和所有人享受著同一片陽光的照耀，沐浴著同樣和諧的春風……就像這南京的藍旗街，在經歷過大血腥之後，歷史的雲霾早已散去，它的市面已然無復舊時的景觀，旗人早已散佈到了這個城市的各個角落，消失在了茫茫的人海之中，在戶口簿民族這一欄，大多已沒了滿族的記錄，只有偶爾從他們的姓氏上，還能看出些許的蛛絲馬跡來……

藍旗街如今早已成為一處十分平和的住宅社區，但它卻見證了一段腥風血雨的歷史，僅此，僅僅憑著它的地名，就有著讓人好好回味的魅力。

辛亥年，那年的造反所迸發出的刀槍聲，餘音嫋嫋，至今還仿佛迴響在這藍旗街的地名牌上……

辛亥年，那年的造反，它結束了一個封建王朝，它解除了思想文化意識上對國民的禁錮，至使各種思想與學術在中國的大地上風雲激盪，為老大中國將來的走向，提供了各種的可能……

現在由共產黨領導的新中國，就是各種可能中產生的一種必然……

重新拾起——《辛亥年》代後記

《辛亥年》原來備下了好幾個名字，比如《天堡城》《那年的造反》《新軍第九鎮》《一九一一年的浪漫》《南京一九一一》等等，《辛亥年》是其中之一。出版社選中了它，看看也滿好，就是它了。

《辛亥年》大約在十六七年前就想寫了，那時擬就了一個大綱，後來一波三折，就一直拖到了今天。這也怪不得其它，主要是我，心裡有著這件事，卻只要有一點點別的更大的事，就把它拋一邊去了。拋了十幾年回頭看看，所謂更大的事也不過是柴米油鹽之類，什麼時候都可以煩的。現在十幾年之後早已煩過了，煩完了，而這部小說卻還是個大綱和幾個零零碎碎的段落，就覺得有些對不起它……

當初我想寫這一題材的初心在於，這是一段被冷落了的歷史，它離著我們並不太久遠，它就發生在生我養我的南京，而據我所知，還沒有一個作家好好地寫過它，它的歷史意義不用多說了，它的過程波瀾壯闊卻又非常富有戲劇性……如是一拖再拖，對不起這麼一段歷史不說，也對不起我為寫此作而擬就的大綱了，那還是花了些功夫的。

我的這個大綱最初其實是個電視劇的大綱，當初是又想寫點作品，又想弄點錢的，因為電視劇的酬勞要比寫小說不知高出多少倍了。電視臺的人看後始終沒有定下來，因為那裡面的操作政治、行政、經濟、關係背景，方方面面全有，怎一個「繁」字了得？而我又不準備徹底地趕時髦，「娛樂」至上，娛樂死人，就只好等著人家的「後來」……後來，無意間卻被上影集團看中，他們不拍電視劇，拍電影。於是該集團的任仲倫董事長帶著一班人馬三度來到南京，商談該電影的拍攝，湖南路獅子橋的飯也吃過他們好多頓了，合同簽下來後，導演也定了下來，是黃蜀琴導演的大公子鄭大聖，他到南京來過，我也到上影廠去過，來來往往好多回，一切密鑼緊鼓，大約是零九年底，有張電視電影的報紙上，也登出了該廠要投拍該電影的消息，說是該電影的暫定名叫《新軍第九鎮》。於是新軍第九鎮統制（師長）辛亥革命元勳徐紹楨的後人徐學銘找到了我，相談甚歡，為我提供了大量的歷史資料……風調雨順啊，一切都很順利的了，可就在這時一切戛然而止，上影廠不拍了……我想問問原因，因為我們有白紙黑字的合同，上面有上影集團鮮紅的大印啊？但還算經過點事，我也就什麼也不問了，因為有些原因人家不說，你也不問的好，有些原因是不可抗拒的，去問又何必呢？再說，既然我並不想因此在經濟上多撈兩個，人家在為難，我若以合同為由插一杠子，就下作了。

我不問，上影方面也不說。大約我的不問叫上影廠的人有點意外，有點過意不去。於是那年中秋節，策劃部錢建平主任代表廠方為我寄來了一盒上海嘴香園的月餅……

於是這事就算了。但不算的是，這個大綱裡的人物不幹了，他們在我的腦子裡不時地呼喊著，要把他們當年的事在這部作品裡作個了結。最叫他們耿耿於懷的是，當年攻打紫金山天堡城時，不僅僅紅嘴白牙地說過，命令上也白紙黑字地寫過，只要攻下天堡城這滿清最後的堡壘，就要為此送了命的志士們豎立銅像的。現在一百多年都過去了，不豎了，找誰去？

真的，你們要我找誰去？

我想跟他們說，後來孫中山固然當了民國的臨時大總統，但不久就讓給了袁世凱，後來是軍閥割據，等到蔣介石北伐成功後，天堡城就改成中華民國的首座天文臺了。國民黨要把這些事徹底地搞清楚時，日本人打過來，又是八年抗戰了……豎銅像的事就這樣拖了下來，一拖就得沒得底了，誰來算這筆歷史的爛帳呢？於是他們很難過。他們說，如此，我們這些死魂靈也沒什麼好說的了。但，你就不能代我們在這人世間，說上一聲了麼？

我想也是，於是我就把這部書重新拾起，堅持寫了出來。

堅持寫出這本書，以上說的有點高尚，原因其實還有一個。

當初，我還不多不少拿過上影廠一筆電影劇本的定金呢，這部小說寫出來後，也算是對他們有了個交待。對了，還有徐紹楨的後人徐學銘等，他們也盼著見到這本書好多年了……另外，也可以告訴能看到這本書的南京人，南京除了日本人搞的南京大屠殺以外，還發生過這樣的一些事……

所幸的是，不約而同，我的畫家朋友朱新龍也關注到了這段歷史，以新軍為題材畫了幾幅正氣浩然的國畫，這次無償地拿出來作為本書的插圖，為本書增色多多。我除了至為感謝以外，也代那些倒在天堡城下的志士們感謝他了。

我以為朱新龍畫中新軍的形像，錚錚鐵骨，襟懷坦蕩，是可以作為銅像來看的……

這本書現在出版，肯定是和當初的構想大不一樣了，當初是衝著影視去的。還有，寫小說是要語言來敘事的，在這部小說中，我的敘事能力是重新拾起來的，但大體上還說得過去，見笑了……

於南京苜衛路紫金雅院家中

時秋高氣爽，窗外紫金山秋色連綿數十里，絢麗斑斕

二零一八年十月十日

國家圖書館出版品預行編目資料

辛亥年 / 王明皓著 . -- 初版 . -- 臺北市：博客思，
2020.01
面；　公分 . --（現代文學系列；61）
ISBN 978-957-9267-30-4(平裝）

857.7　108019968

現代文學 61

辛亥年

作　　者：王明皓
編　　輯：楊容容
校　　對：張加君
封面原作：朱龍新
內文插圖：朱龍新
封面設計：陳勁宏
出 版 者：博客思出版事業網
發　　行：博客思出版事業網
地　　址：台北市中正區重慶南路 1 段 121 號 8 樓之 14
電　　話：(02)2331-1675 或 (02)2331-1691
傳　　真：(02)2382-6225
E—MAIL：books5w@gmail.com 或 books5w@yahoo.com.tw
網路書店：http://bookstv.com.tw/
https://www.pcstore.com.tw/yesbooks/
博客來網路書店、博客思網路書店
三民書局、金石堂書店
總 經 銷：聯合發行股份有限公司
電　　話：(02) 2917-8022　傳 真：(02) 2915-7212
劃撥戶名：蘭臺出版社　帳號：18995335
香港代理：香港聯合零售有限公司
地　　址：香港新界大蒲汀麗路 36 號中華商務印刷大樓
C&C Building, 36,Ting, Lai, Road, Tai,Po, New,Territories
電　　話：(852)2150-2100　傳真：(852)2356-0735
出版日期：2020 年 1 月 初版
定　　價：新臺幣 320 元整（平裝）
ISBN：978-957-9267-30-4